中华传世小品

语妙天下

历代妙语小品

唐富龄 主编

长江出版传媒
崇文书局

图书在版编目（CIP）数据

语妙天下：历代妙语小品 / 唐富龄主编 .
一武汉：崇文书局，2017.1
（中华传世小品）
ISBN 978-7-5403-4218-0

Ⅰ . ①语…

Ⅱ . ①唐…

Ⅲ . ①小品文－作品集－中国

Ⅳ . ① I26

中国版本图书馆 CIP 数据核字（2016）第 253889 号

语妙天下 : 历代妙语小品

责任编辑　程 欣　刘 丹

出版发行　长江出版传媒｜崇文书局

地　　址　武汉市雄楚大街 268 号 C 座 11 层

电　　话　(027)87293001　邮政编码　430070

印　　刷　湖北鄂东印务有限公司

开　　本　680mm×960mm　1/16

印　　张　18

字　　数　220 千字

版　　次　2017 年 1 月第 1 版

印　　次　2017 年 1 月第 1 次印刷

定　　价　32.90 元

（如发现印装质量问题，影响阅读，请与承印厂调换）

总　序

　　1993 年，湖北辞书出版社出版了"小品精华系列"，一共十册：《历代尺牍小品》《历代幽默小品》《历代妙语小品》《历代寓言小品》《历代山水小品》《历代诗话小品》《历代笔记小品》《历代禅语小品》《明清清言小品》《明清性灵小品》。这套"小品精华"，风格亲切幽默，平易近人，深受欢迎。二十多年过去了，许多想得到这套书的读者，早已无处可购。考虑到读者的需要，崇文书局拟在"小品精华系列"的基础上，精益求精，隆重推出"中华传世小品"，第一辑为十册。主持这套书的朋友嘱我写几句话，我也乐于应命，有些关于小品的想法，正好借这个机会跟读者交流交流。

　　"中国历史上写作小品文的作家，多半是所谓名士。"现代作家伯韩的这一说法，流传颇广。那么，什么是名士呢？伯韩以为，也就是一种绅士罢了，不过与普通绅士有所不同而已。他们"多读了几句书，晓得布置一间美妙的书斋，邀集三朋四友，吟风弄月，或者卖弄聪明，说几句俏皮话，或者还搭上什么姑娘们，弄出种种的风流韵事来。这都算是他们的风雅"。

　　这样来看中国历史上的小品，如果不是误解的话，真要算得上不怀好意了。

据《论语·先进》记载：一天，孔子和子路（仲由）、曾皙（曾点）、冉有（冉求）、公西华（公西赤）在一起，他要几个弟子谈谈自己的志愿。子路第一个发言说："一千辆兵车的国家，处在几个大国之间，外有军队侵犯，内有连年灾荒。让我去治理，只消三年光景，便可使人人勇敢，而且懂得同列强抗争的办法。"孔子听了，淡淡一笑。冉有的志愿是："一个纵横六七十里，或者五六十里的小国，让我去治理，三年时间，可使人人丰衣足食。至于修明礼乐，那就有待于贤人君子了。"第三个回答孔子的是公西华，他说："不是我自以为有什么了不得的才能，只是说我愿意来学习一番。国家有了祭祀的典礼，或者随着国君去办外交，我愿穿着礼服，戴着礼帽，做个好傧相！"公西华说话时，曾点正在弹瑟，听孔子问他："点，你怎么样？"曾点放下手中的瑟，站起来道："我的志愿跟他们三位都不相同。暮春三月，穿一身轻暖的衣服，陪着年长的、年轻的同学，到沂水沙滩上去洗洗澡，到舞雩台上去吹吹风，一路唱着歌回来！"孔子感叹道："我赞同曾点的想法！"孔子以为，子路等三人拘于礼、仁，气象不够开阔、爽朗。只有精神发展到能够怡情于山水自然的境地，人格才算完善。

孔子这种陶醉于山水之美的情怀，由魏晋时代的名士做了淋漓尽致的发挥。有一部书，专记当时名士的言行，名叫《世说新语》。其中有个人物谢鲲，他本人引以自豪的即是对山水之美别有会心。晋明帝问谢鲲："你自己以为和庾亮相比怎么样？"谢鲲回答说："身穿礼服，庄严地站在朝廷之上，作百官表率，我不如庾亮；但是，一丘一壑（指在山水间自得其乐），臣自以为超过他。"以"一丘一壑"与朝廷政务并提，可见其自豪感。因此，当著名画家顾恺之为谢鲲画像时，便别出心裁地将他画在岩石中。问顾为什么这样，顾答道："谢自己说过：'一丘一壑，臣自以为超过他。'所以应该把这位先生安置在丘壑中。"足见魏晋名士的趣味相当一致。

也许是由于魏晋以降的儒生多拘束迂腐，也许是由于全身心陶醉于山水之美的魏晋名士对老庄更偏爱些，后世人往往将名士风流与儒家截然分为二事，似乎它们水火不容。晚明袁宏道在《寿存斋张公七十序》中批评这种误解说：

> 山有色，岚是也。水有文，波是也。学道有致，韵是也。山无岚则枯，水无波则腐，学道无韵，则老学究而已。昔夫子之贤回也以乐，而其与曾点也以童冠咏歌，固学道人之波澜色泽也。江左之士，喜为任达，而至今谈名理者必宗之。俗儒不知，叱为放诞，而一一绳之以理，干是高明玄旷清虚澹远者，一切皆归之二氏。而所谓腐滥纤啬卑滞局局者，尽取为吾儒之受用，吾不知诸儒何所师承，而冒焉以为孔氏之学脉也。

袁宏道的结论是："颜之乐，点之歌，圣门之所谓真儒也。"这话是有几分道理的。

上面说了那么多，其实是要说明一点：孔子是中国古代第一位小品文作家，《论语》是中国古代第一部小品文著作。以小品的眼光来读《论语》，不难发现一个亲切而又伟大的孔子。

比如，从《论语》中不仅能看出孔子陶醉于山水之美的情怀，还能感受到他那无坚不摧的幽默感。孔子曾领着一群学生周游列国，再三受到冷遇，途经陈、蔡时，被两国大夫率众围困，"不得行"，粮食没有了，随行的人也病了，而孔子依然"讲诵弦歌不衰"。他开玩笑地问："'我们不是野兽，怎么会来到旷野上？'莫非我的学说错了吗？"颜渊回答说："夫子的学说极其宏大，所以天下不能容纳。不能容纳有什么不好呢？这才见出你是真正的君子。"孔子听了，油然而笑，说："你要是有很多财产的话，我愿给你当管家。"置身于天下不容的困境中，孔子师徒仍其乐陶陶，在于他们互为知己，确信所追求的目标是伟大的。北宋的苏轼由此归纳出一个命题："师友以道相乐，乃人间之至乐也。"

在人们的感觉中，身居显位的周公是快乐的、幸福的。其实未必然。召公负一代盛名，管叔、蔡叔是周公的弟弟，连他们都怀疑周公有篡夺君位的野心，何况别人呢？这样看来，周公虽坐拥富贵，却无亲朋与之共乐。苏轼由此体会到：周公之富贵，不如孔子之贫贱；富贵不值得看重。他的

《上梅直讲书》说的就是这个意思。

据《论语》记载,孔子还曾有过一件韵事。跟孔子同时,有个名叫南子的美女,身为卫灵公夫人,却极度风流淫荡。一次,她特地召见孔子。孔子拜见了她,还坐着她的马车,在城内兜了一圈。性情爽直的子路很不高兴,对孔子提出非议,孔子急得发誓说:"假如我孔某有什么邪念的话,老天爷打雷劈死我!"

对孔子的这件浪漫故事,历史上有两种不同的解释。一种说法认为:孔子是迷恋南子的漂亮。另一种意见则较为规矩,其代表人物是南宋的罗大经。罗大经在《鹤林玉露》中说:南子虽然淫荡,却极有识见,"有后世老师宿儒之所不能道者"。孔子之所以去见南子,即因看重她的识见,希望她改掉淫行,成为卫灵公的好内助。"子路不悦,是未知夫子之心也。"

前一种说法似乎亵渎了孔子,但未必没有可取之处。孔子讲过:"吾未见好德如好色者也。"在他看来,好色是人的不可抗拒的天性,任何人都没有资格假定自己从不好色。所以,当孔子向子路发誓,说他行端影直的时候,我们真羡慕子路,有这样一位可以跟学生赌咒发誓的老师。孔子让我们相信:圣人确有不同凡俗的自制力,但并不认为他人的猜疑是对他的不敬。相反,他理解这种猜疑,甚至觉得这种猜疑是理所当然的。

孔子是一个伟大而又亲切的小品作家,《论语》是一部伟大而又亲切的小品文著作。亲切而又伟大,这就是小品的魅力。关于中国历代小品的定位,理应以《论语》作为坐标。我想与读者交流的,主要的也就是这个看法。

回到"中华传世小品",这里要强调的是,这套书所秉承的正是《论语》的传统。它们的作者,不是伯韩所说的那种"名士",而是孔子、颜渊、曾点这类既活出了情怀、又活出了情调的哲人。不需要故作庄严,也绝无油滑浅薄,那份温暖,那份睿智,那份幽默,那份倜傥,那份自在,那份超然,足以把生活提升到一个令人陶然的境界。读这样的书,才当得起"开卷有益"的说法。

愿读者诸君与"中华传世小品"成为朋友!

武汉大学文学院教授、博士生导师　陈文新

前　言

　　《语妙天下——历代妙语小品》是一本以突出说话魅力为特点的小品文选集。它原名《舌华录》，有口舌生花，谈笑皆珠之意。该书由明末文人曹臣之选编，同时文人吴鹿长审定，还请当时文坛巨擘公安三袁之一的小修评阅，足见其出版态度的严肃认真。

　　言为心声，言语是表达思想的工具。要想把自己的所思所想告诉别人，传播出去，离开了语言媒介——包括口语、书面语言、手语等肢体语言，音乐、绘画、雕塑等艺术语言——是无法完成交流的。本书赖以传播的媒介主要是口头说的话，即编者所说的"所采诸书，唯取语，不取事。"意即从各种书籍中选取的内容，主要是人物的口头言语，而不是行为事迹。当然，为了突出"说话"的言内言外之意，有时也不能不简约地介绍相关背景。从读者的角度来看，我们现在是在"用眼代耳"听古人说话，是一种跨越了百千年的时空隧道后的隔空的"说"与"听"。它让我们"听"到了老祖宗们各具时代特色而又个性鲜明的言语，吸取其中的精华，获得智慧的启迪、力量的鼓舞、意志的锤炼，提高我们对美丑善恶的辨识能力，在会心一笑中获得美感享受。

　　对于有些腹内原非草莽，胸中颇有识见，但不善于口头表达的人，人们善意地说他们是"茶壶里煮饺子，有嘴倒不出"。要想把自己的所思所想，说得别人听得明白，而且以听为乐，甚至听得心花怒放，争相来听，就不仅要言之有物、言之成理，还要言之有味、深入浅出、妙语连珠、收纵自如。

在我国的古代文化遗产中，有不少以说话方式来表达思想的文化遗存。如战国时，同时师从鬼谷先生的苏秦与张仪，曾以针锋相对的"合纵"与"连横"之说，游说于当时的诸侯七国之间，对当时的政治斗争和军事攻略产生过重要影响，《史记》中还分别为他们写有列传。又如《论语》全是言语记录，其中有孔子的说话，有孔子和学生对答的话，也有孔子与其他人的说话，还有孔子的学生们之间的对话。《孟子》一书，则是孟轲为了"述仲尼之意"，宣传儒家仁政爱民思想，游说于梁惠王、齐宣王、藤文公等人之间的对答论辩的话，还有与公孙丑、万章等的对话。如果我们把诸如此类为了宣传某种社会政治思想、哲学思想或其他系统观念而授徒讲学或演讲游说之类的优秀说话，比喻为言语盛宴的话，那么，本书所提供的则是言语的精美小吃。它量小品繁，风味各异，或俗或雅，或浓或淡，有粗有细，酸甜苦辣，寒热温凉，任凭选择。若有雅兴，又不缺时间，无妨慢慢品尝通吃，若事忙时紧，也可茶余饭后，车旅途中，随翻一二，略增见闻，聊博一笑。

小品文是一个在动态中不断发展的概念，它首见于晋代，当时在翻译佛经《般若经》时，称其详译本为《大品般若》，称简译本为《小品般若》。后来便将那些不拘成法，随意挥洒，短小精悍的杂说、随笔之类，称之为小品文。到了明末，在"不拘套格，独抒个性"的社会思潮与文学思潮的影响下，大批文人热心于这种文体的写作，影响很大，蔚然成风，小品文也似乎成为这时文坛独享的专利。实际上，这类作品在此之前早已存在，且有不少优秀之作。更宽泛点来看，在如《史记》之类的鸿篇巨制之中，也有某些相对的部分或段落中兼有小品文的原素，将其抽取出来，也不失为小品佳作。照此类推，将那些机杼偶触，即兴而发，而又蕴藉清新、隽永有韵的说话，视为言语中的小品，以区别于大块文章式的说话。与此相关，为了便于今天的读者易于理解，将《舌华录》易名为《语妙天下——历代妙语小品》，应该是顺理成章的吧！

在小品文历史发展的长河中，在明末小品文风生水起的现实背景下，要选编一本既不失"幅短而神遥，墨希而旨永"之义，而又独标一格的小品文选集，并非轻而易举之事。为了达到这一目的，编选者对遴选对象做了单一化处理。历史上影响很大的《世说新语》（南朝·宋·刘义庆著）共分三十六门类，而本节只取其中"言语"一类为认选对象，以凸显文体特色。其次，在收缩遴选对象的同时，却将遴选的时间长度做了最大化的拓展，从秦汉到明末的有关书籍都在挑选的范围之内，并从中选出四百来种包括历史著作、笔记小说及其他著作的重点书籍，对之进行搜罗剔抉、刮垢磨光的优中选优的淘选。这种最大化的跨时代的纵向挑选和对四百来种书的横向比较挑选，又使该书突破了《唐语林》等那种倾向于多记某一断代的典章故实、遗文佚事的局限，从而形成了本书保质保量的客观条件和编者自由选择的阔大空间。比如，被誉为"史家之绝唱，无韵之《离骚》"的《史记》，可入选的条目应很多，但本书只选了很少几条。又如与苏轼相关的条目虽然有二十几条，但都是经过精挑细选而定的。举例来说，《东坡志林》中有四条与医药相关的随笔，都各有精彩处，但本书只选了其中庞安道一条。之所以如此选择，因为庞在当时是位有传奇色彩的名医。他出生在中医世家，自幼颖悟，读书过目不忘，为人治病,治愈率高达百分之八九十。对上门求医的人,他亲自安排药物及食宿,病愈才让回家。可是,他因耳聋,只能以眼代耳,通过书写,与人交流。对此,苏轼以略带自嘲的口吻点赞他说:"我以写代口向人说话,你用眼代耳听人说话,咱俩难道不是一时的奇异人吗?"说这话时,苏轼正因得罪朝廷而被贬谪黄州,在这忧谗畏讥境遇下,尚能如此幽默发声,不仅表现了他在困境中的豁达,也饱含对这位克服耳障而悬壶济世的名医的亲近与钦佩之情。从中也可见出选编者将这一条排列于书中第三位的识力。

本书原有千来个条文,分为十八类,每类前面,有简要类别说明。这次出版,有适当删削。但删条不删类,仍保存基本原貌。全书所选条目跨越年代过长,时移世异,内容风格上难免存在某些时代烙印。比如魏晋之际,崇尚清谈,选自那时的有些条目,难免玄虚疏放,但也不是全都如此。明末小品,比较贴近日常琐细,多任情适性,吟风弄月之作,但"也有不平,有讽刺,有攻击,有破坏"的作品。总的来说,书中所收集的言语小品,内容相当丰富复杂,它们都从各个不同侧面反映了不同时代某些社会生活的一鳞半爪,具有不同的认识意义和审美、审丑作用。尤其值得一提的是,有些作品颂扬了大丈夫的家国情怀和勇敢担当的精神,如东汉伏波将军马援面对被扰乱不宁的北方边境,欲主动请缨,誓死报国:"男儿当死于边野,以马革裹尸还葬耳。何能在儿女手中耶!"在我国各民族大融合的历史发展过程中,正是在这种"青山处处埋忠骨,何须马革裹尸还","一闻战鼓意气生,犹能为国平燕赵"的精神鼓舞下,许多仁人志士、热血男儿,为了维护国家的统一和疆土的安全,奋然前行,抛洒热血,写下了许多可歌可泣的英雄篇章。东晋时期的祖逖，便是这样一位留名青史的人物。为了收复当时被侵占的国土，在极为艰难的条件下展开斗争，他率部下百余人渡江北去，船到中流，取桨击水，当众发誓："不澄清中原，不复渡此！"短短一言，充分表现了不收复失地，誓不回还的决心。

仁政爱民，反贪倡廉，是我国优秀文化传中的重要理念，本书也收录有与此相关的内容。如明初台阁大臣杨溥之子赴京，沿途州县，无不送礼，只有江陵县令范理不送，因而获得杨溥赏识，被提拔为德安太守。人劝其函谢，范却说："宰相是为朝廷选拔人才，太守是奉命履职，与私人之间有何干系？"这种不徇私情，秉公办事的作风，令人钦佩不已。还有一位名叫杨震的太守，谢绝拜谒请托，生活俭朴，子孙总是蔬食步行。有人劝其开置产业，他的回答是：使子孙被后世人誉为"清白吏子孙"，不也是丰厚遗产吗？明于谦《石灰吟》云："千锤万凿出深山，烈火焚烧若等闲。粉骨碎身全不惜，要留清白在人间。"愿"清白吏"精神充塞人间！

本书由唐富龄主编，撰稿人员分工如下：唐智晖（慧语、名语、豪语、狂语）；陈文新（傲语、冷语、谐语、谑语、清语、韵语、俊语）；刘红红（讽语、讥语、愤语）；王德震（辩语、颖语）；刘晓燕（浇语）；王德震、柴琴丽（凄语）。

目 录

慧语 ………………………………………………… 1

名语 ………………………………………………… 25

豪语 ………………………………………………… 44

狂语 ………………………………………………… 56

傲语 ………………………………………………… 66

冷语 ………………………………………………… 73

谐语 ………………………………………………… 88

谑语 ………………………………………………… 103

清语 ………………………………………………… 121

韵语 ………………………………………………… 135

俊语 ………………………………………………… 157

讽语 ………………………………………………… 177

讥语 ………………………………………………… 191

愤语 ………………………………………………… 213

辩语 ………………………………………………… 220

颖语 ………………………………………………… 231

浇语 ………………………………………………… 244

凄语 ………………………………………………… 265

慧　语

慧语第一

　　吴苑曰[①]：佛氏戒定慧三等结习[②]，慧为了语，慧之义不大乎？慧之在舌机也，有狂智之别焉。狂之不别有智，如智之不识有狂也。是智者智，而狂者亦智，两而别之，则金粟如来氏矣[③]。如来氏取法，一芥可以言须弥[④]，刹那可以称万劫，其中倒拈顺举，无不中道。即智者不自知，而狂者能耶？乃次慧语第一。

【注释】

　　①吴苑：字鹿长，明末清初人，《舌华录》的参定者。

　　②戒、定、慧：佛教术语。防非止恶曰戒，息虑静缘曰定，破惑证真曰慧。

　　③金粟如来：佛名。据传，净名大士是往古的金粟如来。

　　④须弥：佛教传说中的山名。此句意谓以须弥山之高广，纳入芥子中，也无所增减。典出《维摩诘所说经·不思议品》。

【译文】

　　吴苑说：佛教有戒、定、慧三种带有归结性的学业，"慧"是其中最高层次的了悟之语，"慧"的意义难道不很大吗？"慧"表现在言谈机锋中，有狂与智的区别，狂而不藏智慧，犹如智中缺乏疏狂一样，都是跛足的。因而，智者固然应该具有知识和颖慧，狂者也不能缺少这种素质。能将二者的区别与联系认识清楚，就是金粟如来佛了。如来佛的教义，可以从芥粒之微中容纳须弥山，可于刹那间领会万千生灭劫数，真是随手拈来，无不融会贯通，合乎道理。智者如果不懂得这些，狂者能认识吗？便将"慧语"列为第一。

王元泽数岁时①，客有以一獐一鹿同笼以献。客问元泽："何者是獐？何者是鹿？"元泽实未识，良久对曰："獐边者是鹿，鹿边者是獐。"客大奇之。

【注释】

①王元泽：宋人。名雱，字元泽。王安石之子，性极聪敏，累官天章阁待制。

【译文】

王元泽很小的时候，有客人将一獐一鹿放在同一笼子中送给他，并问道："哪个是獐？哪个是鹿？"元泽其实分不清獐与鹿，沉思了一会儿，他回答说："獐边上是鹿，鹿边上是獐。"对他的这种回答，客人非常惊讶。

庞安聋而颖悟①，人与之言，以指画字，不尽数字，辄了人意。苏东坡戏之曰："余以手为口，尔以眼为耳。皆一时异人也。"

【注释】

①庞安：即庞安常。宋代袁文《瓮牖闲评》中说："苏东坡言蜀人庞安常善医而聩，凡与人接谈，必写字而后能晓。东坡尝戏之曰：子明以眼为耳……"

【译文】

庞安耳聋，但很聪明。别人与他交谈，用手指写字代替口说，没写几个字，他便马上明白对方的意思。苏东坡开玩笑说："我用手写字来代替嘴巴讲话，你用眼睛来当耳朵听话，都可谓一时的奇人。"

杨德祖为主簿①，时操既平汉中，欲讨刘备而不得进，欲守又难为功，护军不知进止②。操出教，唯曰"鸡肋"③，外曹莫能晓，德祖曰："夫鸡肋食之无所得，弃之殊可惜，公归计决矣。"乃令白外稍严，操果回师。

【注释】

①杨德祖:东汉文学家杨修,字德祖,弘农华阴(今属陕西)人。好学能文,才思敏捷。曾任丞相曹操主簿。与操子曹植友善,为使其取得魏太子地位,积极为之谋划。后曹植失宠,因修才智出众,又是袁术外甥,操恐有后患,遂借故杀之。主簿:官名。汉代中央及地方官署均置此官,以典领文书,办理事务。

②护军:官名。秦汉时临时设置的一种官员,负责调节各将领的关系。

③鸡肋:鸡的肋骨。

【译文】

杨修任曹操军中主簿,当时,曹操平定了汉中,要继续进攻刘备,却无法前进。想固守,又难以坚持。护军不知进止。曹操发令只有"鸡肋"二字,将官们不知为何意。杨修说:"鸡肋嘛,吃起来没什么吃头,丢弃它又很可惜,曹公决心要退兵了。"便令告白军中打点行装。曹操果然班师而去。

隋吏部侍郎薛道衡①,尝游钟山开善寺,谓小僧曰:"金刚何为怒目?菩萨何为低眉?"小僧答曰:"金刚怒目,所以降伏众魔;菩萨低眉,所以慈悲六道②。"

【注释】

①薛道衡:隋诗人,字玄卿。隋初曾任吏部侍郎。

②六道:佛教名词。佛教将众生世界分为天上、人间、阿修罗、地狱、饿鬼、畜生六道,众生由于各人为善为恶情况不同,于六道中轮转不已。

【译文】

隋朝吏部侍郎薛道衡,曾经游览钟山的开善寺,他问小和尚说:"金刚为什么怒目而视?菩萨为什么低下双眉?"小僧回答说:"金刚怒目,所以能降伏魔鬼;菩萨低眉,所以能对众生大发慈悲。"

王侍中尝因侍宴①，高祖问群臣②："朕为有为无③？"侍中答曰："陛下应万物为有，体至理为无。"

【注释】

①侍中：官名。王侍中，指王份，字季文，梁时官至侍中。

②高祖：指梁高祖武皇帝萧衍。

③"有"和"无"是中国古代的一对哲学范畴。

【译文】

梁高祖宴请群臣时，王侍中侍从于左右，高祖问臣下们说："我是算实有还是算虚无？"王侍中回答说："陛下应和万物，是为实有；体察至理，是为虚无。"

王介甫尝见举烛①，因言："佛书日月灯光明佛，灯光岂得配日月？"吕吉甫曰："日昱乎昼，月昱乎夜，灯光昱乎昼夜，日月所不及，其用无差别。"介甫以为然。

【注释】

①王介甫：王安石，字介甫。北宋政治家、思想家、文学家。

【译文】

王介甫看到人举着蜡烛，因此说："佛书上有日月灯光为佛照明的话，灯光怎能与日月相匹敌？"吕吉甫解释说："太阳照耀白天，月亮照亮夜晚，灯光可照耀白天黑夜，是太阳和月亮所赶不上的，而它们的作用并没有差别。"介甫认为他说得不错。

黄龙寺晦堂老子①，尝问山谷以"吾无隐乎尔"之义②，山谷诠释再三，晦堂不答。时暑退凉生，秋香满院，晦堂因问曰："闻木樨香乎？"③山谷曰："闻。"晦堂曰："吾无隐乎尔。"④山谷悟服。

【注释】

①晦堂老子：名祖心，宋高僧，住黄龙寺，名其方丈为晦堂，因称晦

堂老子,谥宝觉禅师。黄庭坚曾师事于他。

②黄山谷：黄庭坚,字鲁直,号山谷道人,北宋诗人、书法家。

③木樨：即木犀,俗称桂花。

④吾无隐乎尔：语出《论语·述而》,原文是"子曰：'二三子,以我为隐乎? 吾无隐乎尔。吾无行而不与二三子者,是丘也'。"意谓孔子说："学生们,以为我对你们有什么隐瞒吗? 我没有任何隐瞒你们的事,我没有什么不能向你们公开的言行,这就是我孔丘的为人。"

【译文】

黄龙寺的和尚晦堂老子曾问黄山谷"吾无隐乎尔"一语的意义,山谷反复加以说明解释,晦堂都不赞成。当时正好暑热消退,凉气徐生,秋天的香味飘满庭院。晦堂便问道："闻到木樨的香味了吗?"山谷说："闻到了。"晦堂说："吾无隐乎尔。"山谷悟出了这句话的真谛,并很信服晦堂的解释。

　　黄子琰少即辩慧①。建和中尝日食②,京师不见。子琰祖太尉③,以状闻太后。诏问所食多少,太尉思其对,未知所况。子琰年七岁,时在侧,曰："何不言'日食之馀,如月之初?'"

【注释】

①黄子琰：黄琬,字子琰,东汉中后期名臣,建和中任五官中郎将。

②建和：东汉桓帝刘志年号。

③太尉：官名。此指子琰的祖父。

【译文】

黄子琰年少时就很聪明善辩。汉桓帝建和年间曾发生日食,京城一带没有见到。子琰的祖父黄太尉,将日食情况奏知太后。太后下诏询问太阳被食了多少,太尉想着如何回答,但不知怎么比喻才能描述清楚。子琰当时才七岁,正好在祖父身旁,便说："为何不说'日食之后剩下的部分,就像初月的形状?'"

　　薛西源性好施,尝脱棉袄施贫者。或曰:"安得人人而济之?"薛曰:"吾为见者赠耳。"

【译文】

　　薛西源乐善好施,曾将自己身上的棉袄脱下来施给贫困的人。有人问:"怎么能做到普遍救济那些缺衣少食的穷人?"薛回答说:"我只是施赠我现在遇见的穷人罢了。"

　　永乐改元①,徙江南富民实北京。黄润时年十岁②,其父当行,乃诣官请代。官不从,对曰:"父去日益老,儿去日益长。"官异,可从之。

【注释】

　　①永乐:明成祖朱棣年号。
　　②黄润:疑即黄闰,字子期,永乐进士。

【译文】

　　朱棣登基称帝,改年号为永乐,迁移江南的富室大户去充实北京。黄润当时才十岁,他的父亲应当迁徙,他便到官府请求代替父亲北迁。官府不准,他说:"父亲迁去,会越来越老;儿子迁去,会一天天成长起来。"官府对他的回答感到惊异,便答应了他的要求。

　　陆氏兄弟游龙潭寺①,见一暗室,弟曰:"是黑暗地狱。"兄曰:"是彼极乐世界。"

【注释】

　　①陆氏兄弟:指西晋文学家陆机与陆云。陆机,字士衡。陆云,字士龙。晋太康末,兄弟同到洛阳,文才倾动一时,时称二陆,并有"二陆入洛,三张减价"之说。

【译文】

　　陆机陆云兄弟俩游览龙潭寺,看到一间暗室,弟说:"这是黑暗地狱。"兄说:"这是彼岸的极乐世界。"

陈元方子长文有英才，与季方子孝先，各论其父之功德，争之不能决。咨于太丘^①，太丘曰："元方难为兄，季方难为弟。"

【注释】

①太丘：指东汉陈寔，字仲弓，桓帝时为太丘长。其子陈纪，字元方，其子陈谌，字季方，二人在当时都有高名。

【译文】

陈元方的儿子长文，才华出众，他与季方的儿子孝先各自谈论父亲的功德，互相争论而无法决断，便去向祖父太丘咨询。太丘说："元方难以为兄长，季方难以为弟弟。"（意谓两人功德不相上下。）

孔融被收^①，中外惶怖。时融儿大者九岁，小者八岁，二儿故琢钉戏，了无遽容。融谓使者曰："冀罪止于一身，二儿可得全不？"儿徐进曰："大人岂见覆巢之下，复有完卵乎？"寻亦收至。

【注释】

①孔融：字文举，汉末文学家孔子后裔，少有俊才，后为曹操忌杀，《后汉书》有传。

【译文】

孔融被捕，朝廷内外都很惊惶恐怖。当时，孔融的大儿子九岁，小儿子八岁，他们仍在琢钉玩耍，没有一点儿害怕的神色。孔融对前来搜捕的使者说："希望你们能只惩治我一个人，两个儿子可以得到保全吗？"儿子从容地对孔融说："大人难道见过倾覆的鸟巢之下，还会有完整的鸟蛋吗？"不久，搜捕他儿子的人也就来了。

中朝小儿父病^①，行乞药。主人问病，曰："患疟也。"主人曰："尊侯明德君子，何以病疟？"答曰："来病君子，所以为疟。"

【注释】

①中朝:晋南渡后称渡江前曰"中朝",即指西晋。

【译文】

中朝有个小孩的父亲病了,小孩向人乞求药物。主人问是什么病,他回答说:"疟疾。"店主问:"尊大人是具有美好品德的君子,为什么会得疟疾?"小儿回答说:"使君子生病,所以叫作疟。"("疟"与"虐"谐音,所以这样调侃。)

晋武帝每饷山涛①,恒少。谢太傅以问子弟②,车骑答曰③:"当由欲者不多,而使与者忘少。"

【注释】

①晋武帝:西晋第一代皇帝司马炎。

②谢太傅:即谢安,字安石。东晋著名政治家。累迁太保,录尚书事,赠太傅,故称谢太傅。

③车骑:指谢车骑,即谢玄。

【译文】

晋武帝每次给山涛的赏赐总是很少,谢太傅就这件事问子弟,车骑将军谢玄回答说:"当是因为他所要求的不多,所以就使赏赐者忘记了赏赐给他的太少。"

简文崩①,孝武年十余岁,立,至暝不临。左右启:"依常应临。"帝曰:"哀至则哭,何常之有?"

【注释】

①简文:指东晋简文帝司马昱,其子为晋孝武帝司马曜。

【译文】

简文帝驾崩,其子孝武当时只十余岁。他被立为皇帝以后,到天黑下来也不到灵前哭奠。近侍之臣启禀说:"依照惯例应该临丧哭奠。"孝武帝说:"哀痛到了极点便会痛哭,有什么惯例?"

谢太傅问诸子侄:"子弟亦何预人事,而正欲使其佳?"诸人莫有言者。车骑答曰①:"譬如芝兰玉树,欲使其生于阶庭耳。"

【注释】

①车骑:指谢玄。东晋时期军事家,有经国才略,善于治军,曾任车骑将军。

【译文】

太傅谢安问子侄们:"子弟跟自己有什么关系,却总希望他们出类拔萃?"大家都没有吱声。车骑将军谢玄回答说:"譬如芝兰玉树,要使它生长于自家阶前庭院中而已。"

卫玠总角时①,问乐令梦②,乐云:"是想③。"卫曰:"形神所不接而梦,岂是想耶?"乐云:"因也。未尝梦乘车入鼠穴,捣齑啖铁杵,皆无想无因故也。"

【注释】

①卫玠:字叔宝,晋时官至太子洗马,美姿形,好玄理。总角,古称童年时代为总角。

②乐令:指乐广,晋大臣,字彦辅,曾代王戎为尚书令。

③想:《周礼·春官宗伯》"占梦"条将梦分为正梦、噩梦、思梦、寤梦、喜梦、惧梦六类。这里所说的"想",是指思梦,即因觉时有所思念而睡时形诸梦中;后文所说的"因",是指正梦,即无所感动,平安而生的梦。

【译文】

卫玠童年时,问尚书令乐广什么叫梦,乐广说:"梦就是想。"卫玠说:"形神都不曾接触过的都梦见了,这难道是'想'吗?"乐广说:"这是因。从未有人梦见坐着车跑到老鼠洞里去,也没有人梦见捣齑粉时把铁杵吃了,都是由于无想无因的缘故。"

殷中军问①:"自然无心于禀受,何以正善人少,恶人多?"

诸人莫有言者。刘尹答曰："譬如写水着地，正自纵横流漫，略无正方圆者。"

【注释】

①殷中军：殷浩，字渊源，好《老》《易》，时负盛名。晋穆帝时任中军将军，故称殷中军。

【译文】

殷中军问："自然界无心于给人以某种先天的禀赋，为什么偏偏是善良的人少，作恶的人多呢？"刘尹回答说："譬如水流泻在地上，自己纵横流淌漫溢，基本上没有刚好流成方形与圆形的。"

人问殷中军："何以将得位而梦棺器，将得财而梦矢秽？"殷曰："官本臭腐，所以将得而梦棺尸；财本粪土，所以将得而梦秽污。"时以为名通。

【译文】

有人问殷中军："为什么将要得到官职却梦见棺材，将要得到财富却梦见粪便？"殷中军回答说："官本来就是臭腐的东西，所以将得官便梦见棺材与尸体；钱财本来就如粪土，所以将得到它便梦见污秽的东西。"一时众人都认为他是通达的人。

楚王张繁弱之弓①，载忘归之矢，以射蛟兕于云梦之泽②，而丧其弓。左右请求之，王曰："止！楚人遗之，楚人得之，又何求焉？"

【注释】

①繁弱：亦作"蕃弱"，古代良弓名。

②蛟兕：蛟为古代传说之物，兕为古犀牛一类的野兽。

【译文】

楚王带着名为繁弱与忘归的良弓良矢，在云梦泽中狩猎蛟兕，却把"繁弱"弓丢失了。左右侍从要去寻找，楚王说："算了，弓是楚人丢失的,由楚人拾得,又何必去寻找呢?"

王戎七岁①,尝与诸小儿游。看道边李树多子折枝。诸儿竞走取之,唯戎不动。(人问之,)答曰:"树在道边而多子,此必苦李。"取之果然。

【注释】

①王戎:字濬冲,西晋名士,"竹林七贤"之一,惠帝时官至司徒。

【译文】

王戎七岁时,与小孩们一起游玩,看见路边李树上果子累累,把树枝压断了。孩子们争先恐后去摘果子,只有王戎不动心。人们问他为什么,他回答说:"树在路边而上面还保留这么多果子,这必定是味苦的李子。"摘下来品尝,果然不错。

曹公少时见乔玄,玄谓之曰:"天下方乱,群雄虎争,拨而理之,非君乎?然君实是乱世之英雄,治世之奸贼。"

【译文】

曹操年少时去见乔玄,乔玄对他说:"天下正大乱,群雄像猛虎一般进行争夺,拨乱反正使天下得到治理的,不就是阁下吗?然而,你实在是乱离之世的英雄,太平之世的奸贼。"

王子猷居山阴①,夜大雪,眠觉空室,命酌酒,四望皎然。因起彷徨,咏左思《招隐》诗,忽忆戴安道。时戴在剡②。即便夜乘小船就之,经宿方至,造门不前。人问其故,王曰:"吾本乘兴而来,兴尽而返,何必见戴。"

【注释】

①王子猷:晋王徽之,字子猷,书法家王羲之第五子。性情卓荦不羁,曾做桓温的车骑参军。山阴:地名,在今浙江。

②剡(shǎn):剡溪,在浙江嵊州。

【译文】

王子猷居住在山阴，一日大雪纷飞，他睡醒后，打开窗户，命人酌酒而饮，四下张望，一片皎洁。因而起床散步，吟咏左思的《招隐》诗，忽然想起了戴安道。当时戴安道正在剡溪。王子猷便连夜坐小船去找他，经过一夜才到，到了门口又不上前进去。别人问他这是为什么，王子猷说："我本来是乘兴而来，现在兴尽则返，又何必见戴安道？"

霍王元轨临徐州①，与处士刘玄平为布衣之交。或问玄平：王之所长，玄平答以无长。人问其故，玄平曰："夫人有短，所以见长。"

【注释】

①霍王元轨：李元轨，唐高祖之子，多才艺，封霍王。

【译文】

霍王元轨来到徐州，与隐而不仕的刘玄平成为平民式朋友。有人问玄平，霍王有什么长处，玄平回答说没有长处。问其缘故，他说："人有短处，才能显示出长处。"

黄檗祖师曰①："'不是一番寒彻骨，争得梅花扑鼻香②。'念头稍缓时，便宜庄诵一遍。"

【注释】

①黄檗祖师：唐僧人希运，幼出家于黄檗山，故名。

②不是一番寒彻骨，争得梅花扑鼻香：意指不经过彻骨的寒冷，怎会有扑鼻而香的梅花。原诗名《上堂开示颂》："尘劳回脱事非常，紧把绳头做一场。不是一番寒彻骨，哪得梅花扑鼻香。"

【译文】

黄檗祖师说："'不是一番寒彻骨，争得梅花扑鼻香。'思想上稍有松懈，便应当很严肃地将这两句诗朗诵一遍。"

卢相迈不食盐醋①，同列问之："足下不食盐醋何堪？"迈笑曰:"足下食盐醋,复又何堪?"

【注释】

　　①卢相迈:唐卢迈,字子玄,曾任同中书门下平章事(即宰相)等职。

【译文】

　　卢迈不吃盐和醋,同仁问他:"您不吃盐和醋,怎么能忍受呢?"卢迈笑着回答说:"您吃盐和醋,又怎么能够忍受呢?"

　　昙秀往惠州见苏东坡①,将归,坡云:"山中人见公还,必求土物,何以应之?"秀曰:"鹅城清风,鹤岭明月,人人送与,只恐他无着处。"坡曰:"不如将几纸字去,每人与一纸,但向道此是言《法华》②,裹头有灾福。"

【注释】

　　①昙秀:北宋诗僧。与苏轼、晁补之为友。

　　②法华:佛教典籍《法华经》。

【译文】

　　昙秀到惠州去见苏东坡,将要回去时,东坡说:"山中人见你回去,必定向你求给土特产,你拿什么去应酬呢?"昙秀说:"鹅城的清风,鹤岭的明月,将送给每一个人,只怕他们没有放的地方。"东坡说:"不如拿几张字回去,每人一张,告诉他们说,上面写的是《法华经》,可以救灾祈福。"

　　王守仁(阳明)初封新建伯①,入朝谢,戴冕服,有帛蔽耳。或戏曰:"先生耳冷耶?"王曰:"是先生眼热。"

【注释】

　　①王守仁:明哲学家、文学家。字伯安,号阳明,世称阳明先生。官至南京兵部尚书,因镇压农民起义和平定明室朱宸濠叛乱有功,被封为新建伯,死谥文成。伯:古时爵位名,在公、侯之下,子、男之上。

【译文】

王守仁初封为新建伯时，入朝谢恩，他穿着朝臣的礼服，有丝帛遮蔽耳朵。有人开玩笑说："先生耳朵冷吗？"王守仁回答说："是先生您眼热。"

李中溪无子①，恒不乐。其友谓之曰："孔子不以伯鱼传②，释迦不以罗睺传③，老聃不以子宗传④。待嗣而传，三教绝矣⑤。"

【注释】

①李中溪：明人李元阳，字云甫，号中溪。云南人。理学家。

②伯鱼：孔子的儿子。名鲤，字伯鱼。先孔子而死。

③罗睺：释迦牟尼之子，生于释迦牟尼成道之夜。

④老聃：即老子，姓李名耳。子宗为其子。

⑤三教：指儒、道、佛三教。儒以孔子为教主，道以老子为教主，佛以释迦牟尼为教主。

【译文】

李中溪没有儿子，经常为此不快活。他的朋友劝他说："孔子不靠儿子伯鱼而传，释迦牟尼不靠儿子罗睺而传，老聃不靠儿子子宗而传。靠儿子而传，三教就绝灭了。"

陈眉公①曰："人生莫如闲，太闲反生恶业；人生莫如清，太清反类俗情。"

【注释】

①陈眉公：名继儒，字仲醇，号眉公、麋公，明文学家、书画家。

【译文】

陈眉公说："人生莫如闲适，但太闲了反而生出罪恶之事；人生莫如清幽，但太清了反而变得俗气矫情。"

殷仲文劝宋武帝蓄妓①，曰："我不解声。"仲文曰："但蓄自解。"帝曰:"畏解故不蓄。"

【注释】

①殷仲文:东晋时官新安太守等职,晋安帝义熙年间以谋反罪伏诛。文中所说劝宋武帝蓄妓事,当是刘裕称帝以前的事。

【译文】

殷仲文劝南朝宋武帝刘裕蓄养艺妓,宋武帝说:"我不懂歌舞。"仲文说:"只要蓄养,自然就会懂。"武帝说:"正因为担心懂,才不蓄妓。"

人馈魏武一杯酪①,魏武啖少许,盖头上题"合"字,以示众,众莫能解。次至杨修,修便啖曰:"公教人啖一口也。"

【注释】

①魏武:曹操生前封为魏王,曹丕称帝后追尊为武皇帝。

【译文】

有人送给魏武一杯奶酪,魏武吃了一点,在盖子上题了一个"合"字,拿出来给大家看,众人都不知是什么意思。轮到杨修,他便吃了一口,说:"魏公叫大家一人吃一口哩。"

屠长卿曰①:"人常想病时,则尘心渐减;人常想死时,则道念自生。"

【注释】

①屠长卿:明文学家、戏曲家屠隆,字长卿,一字纬真,号赤水。

【译文】

明屠长卿说:"人常想到生病时,则尘俗之念便会逐渐减少;人常想到死亡时,则求道之念便自然而生。"

丘长孺贷资于袁中郎①,袁乃解所系带授之。丘有难色,袁笑曰:"尔无求我,我无求带;尔求雅人,我求俗物,尔如何现我面皮?"

【注释】

　　①丘长孺：丘坦，字坦之，号长孺，明代作家。袁中郎：袁宏道，字中郎，号石公，明文学家，公安派代表人物。历任吴县知县，京兆校官，礼部仪制司主事，验封司主司，稽勋郎中等官。与兄宗道、弟中道并称"三袁"。诗、文均有较高成就。

【译文】

　　丘长孺向袁中郎(宏道)借钱，袁便解下身上所系带子给他，丘觉得难为情，袁笑着说："你不求我，我就不会求系带。你所求的是我这个文雅的人，我求的是系带这种俗物，你怎么让我丢面子呢？"

　　唐六如画精极①，尤佞佛，有诗曰："闲来写幅青山卖，不使人间作业钱。"吴鹿长指诗笑曰："问六如何处买来？"

【注释】

　　①唐六如：唐寅，字伯虎，一字子畏，自号六如居士。明画家、文学家。蔑视世俗，狂放不羁，其《言志》诗云："不炼金丹不坐禅，不为商贾不耕田。闲来写就青山卖，不使人间造孽钱。"

【译文】

　　唐六如(伯虎)的画精妙异常，尤崇信佛教。有诗说："闲来画幅青山图出卖，不用人间不干不净的钱。"吴鹿长指着诗句笑着说："问问六如居士这青山是从何处买来的？"

　　杨奇为侍中，汉灵帝问奇曰："朕何如桓帝？"对曰："陛下之于桓帝，亦犹虞舜比德唐尧①。"帝不悦曰："卿强项，真杨震子孙②。"

【注释】

　　①虞舜：古帝名。姚姓，有虞氏，名重华，受禅继尧位。唐尧：古帝名。以子丹朱不肖，传位于舜。

　　②杨震：东汉人，历任高位，忠言直谏，后被诬罢官，自杀。其子孙世代任大官，成为东汉有名的世家大族。

【译文】

　　杨奇任侍中时,汉灵帝问他说:"朕比桓帝如何?"杨奇回答说:"陛下与桓帝相比,也好像是虞舜和唐尧攀比功德。"灵帝不高兴地说:"你如此倔强,真是杨震的子孙。"

　　方司徒定之不好观剧戏①,曰:"涂面带须,一悲使人堕泪,一喜使人解颐。此辈本假,世人惑真。"

【注释】

　　①司徒:官名。方司徒:指明方宏静,字定之,嘉靖进士,官至南京户右侍郎。

【译文】

　　司徒方定之不喜欢看戏,他说:"画上脸谱,戴上假须,悲痛起来让人跟着流泪,欢喜起来又使人为之眉开眼笑。这些演员的表演本是假的,而看戏的却受眩惑而当真了。"

　　宋元祐间,黄、秦诸君子在馆①,暇日观山谷出李龙眠所作《贤己图》,博弈摴蒲之侪咸列焉②。博者六七人,方据一局,投进盆中,五皆六,而一犹旋转不已。一人俯盆疾呼,旁观皆变色起力,纤浓态度,曲尽其妙。相与欢赏,以为卓绝。适东坡从外来,睨之曰:"李龙眠天下士,顾效闽人语耶?"众贤怪请其故。坡曰:"四海语音,言六皆合口,惟闽音则张口。今盆中皆六,一犹未定,法当呼六,而疾呼者,乃张口也。"龙眠闻之,亦笑而服。

【注释】

　　①黄、秦:指黄山谷(庭坚)和秦观。馆:馆阁。北宋设昭文馆、史文馆、集贤馆,另增设秘阁、龙图阁、天章阁等,分掌图书经籍和编修国史等事务,通称"馆阁"。

　　②博弈:博是一种摇宝类游戏,弈指围棋。摴(chū)蒲:古代赌博的

一种方式,并作为赌博的总称。

【译文】

宋朝元祐年间,黄庭坚、秦观等人在馆阁任职,闲暇时观看山谷(黄庭坚)出示的李龙眠所做的《贤己图》,画上玩博弈**摴蒱**的人都有。玩博戏的六七人,正开着一个赌局,将色子散投于盆中,其中五个都是六,有一个还在旋转不定。一人俯视盆中大声呼叫,旁观者也都变色而起,各种形态,无不曲尽其妙。大家互相传看欣赏,认为此画高妙无比。正好苏轼从外面进来,瞟了一眼画说:"李龙眠是天下有名的人,怎么反学着闽中人说话啦?"大家都很奇怪,问他为什么这样说。东坡说:"各地的语言,说'六'字时都是合拢嘴巴,只有闽语是张嘴。现在盆中都是六,只有一个色子未定下来,按常规应该呼六,而大声呼叫的这位,正张大嘴巴。"李龙眠听说了此事,也笑着折服了。

祭仲专国政①,厉公患之,阴使(其)祭仲婿反杀之。女知之,谓其母曰:"父与夫孰亲?"母曰:"父一而已,人尽夫也。"

【注释】

①祭仲:春秋郑国大夫,字足,故又称祭仲足、祭封人仲足。郑庄公时为仲卿,庄公卒,祭仲立昭公,在宋国的强迫下,改立厉公。本篇所记,摘自《左传·桓公十五年》。

【译文】

祭仲掌握国家大权,独断专横,厉公引以为大患,暗地指使祭仲的女婿将其杀死。祭仲之女知道这事,对母亲说:"父亲与丈夫谁亲?"其母说:"父亲只有一个,人人都可能是丈夫啊。"

桓宣武常谓孟万年①:"听妓,丝不如竹②,竹不如肉③,何也?"孟答曰:"渐近自然。"

【注释】

①桓宣武:桓温,字元子,东晋明帝女婿,官至大司马,谥宣武侯。

②丝:八音之一,指弦乐器。竹:八音之一,指箫管一类管乐器。

③肉：指从喉中发出的歌声。

【译文】

桓宣武曾对孟万年说："听艺妓演奏，丝乐不如管乐，管乐不如歌唱，这是什么原因呢?"孟万年回答说："这是逐渐接近自然的缘故。"

赵母嫁女，临嫁敕之曰："慎勿为好。"女曰："不为好，可为恶乎?"母曰："好尚不可为，况恶乎?"

【译文】

赵母嫁女儿，临出嫁时告诫女儿说："应小心谨慎，不要做好。"女儿说："不做好，可以作恶吗?"母亲说："好尚且不可做，何况是恶呢?"

钟士季精有才理①。先不识嵇康②。钟要于时贤俊之士，俱往寻康。康方大树下锻，向子期为佐鼓排③。康扬锤不辍，旁若无人，移时不交一言。钟起去。康曰："何所闻而来？何所见而去?"钟曰："闻所闻而来，见所见而去。"

【注释】

①钟士季：三国魏钟会，字士季，累官至司徒，封县侯。

②嵇康：三国魏文学家、思想家，字叔夜，崇尚老庄而又与物多忤，为"竹林七贤"之首。

③向子期：向秀，字子期，魏晋之际文学家，"竹林七贤"之一。

【译文】

钟士季很有才气，精通名理。他先不认识嵇康，便邀当时贤俊有名望的人同去寻访嵇康。嵇康正在大树下打铁，向子期给他当助手拉风箱。嵇康挥动铁锤不止，旁若无人，过了好一会儿，也不与他们说一句话。钟士季起身离开，嵇康说："你们听到了什么而来，看到了什么而去?"钟说："听到了所听到的而来，看到了所看到的而去。"

顾长康啖甘蔗①，先食尾，人问所以，顾曰："渐入佳境。"

【注释】

①顾长康：东晋顾恺之，字长康，博学有才气，传其有"三绝"：才绝、画绝、痴绝。

【译文】

顾长康吃甘蔗，先吃蔗尾，别人问他为什么这样，他回答说："这叫作渐入佳境。"

王荆公尝问张文定①："孔子去世百年生孟子，自后绝无人，何也？"文定言："岂无？只有过孔子者。"公问是谁，文定言："江西马大师、汾阳无业、雪峰、岩头、丹霞、云门是也②。"公问何谓，文定曰："儒门淡薄，收拾不住耳。"荆公欣然叹服。

【注释】

①王荆公：北宋政治家、思想家、文学家王安石。先封舒国公，后改封荆，世称荆公。

②马大师句：江西马大师，指唐代江西道一禅师，俗姓马，时称马祖；汾阳无业，不详；雪峰，指唐代福州雪峰禅师；岩头，指唐代鄂州全奯禅师；丹霞，指唐代邓州丹霞山天然禅师；云门，指五代十国时云门山文偃禅师。

【译文】

宋王安石曾问张文定说："孔子去世后百年又有了孟子，从此以后再没有像他们这样的圣贤出世，这是什么原因呢？"文定回答说："难道没有吗？有的是超过孔子的人。"荆公(安石)问是什么人超过孔子。文定说："江西马大师、汾阳无业、雪峰、岩头、丹霞、云门等高僧便是。"荆公问为什么这样说，文定说："是因为儒门清淡菲薄，留不住人啊！"荆公很赞叹佩服文定的议论。

庄子与惠子游于濠梁之上①，庄子曰："鲦鱼出游从容②，是鱼乐也。"惠子曰："子非鱼，安知鱼之乐？"庄子曰："子非我，安知我不知鱼之乐？"惠子曰："我非子，固不知子矣；子固非鱼也,子之不知鱼之乐全矣③。"庄子曰:"我知之濠上也。"

【注释】

①庄子:庄周,战国时期散文家、道家代表人物。惠子,惠施,善辩,与庄周友善。濠梁:濠(háo),水名,在今皖凤阳县北。梁,水中所筑之堰。本篇出自《庄子·秋水》。

②鲦(tiáo)鱼:俗称苍条鱼。

③全矣:完全是这样,即无可辩驳之意。

【译文】

庄子与惠子同游于濠水的河堰之上。庄子说:"鲦鱼那么从容自在地游来游去,这是鱼的快乐呵。"惠子说:"你不是鱼,你怎么知道鱼的乐趣?"庄子说:"你不是我,你怎么晓得我不知道鱼的乐趣?"惠子说:"我不是你,固然不会知道你,而你根本不是鱼,你不知道鱼的乐趣是无可辩驳的了。"庄子说:"我是从濠上知道的。"

孟敏尝至市贸甑①,荷担堕地,坏之,径去不顾。适遇郭林宗②,见而异之,因问曰:"坏甑可惜,何以不顾?"孟曰:"甑已破矣,顾之何益。"

【注释】

①甑(zēng):古代蒸食物的炊具。

②郭林宗:东汉郭泰,字林宗,东汉时期名士。

【译文】

东汉孟敏曾经到市场上去卖甑,挑的担子掉在地上,甑被摔碎,他头也不回地走了。正好遇见郭林宗,郭见他这样,很觉诧异,因而问道:"打坏了甑多可惜,你怎么看都不看一眼呢?"孟敏说:"甑已经摔坏了,看又有什么用呢?"

章子厚与苏子瞻少为莫逆交①。子厚坦腹卧,适子瞻自外来,子厚摩其腹以问曰:"公道此中何所有?"子瞻曰:"都是谋反底家事。"子厚大笑。

【注释】

①章子厚:章惇,字子厚,哲宗时任尚书左仆射,打击过不少反对变法的人。

【译文】

章子厚与苏子瞻(苏轼)少年时代为知心好友。一天,子厚光着肚皮睡在床上,刚好子瞻从外面进来,子厚摩挲肚皮问子瞻:"你说我这里面有什么东西?"子瞻说:"都是谋反的家事。"子厚大笑。

元丰六年十一月二十七日①,天欲明,东坡梦数吏,人持纸一幅,其上通云:"请祭春牛文。"东坡取笔疾书其上云:"三阳既至②,庶草将兴,爰出土牛③,以戒农事。衣被丹青之好④,本出泥途;成毁须臾之间,谁为喜愠?"吏微笑曰:"此两句当有怒者。"傍一吏云:"不妨,此是唤醒他。"

【注释】

①元丰:北宋神宗年号。

②三阳:古人认为冬至后阴气渐去,阳气渐生,称十一月冬至为一阳生,十二月二阳生,正月三阳开泰,春天到来。

③土牛:土制的牛。古代于农历十二月出土牛以送寒气。

④丹青:丹砂和青臒两种制作颜料的矿物。也泛指绘画艺术。

【译文】

元丰六年十一月二十七日,天快亮时,东坡梦见几个吏人,手拿一张纸,上面写道:"请写祭春牛之文。"东坡拿出笔来,在上面振笔疾书:"春天来了,百草将蓬勃兴起,推出土牛来送走寒气,准备春耕。虽然披戴丹青绘成的美丽服饰,本身不过是泥土塑成;成就与毁灭,不过在片刻之间,谁又会为此而欢喜或愠怒?"一个吏人微笑着说:"这两句,只怕会有人恼怒。"旁边一吏说:"不碍事,这里只是唤醒他。"

陈眉公曰："闭门即是深山,读书随处净土①。"

【注释】

①净土:佛教指无五浊(劫浊、见浊、烦恼浊、众生浊、命浊)垢染的世界。与众生居住的尘世相对。

【译文】

陈眉公说:"关起门来,便是居于深山之中,读书时,到处都是庄严洁净的世界。"

明道、伊川兄弟同赴一宴①,颐见坐中妓,即拂衣去,独明道与饮尽欢。明日明道过伊川斋,伊川犹有怒色,明道笑曰:"昨日本有,心上却无;今日本无,心上却有。"

【注释】

①明道、伊川:兄弟俩均为北宋哲学家。人称程颢为明道先生,程颐为伊川先生。

【译文】

明道、伊川兄弟俩一块去赴宴,程颐见席中有妓女陪酒,便拂袖而去,只有明道留下来与人痛饮,尽欢而散。第二天,明道到伊川书斋中去拜访,伊川仍怒气未消,明道笑道:"昨日本有妓女在,但我心上无妓女在;今天本无妓女在,但你心上却有妓女在。"

我太祖祀历代帝王庙,才举爵①,见元世祖像泪出②。太祖笑曰:"我得中原之所固有,尔失漠北之所本无,复何憾?"像泪寻止。

【注释】

①爵:古代酒器。
②元世祖:即元朝开国君主忽必烈。

【译文】

　　明太祖朱元璋祭祀历代皇帝,才举起爵,看到元世祖像流出了眼泪。太祖笑道:"我得到了中原本来应该有的东西,你失去了漠北本来所没有的东西,又有何遗憾?"世祖像随即止住了眼泪。

　　一士从王阳明学,初闻"良知"不解,卒然起问曰:"'良知'何物,黑耶? 白耶?"群弟子哑然失笑,士惭而赧。先生徐曰:"'良知'非白非黑,其色正赤。"

【译文】

　　一士子跟随王阳明学习,他头回听到"良知"这个词不知是何意,突然起来问道:"'良知'是什么东西? 是黑的? 还是白的?"弟子们都哑然失笑,这士子惭愧得面红耳赤。阳明先生慢慢地说:"'良知'不是白色也不是黑色的,它的颜色正是红色。"

　　郭进治第方成,聚族人宾客落之,下至土木之工皆与筵,设诸工之坐于东庑。人咸曰:"诸子安得与诸工齿?"进指诸工曰:"此造宅者。"又指诸子曰:"此卖宅者,固宜坐造宅者下。"

【译文】

　　郭进营造的房宅刚落成,他将族人宾客聚集起来庆祝。下至土木工匠都参加了筵宴,郭将工匠的席位设在东边廊屋中。大家都说:"诸子怎能与工人并坐?"郭进指着工匠们说:"这是造房子的人。"又指着儿子们说:"这是卖房子的人,本就应坐在造宅者的下面。"

名　语

名语第二

　　吴苑曰：名者，铭也①。 所谓不磨之语，以垂则后世，非含仁啖义之口不能道。 然垂世之法，宜经不宜权，此可以励常姿，不可以笼上智。 是世间一种攻补至药，第于慧小差。 次名语第二。

【注释】

　　①铭：文体的一种。古代常刻铭于碑板或器物，以歌颂功德或申鉴戒。

【译文】

　　吴苑说：名，就是铭刻的意思。被人们称作永不磨灭的言语，可以垂范后世，对此，不是满怀"仁""义"的人是不能道的。然而，流垂后世的方法，应当规范化、经常化，而不应是权宜性的，这样就可以鼓励一般的人，但不能牢笼具有上等智慧的人。所以它是世间一种具有攻补性的好药，但比智慧要稍差一些。便将"名语"列为第二。

苏琼谒东荆州刺史曹芝①，芝戏曰："卿欲官不②?"答曰："设官求人，非人求官。"芝异其对，署为参军③。

【注释】

①刺史：官名。苏琼：字珍之，北齐时历任参军、太守、三公郎中、大理卿等。

②卿：对人的爱称。

③参军：官名。

【译文】

北齐苏琼去谒见东荆州刺史曹芝，曹芝开玩笑说："你想不想做官?"苏琼回答说："是设立官位求人做官，而不是人去求官做。"曹芝对他的回答很诧异，将他录为参军。

韦夐子瓘行随州刺史①，因疾物故。凶问至，家人相对悲恸，而夐神色自若，谓之曰："死生，命也，去来常事，亦何足悲?"

【注释】

①韦夐：字敬远，志尚夷简，不受征辟，晚年好道，北周明帝时赐号逍遥公。

【译文】

韦夐之子韦瓘代理随州刺史，因病而死。凶讯传来，家中人都陷入悲恸之中，而韦夐依然神色自若，他对家人说："死生都是命，生生死死都是平常事，又有什么值得悲哀的呢?"

庞公隐居岘山之南①，未尝入城市。荆州刺史刘表往候之。曰："先生苦居畎田②，而不肯官禄，后世何以遗子孙?"公曰："世人皆遗之以危，今独遗之以安。"刘不能屈。

【注释】

①庞公：指庞统，字士元，三国时刘备的谋士。

②畎田：有小沟的田，亦作"甽田"。

【译文】

庞公隐居于岘山南面，未曾到城中去过。荆州刺史刘表去拜访他，问他："先生居住在贫苦的田野之中，不愿做官受禄，百年后把什么遗留给子孙呢?"庞公说："世人留给子孙的都是危险，只有我现在遗留给他们的是平安。"刘表无法说服他。

王敬弘未尝教子孙学问①，各随所欲。人问之，答曰："丹朱不应乏教②，宁越不闻被棰③。"

【注释】

①王敬弘：南朝宋王裕之，字敬弘。

②丹朱：传说中尧的儿子，为人傲慢荒淫，尧因禅位于舜。

③宁越：战国时赵国人，原为农民，因勤奋好学，后成为周威王之师。

【译文】

王敬弘不曾用学问教育子孙，随他们各自所好。有人问他为什么这样放任自流，他说："丹朱不应缺少教育，也没听说宁越挨过棍棒。"

吴鹿长与诸友闲谈天下名士，及某某等，吴曰："云间陈眉公①，以艺藏道②，吾敬其道。毗陵刘少白，以道藏艺，吾敬其艺。天下名士，不难知显，而难于知隐。"或笑曰："如沙宛在以慧藏痴③，人爱其慧，吾爱其痴，是亦一道也。"吴亦肯服。

【注释】

①云间：古华亭、松江府的别称。

②以艺藏道：艺，才能、技艺；道，指一定的人生观、世界观或思想体系。

③沙宛在：明妓女，字嫩儿，自称桃叶女郎，有《蝶香集闺情绝句一百首》。与吴鹿长相友善。

【译文】

吴苑与朋友们闲谈天下名士，谈及某某等等，吴说："云间的陈继儒，将'艺'藏于'道'中，我敬佩他的'道'；毗陵的刘少白，将'道'藏于'艺'之中，我敬佩他的'艺'。对于天下名士，不难知道他显露在外的长处，而难以知道他隐而不露的长处。"有人笑着说："像沙宛在将痴情藏于智慧之中，人们爱她的智慧，我爱她的痴情，这也是一种'道'啊。"吴苑也赞成这种意见。

西山先生①问傅景仁以作文之法，傅云："长袖善舞，多财善贾②。"西山由此务读。

【注释】

①西山先生：宋李郁，字光祖。秦桧用事，归隐西山，学者称西山先生。

②长袖善舞，多财善贾：语出《韩非子·五蠹》，比喻有所凭借，办事就容易成功。

【译文】

西山先生问傅景仁做文章的方法，傅说："长袖善舞，多财善贾。"西山得到启示，从此努力读书。

张湛舍室修整①，虽遇妻子如严君，人谓湛诈善耳。湛曰："人皆诈恶，我独诈善，何伤乎？"

【注释】

①张湛：字处度，东晋学者。

【译文】

张湛在家里很讲究礼节，即使对妻子也像对待父亲那样彬彬有礼。别人说他这不过是装善罢了。湛说："人们都诈恶，我独装善，这又有什么关系呢？"

陈婴者，东阳人①，少修德行，著称乡里。秦末大乱，东阳人欲奉婴为主。母曰："不可。自我为汝家妇，少见贫贱，一日富贵，不祥。不如以兵属人，事成少受其利，不成祸有所归。"

【注释】

①陈婴：秦东阳人。秦二世时，为东阳令史，为人谨慎，有长者之称。陈涉起义，东阳少年杀县令，相聚数千人，请陈婴为长帅，发展到二万余人，又欲立陈婴为王，陈婴听从母亲劝谕，辞不受，以兵属项梁。后归汉，封堂邑侯，卒谥安。事见《史记·项羽本纪》。

【译文】

东阳人陈婴，少年时就有良好的道德品质和修养，在乡里很有名望。秦末天下大乱，东阳地方的人要推举他为首领举兵起事。他的母亲说："不行。自从我嫁到你们陈家后，少小就贫贱，一旦富贵，必然不吉利。不如将兵权托付他人，事成之后可以稍受利益，事败后，灾祸也有人来承受。"

王黄门兄弟三人俱诣谢公①，子猷、子重多说俗事，子敬寒温而已。坐客问谢公："向三贤孰愈？"谢公曰："小者最胜。"客曰："何以知之？"谢公曰："吉人之辞寡②。"

【注释】

①王黄门兄弟三人：晋王徽之，字子猷，曾任黄门侍郎。王操之，字子重，曾任侍中、尚书等职。王献之，字子敬，曾任中书令等职。三人都是王羲之的儿子。

②吉人之辞寡：语出《易·系辞》。原作："吉人之辞寡，躁人之辞多。"

【译文】

黄门王徽之兄弟三人都去拜访谢安，子猷、子重二人说的多是些俚俗之事，子敬只是寒温问候而已。在座的客人问谢公："刚才那三位，谁比较出色？"谢公说："最小的那位最出色。"客人问："何以见得？"谢公说："贤善的人话少。"

庾公为护军①，属桓廷尉觅一佳吏。乃经年，桓公遇见徐宁而知之②，遂致于庾公，曰："人所应有，其不必有；人所应无，已不必无，真海岱清士③。"

【注释】

①庾公：指东晋庾亮，亮字元规，曾任中书令、征西将军等职。护军：官名。

②徐宁：东海郡郯县（今山东郯城）人，东晋大臣。

③海岱：海，指东海，岱，即泰山。指海内。

【译文】

庾亮任护军之职时，嘱托廷尉桓彝为他物色一位好的官吏。过了一年，桓公遇到徐宁，且了解了他，便将其推荐给庾公，说："一般人身上应有的短处，在徐宁身上不一定有；一般人所应没有的长处，在他身上不一定没有，他真是海内的清廉之士。"

司马公与子瞻论茶墨俱香①，云茶与墨，二者正相反。茶欲白，墨欲黑；茶欲重，墨欲轻；茶欲新，墨欲陈。

【注释】

①司马公：即司马光，字君实，北宋政治家、史学家。

【译文】

宋司马光与苏轼谈论茶与墨都有香味时说，茶与墨，二者正好相反。茶要求白，墨要求黑，茶要求重，墨要求轻，茶要求新鲜，墨要求陈旧。

陈眉公曰："放得俗人心下，方可为丈夫；方得丈夫心下，方名为仙佛；放得仙佛心下，方名为得道。"

【译文】

陈眉公说："放得下俗人的心，才可以做大丈夫；放得下大丈夫的心，才可以叫作仙佛；放得下做仙佛的心，才叫作得道。"

陈眉公曰："男子有德便是才；女子无才便是德。"

【译文】

陈眉公说:"男子有德行便是才干,女子无才干便是德行。"

刘禹锡曰:季龙挟弹弹人①,其父怒之,其母曰:"健犊须走车破辕②,良马须逸鞅泛驾③,然后能负重致远大。童稚不奇不慧,必非异器。"

【注释】

①季龙:石虎,字季龙,十六国时后赵国君。穷兵黩武,刑罚苛暴。

②辕:压在车轴上的直木或曲木。

③鞅:套在马颈上的皮带。

【译文】

刘禹锡说:季龙用弹弓去弹人,他父亲发怒责备他,母亲则说:"强壮的牛犊必须拉车时把车上的辕木也给拉断,良马必须敢于不受羁绊而随意驰骋,这样,才能负重而达到远方,小孩子不奇特,不聪慧,必不能成为非常的人才。

范忠宣公亲族间子弟①,有请教于公者,公曰:"惟俭可以助廉,惟恕可以成德。"

【注释】

①范忠宣公:北宋范仲淹之子范纯仁,谥忠宣,有《范忠宣公集》。

【译文】

范忠宣公亲族的子弟有人向他求教,他说:"只有俭朴可以助人廉洁,只有宽宏大量可以成就德行。"

鲁宗道为谕德①,往往易服微行,饮丁酒肆。一日真宗急召公,将有所问,使者反复于肆间得之,与公谋曰:"上若怪公来迟,当托何事?"公曰:"但以实告。"使者曰:"然则恐得罪。"公曰:"饮酒人之常情,欺君臣之大罪。"使者叹服。

【注释】

①鲁宗道:字贯之,宋真宗时为右正言,仁宗时拜参知政事。谕德:官名。主管对太子的讽喻劝谏。

【译文】

宋鲁宗道任谕德一职时,往往改穿着普通人的衣服,悄悄地到酒店饮酒。一天,真宗急于召见他,有事情问他,使者反反复复地寻找,在酒肆中找到了他,与他商量说:"皇上如果怪您来迟了,用什么作托辞呢?"鲁公说:"就如实相告好了。"使者说:"这样恐怕会得罪皇帝。"公说:"饮酒不过是人之常情,欺君却是为臣之大罪。"使者为之叹服。

李文靖公沆为相①,沉正厚重,无所革易。尝曰:"吾为相无他能,惟不改朝廷法度,用此以报国耳。"

【注释】

①李文靖公沆:李沆,北宋真宗咸平初任平章政事。卒谥文靖。

【译文】

文靖公李沆任宰相时,沉着稳重而又正派,对国家的各项制度没有什么改动。他曾说过:"我为宰相没有别的能耐,只是能严守朝廷法度,用这来报答国家罢了。"

马援落魄陇汉间①,常谓宾客曰:"大丈夫为志,穷当益坚,老当益壮。"

【注释】

①马援:东汉初扶风茂陵(今陕西杨凌西北)人,字文渊,初仕新莽,后附割据陇西的隗嚣,继归汉光武帝刘秀,任陇西太守、伏波将军等职。

【译文】

马援在陇汉一带潦倒失意时,常对宾客说:"大丈夫的志气,应当是穷厄的时候更要坚定不移,老了的时候尤应壮志不衰。"

陈仲微云①:"禄饵可以钓天下之中才,而不可啖尝天下之豪杰;名船可以载天下之猥士,而不可陆沉天下之英雄。"

名
语

【注释】

①陈仲微:字致广,南宋末官吏部尚书。

【译文】

陈仲微说:"以官禄做钓饵可以钓住天下中等才华的人,而不可能使天下的英雄觅食上钩;用功名制成的船只可以载天下猥琐庸俗之士,而不可能使天下的英雄沉沦。"

项羽入关后①,谓人曰:"富贵不归故乡,如着锦衣夜行耳。"

【注释】

①项羽:秦末农民起义军领袖,名籍,字羽。在巨鹿之战中摧毁秦军主力。秦亡后,自立为西楚霸王。后为刘邦击败,自刎于乌江。

【译文】

项羽入关后,对人说:"富贵后不回故乡,就如穿着锦绣衣服在黑夜中行走一样罢了。"

唐李邕为左拾遗①,俄而御史中丞宋璟奏张昌兄弟有不顺之言②,请付发断。则天初不应,邕在陛下,应曰:"璟言事关社稷,望陛下可其奏。"则天色解。既出,或谓曰:"子名位尚卑,若不称旨,祸将不测。"邕曰:"不癫不狂,其名不张。"

【注释】

①左拾遗:唐武则天时设置的谏官。李邕:字太和,初为谏官,历任郡守,官至汲郡、北海太守。人称"李北海",工书法。

②御史中丞:官名。宋璟:唐政治家,武则天时为御史中丞,睿宗、玄宗时都曾任宰相。

【译文】

唐李邕任左拾遗。忽然御史中丞宋璟奏张宗昌兄弟有不恭顺的言论,请求处理。武则天开始没有回应,李邕站在宫殿台阶下,应声说:"宋璟所说的事关系国家的利益,希望陛下批准他的奏章。"武则天的脸色舒展开来。出殿后,有人对李邕说:"你的名声地位都还卑微,如果说话不合圣上的旨意,将会有不测之祸临头。"李邕说:"没有癫狂大胆的言行,名气就不会张扬开来。"

屠纬真曰:"荆扉才杜,便逢客过扫门①;饭箩一空,辄有人求誉墓②。万事从来是命,一毫夫岂由人。"

【注释】

①扫门:想方设法求谒权贵,典出《史记·齐悼惠王世家》。

②誉墓:指作墓志。

【译文】

屠长卿(纬真)说:"刚把房屋的柴门关上,便逢求见的客人过往;盛饭的箩筐一空,就有人来求写墓志。万事都由命运决定,哪里有一丝一毫能由人愿。"

高逴为中书舍人九年①,家无制草②。或问曰:"前辈皆有制集,焚之何也?"答曰:"王言不可存于私家。"

【注释】

①高逴:当为高郢。字公楚,唐代宗宝应年间进士。中书舍人:官名,负责掌管文书、起草诏令一类事情,历代职掌有所不同。

②制:制诰,制书。皇上签署的一种公文。

【译文】

高郢任中书舍人之职九年,家里没有制诰、制书之类文字的草稿。有人问他:"前辈都有这方面的集子,你为什么将其焚毁呢?"高逴回答说:"君王的言论不能够保存在私人家里。"

盖宽饶曰①:"富贵如传舍②,惟谨慎可得久居。"

【注释】

①盖宽饶：字次公，汉宣帝时举方正，为人刚直公廉，官至司隶校尉。

②传舍：古时供行人居住的客舍。

【译文】

盖宽饶说："富贵犹如旅社，只有谨慎的人才可长久地居住下去。"

刘忠宣教子读书①，兼力农。尝督耕雨中，告人曰："习勤忘劳，习逸成惰。困之息之，息之困之。"

【注释】

①刘忠宣：明刘大夏，字时雍，官至兵部尚书，谥忠宣。

【译文】

刘忠宣教导儿子读书，同时还要他务农。他曾在雨中督促儿子耕田，并告诉别人说："习惯了勤苦，就会忘记劳累，习惯于安逸，便会养成懒惰的恶习。疲困了便休息，休息好了再劳作，直至疲困。"

万士亨、士和举进士，将之官，其父戒之曰："愿尔辈为好人，不愿尔辈为好官。"

【译文】

明万士亨、万士和兄弟俩中了进士，将去官府任职，他们的父亲告诫他们说："愿你们做好人，不愿你们做好官。"

虞谦为大理卿①，谳狱每加详慎②，必得其平。尝谓人曰："彼无憾，我无憾矣。"

【注释】

①虞谦：字伯益，明洪武时知杭州，永乐初任大理寺少卿。大理卿：古时掌刑狱的中央官员。

②谳（yàn）：审判案件。

【译文】

虞谦任大理卿时，审理狱讼都特别仔细慎重，务必使之公平合理。他曾对人说："打官司的人没有遗憾，我也就没有遗憾了。"

杨震为涿州太守，性公廉，不受私谒，子孙常蔬食步行。故旧长者，或欲令为开产，震不肯，曰："使后世称为清白吏子孙，以此遗之，不亦厚乎？"

【译文】

东汉杨震在涿州做太守，廉洁奉公，不接私人的拜谒请托，子孙们也常常粗茶淡饭，以步行代车轿。旧交长辈中，有人劝他开创产业，杨震不肯，说："使后世的子孙被人誉为'清白官吏的子孙'，将这种财富遗传给他们，不也很丰厚吗？"

王谌荐种暠于河南尹田歆①，谓歆曰："为尹得孝廉矣②，近洛阳门下吏也③。"歆笑曰："当得山泽隐滞，近洛阳吏耶。"谌曰："山泽未必有异士，异士未必在山泽。"

【注释】

①王谌：名知人，东汉河南尹田歆的外甥。种暠：字景伯，最初任县门下史，后为王谌所赏识，将其推荐给河南尹田歆，为东汉名臣。

②孝廉：有多种含义，这里指品学兼优的人。

③洛阳门下吏：洛阳，指都城所在地。门下吏，中央门下省中的官吏。

【译文】

王谌将种暠推荐给河南尹田歆，他对田歆说："我为您物色到了一位品学兼优的人，接近洛阳门下省官吏的水平。"田歆笑着说："你物色的人应当像山泽隐士，怎么可以与洛阳吏相近呢！"王谌说："山泽之间未必有超凡脱俗的人士，超凡脱俗的人士也未必出在山泽之间。"

汉明帝谓东平王苍曰①："天下何事为乐?"对曰："为善最乐。"

【注释】

①东平王苍:刘苍,汉光武帝第八子,封东平王,明帝时任骠骑将军。

【译文】

汉明帝问东平王刘苍说:"天底下做什么事最快乐?"刘苍回答说:"做善事最快乐。"

顾司马益卿云①："与其结新知,不若敦旧好;与其施新恩,不若还旧债。"

【注释】

①司马:官名。顾益卿:明顾养斋,字益卿。

【译文】

司马顾益卿说:"与其结识新朋友,不如加强与旧时好友的关系;与其施用新恩,不如偿还旧债。"

马援初处田牧间,至有牛马羊数千头,谷数万斛①。既而叹曰:"凡值货财产,贵其能施赈也,不则守钱虏耳。"

【注释】

①斛:容量单位。古以十斗为一斛。

【译文】

汉代马援当初生活在田野牧场间时,他所拥有的牛马羊达到数千头,谷有数万斛之多。不久,他慨叹说:"凡增值财富,贵在能够赈济别人,否则便成了守财奴了。"

薛道衡聘陈①,作《人日②》诗云:"入春才七日,离家已二年。"南人嗤曰:"是底言? 谁谓此虏解作诗?"及云"人归落雁后,思发在花前",乃喜曰:"名下固无虚士。"

【注释】

①陈:古国名。建都宛丘(今河南淮阳)。

②人日:古代相传农历正月初一为鸡日,初二为狗日,初三为猪日,初四为羊日,初五为牛日,初六为马日,初七为人日。

【译文】

隋诗人薛道衡在陈访问时,作《人日》诗说:"入春才七日,离家已二年。"南方人嗤笑说:"这是什么话?谁说这家伙懂得作诗?"待念到后二句"人归落雁后,思发在花前",便高兴地说:"盛名之下本来就没有名不副实之士。"

闵文休狂放嗜酒,素不喜与道学场①,人有强之者,则曰:"吟诗劣于讲学②,骂座③恶于足恭,两而揆之,宁为薄行狂夫,不作厚颜君子。"

【注释】

①道学:宋儒的哲学思想。

②讲学:这里指讲授宋儒之学。

③骂座:漫骂同座的人。汉灌夫好使酒,动辄骂座。

【译文】

闵文休狂放不羁,喜好饮酒,素来不喜参与道学活动,有人强迫他参加,则回答说:"吟诗比讲学低下,骂座比毕恭毕敬令人厌恶,但是将二者加以比较,宁可做行为轻薄的狂夫,也不做厚颜无耻的君子。"

卫玠为性通恕①,常自戒曰:"人之不逮,可以情恕;非意相干,可以理遣。"

【注释】

①卫玠:字叔宝,晋时曾任太子洗马,早卒。

【译文】

卫玠性格通达宽恕,曾自己提醒自己说:"人有不到之处,可以动之以情予以宽恕；人有出乎意料之外的冒犯，可以喻之以理，加以排遣。"

欧阳文忠公尝言曰[①]："观人题壁[②]，便识文章。"

【注释】

①欧阳文忠公：欧阳修，字永叔，自号醉翁，宋文学家，谥文忠。

②题壁：题字于壁。

【译文】

文忠公欧阳修曾说："观看他人的题壁之作，便可以认识其文章。"

齐王晞为孝昭待遇甚厚[①]，而晞每自疏退，谓人曰："非不爱热官[②]，但思其烂熟耳[③]。"

【注释】

①王晞：字叔朗，北齐孝昭帝时任太子太傅。

②热官：有权势的官员。

③《北齐书·王晞传》作"但思之烂熟耳。"

【译文】

北齐王晞受到孝昭帝的厚待，而他却每每自我疏远退避，对人说："不是不爱做有权势的热官，但对个中滋味想透了。"

谢玄晖好奖人才[①]，会稽孔闿粗有文章，未为时人所知。孔稚圭常令草让表以示玄晖，玄晖嗟叹良久，自折简写之[②]，语稚圭曰："是子声名未立，应共奖成，无惜齿牙馀论。"

【注释】

①谢玄晖：谢朓，字玄晖，南朝齐杰出的山水诗人。与"大谢"谢灵运同族，世称"小谢"。

②折简：古人以竹简作书，单执一札叫作简。折简，折简之一半，言其礼轻、随便。有似今日之便笺。

【译文】

谢玄晖喜欢奖拔人才，会稽人孔闿粗通文墨，没有为当时人所了解。孔稚圭要他草写怨责的表文给玄晖看，玄晖看后，嗟叹很久，亲自折简写了意见，告诉稚圭说："这个人没有声名，我们应共同对他进行奖誉，使之成名，不要吝惜多余的口舌。"

陆慧晓为晋熙王长史①，寮佐造见，必起送之。或语云："长史贵重，不宜妄自谦屈。"陆曰："我性恶人无礼，不容不以礼处人。"

【注释】

①长史：官名。

【译文】

南齐陆慧晓在晋熙王处任长史，僚属拜见时，必定起身相送。有人说："长史地位高贵，不宜过分地谦恭，委屈自己。"陆说："我生来讨厌人不讲礼貌，不能容许自己不以礼待人。"

魏佛助盛誉卢思道①，以卢询祖为不及②。询祖曰："见未能高飞者，借其羽毛；知逸势冲天者，剪其翅翮。"

【注释】

①卢思道：隋诗人，字子行，仕齐为散骑常侍，直中书省，周武帝平齐，授仪同三司。隋初复为散骑侍郎。

②卢询祖：北齐人，善文章，历任太子舍人、司徒记室等。

【译文】

魏佛助对隋诗人卢思道赞誉备至，认为卢询祖不如卢思道。询祖说："这就叫作见到不能高飞的，借给他羽毛；知道别人有驰逸冲天之本领，则剪掉他的翅膀。"

唐天后尝召徐有功责之曰①："公比断狱多失出，何也？"有功答曰:"失出臣小过,好生陛下大德。"

【注释】

①天后:武则天。徐有功:名弘敏,曾任司刑丞。武后时,狱吏专断,朝野不敢正言,有功却能犯颜直谏。

【译文】

唐代天后曾召见徐有功,责备他说:"您近来判案断狱,多有失误,这是为什么?"有功回答说:"失误是微臣的小小过失,好生是陛下的大恩大德。"

许子将常到颍州①,多长者之游,唯不诣陈仲弓②。又陈仲举妻丧还葬,乡人俱至,许独不至。或问其故,子将曰:"太丘道广,广则难周;仲举性峻,峻则少通,故不造也。"

【注释】

①许子将:东汉许邵,字子将。秉持清格,讲求名节,好议论乡堂人物。曹操没有发迹时,曾强求他评论,他说:"君清平之奸贼,乱世之英雄。"与兄许虔齐名,时称平舆之渊有二龙。

②陈仲弓:东汉人陈寔,字仲弓,桓帝时为太丘长。

【译文】

许子将经常到颍州去,多与长者交游,唯独不去陈仲弓那里。还有,陈仲举的妻子死了,还葬故乡,乡人都来送葬,唯独许子将没来。有人问他这样做是什么缘故,子将说:"太丘之道广阔,广阔就难于细密调和;仲举为人严厉,严厉就不大通达,所以不去拜访他们。"

齐太祖奇爱张思光①,时与款接,笑曰:"此人不可无一,不可有二。"

【注释】

①齐太祖:指南齐太祖萧道成。张思光:张融,字思光。其形貌短丑,行止怪诞,善言谈,工草书。

吾少天二

【译文】

　　齐太祖特别喜爱张思光，时常聚首，笑着说："这种人不可以没有一个，也不可以有两个。"

　　向子平读《易》①，至损、益卦②，喟然叹曰："吾已知富不如贫，贵不如贱，但不知死生何如耳。"

【注释】

　　①向子平：向长，字子平，后汉人。

　　②损、益卦：《周易》第四十一卦为损卦、第四十二卦为益卦。

【译文】

　　向子平读《周易》，读到损、益二卦时，喟然感叹说："我已经知道富裕不如贫穷，尊贵不如卑贱，只是不知道死和生是怎样的啊！"

　　陈眉公曰："做秀才如处子，要怕人；既入仕如媳妇，要养人；归林下如阿婆，要教人。"

【译文】

　　陈眉公说："做秀才，好像是处女，要怕人；既入仕途，好像是媳妇，要养育人；退出仕途，回归林下，就像婆婆，要教育人。"

　　陈眉公曰："有一言而伤天地之和，一事而折终身之福者，切须检点。"

【译文】

　　陈眉公说："有人因一句话而伤害了天地之和气，因一事而折损了终身的福气，因此说话做事，切须检点。"

　　陈继儒曰："势在则群蚁聚膻，势去则饱鹰扬汉。悠悠浊世，今古皆然。有识之士，不必露徐偃之刚肠①，但请拭叔度之冷眼②。"

【注释】

①徐偃:古代传说,周穆王时徐偃王有筋无骨,后因称书法柔软不挺曰徐偃,又称笔之柔韧应手者曰徐偃笔。

②叔度:东汉黄宪,字叔度,家世贫贱而人格高尚,人称其"汪汪若千顷波,澄之不清,淆之不浊,不可量也。"

【译文】

陈继儒(眉公)说:"权势在手时,人们就如群蚁聚集在羊肉上面一样趋炎附势;权势丧失了,他们就像吃饱了的鹰远扬长空一样无情离去。悠悠尘浊世界,古今都是这样。有识之士,不必露出徐偃那样的刚肠,但请像叔度那样保持高尚人格,擦拭冷眼而视之。"

南杨在内阁①,其子来京师,所过州县,无不馈遗,惟江陵令范理不为礼②。公异之,荐为德安守。或劝当致书谢,范曰:"宰相为朝廷用人,太守为朝廷奉命,一杨一范,私面何关?"

【注释】

①南杨:指明杨溥,湖广石首人。

②范理:字道济,初知江陵,历南吏部左侍郎。

【译文】

南杨在内阁任职,他的儿子到京城来,沿途所过的州县,没有不送礼的,只有江陵县令范理不给送礼。杨公对此很赞赏,便将他荐举为德安太守。有人劝范理写信感谢南杨,范理说:"宰相是为朝廷选用人才,太守是为了朝廷而奉命就职,一杨一范,与私人情面有何关系?"

豪语第三

吴苑曰：圣人尽而豪士出，圣人具德，豪士具才，此大略言也。盖世间才士，未有不豪者。五官六府，皆奇英之所灌溉，每喘一息，吐一语，几塞天地。虽过之者不无七八，而副之者亦有二三，故圣人既隐之后，不如此辈之强且干也。况志一不成，即视身如芥，慷慨之语，何其壮哉！嗟乎！波流宇宙，岂能少此辈乎？乃次豪语第三。

【译文】

吴苑说：圣人隐尽之后便有豪士出来。圣人具有高尚的道德，豪士具有非凡的才气，这只是大略的说法。大凡世间有才之士，没有不具豪气的。五官六腑，都由奇异的精英灌溉盈溢，每呼吸一次，吐出一语，几乎都可以充塞于天地之间。虽然过之者有十之七八，而切实可行者也有十之二三，所以当圣人隐去之后，就没有比这些人强悍而且精干的了。况且他们立志所干的事业，一旦不能成功，便将七尺之躯视为草芥，他们慷慨的言语，是多么壮烈呵！唉，滔滔宇宙间，怎能缺少这种人呢？于是便将"豪语"列为第三。

荀中郎在京口①，登北固望海，云："虽未睹三山②，便自使人有凌云意，若秦汉之君，必当褰裳濡足。"

【注释】

①荀中郎：晋荀羡，曾授北中郎将。

②三山：指古代传说中东海的蓬莱、方丈、瀛洲三山，为神仙所居之地，总称"三神山"。秦始皇、汉武帝都曾派人寻访三山，以求不死之药。

【译文】

荀中郎在京口登北固楼瞭望东海时说："虽然没有看到三神山，便已使人不由得飘飘欲仙。若是秦皇汉武，必定会撩起衣裳下水了。"

桓温读《高士传》①，至於陵仲子②，便掷去曰："谁能作此溪刻自处！"

【注释】

①《高士传》：晋皇甫谧撰，记录上古至魏晋隐逸之士九十六人。

②於陵仲子：於陵，地名。仲子，陈仲子，战国齐人，以兄食禄万钟为不义，迁居楚国，居于於陵。楚王欲聘他为相，与妻逃去，为人灌园。

【译文】

桓温读《高士传》，读到於陵仲子传时，便将书丢开说："谁能够这样苛刻地对待自己。"

石崇每与王敦入学嬉①，见颜原像而叹曰②："若与同升孔堂，何必去人有间。"王曰："不知馀人云何，子贡去卿差近。"石正色曰："士当令身名俱泰，何至以瓮牖语人③。"

【注释】

①石崇：字季伦，西晋时，官至侍中，与贵戚争为侈靡，夸豪斗富。王敦：字处仲，东晋时，官至大将军、荆州牧。

②颜、原：指颜渊、原宪二人。

③瓮牖：简陋的窗户。原宪贫困，住宅以瓮为牖。

【译文】

晋石崇每与王敦到学校去嬉戏，见到颜回与原宪的像就叹惜说："若与他们同入孔子堂中，与他们相去也只有一点儿。"王敦说："不知其余的人如何，子贡与你相差不远。"石崇严肃地说："士当使身与名都安泰美满，为何竟对人说这种没志气的话。"

胡总制宗宪读《汉书》①，至终军请缨事②，起叫曰："男儿双足，当从此处插入，其他皆狼藉耳。"

【注释】

①总制：官名。胡宗宪，字汝贞，明嘉靖时平倭有功，升任总督。

②终军请缨：终军，字子云，汉武帝时官谏议大夫。当时要派去说南越王入朝，终军自请："愿受长缨，必羁南越王而致之阙下。"后被杀，死时年方二十余岁。

【译文】

总制胡宗宪读《汉书》，读到终军请缨一事时，起身大叫道："男儿的两只脚，应该从这种地方插入，其他都是大丈夫所不屑为的啊。"

赵温子柔①，京兆人，为郡丞②，叹曰："大丈夫当为雄飞，焉能雌伏！"遂弃官去。

【注释】

①赵温子柔：后汉赵温，字子柔，累拜司徒、录尚书事。

②郡丞：官名。

【译文】

赵温字子柔，京兆人，任郡丞之职，感叹说："大丈夫应当奋发有为，怎么能不求进取。"于是弃官而去。

宗少文问侄悫曰①："君志何？"悫对曰："愿乘长风，破万里浪。"

【注释】

①宗少文问侄宗悫：《南史·宋宗悫传》："宗悫，字元干……叔父少文，高尚不仁。悫元嘉二十二年伐林邑，除振武将军，孝武即位，封洮阳侯。"

【译文】

宗少文问侄儿宗悫说："你的志向如何？"宗悫回答说："我愿凭借长风，冲破万里巨浪。"

石崇每要客宴集，常令美人行酒，客饮酒不尽者，使黄门交斩美人①。王丞相导与大将军敦尝共诣崇②，丞相素不能饮，辄自勉强，至于沉醉。每至大将军，固不饮以观其变，已斩三人，第四姬奉酒，形色战恐，尚不饮如故。丞相让之，大将军曰："彼自杀伊家人，何预卿事！"

【注释】

①黄门：官名。

②王导：字茂弘。西晋覆灭后，在建康拥立晋元帝，任丞相，其堂兄王敦握重兵，镇长江上游，时称"王与马，共天下"。历仕元、明、成三帝，稳住了江南半壁河山。王敦：字处仲，王导之堂兄。曾与王导一起拥立晋元帝，封大将军。永昌元年兴兵清君侧，图谋篡位。后病死。据史载，王敦蜂目豺声。

【译文】

石崇每邀请宾客集会赴宴，常常令美人巡行斟酒劝饮，如果客人饮酒而不干杯，石崇便令黄门官斩杀美人。丞相王导与大将军王敦曾经一起拜访石崇，丞相素来不能饮酒，但总是勉强自己喝下去，以至喝得酩酊大醉。每当轮到劝大将军喝酒时，他坚决不喝，借以观察石崇的反应。已经斩杀了三人，第四位美人来敬酒时，形色战栗，十分恐惧，而大将军依然不饮。丞相责怪他，大将军说："他自家杀他自家人，与您有什么相干？"

嵇中散灯下弹琴①，有一人入其室，初时犹小，斯须转大，遂长丈馀，颜色甚黑，单衣草带，不复似人。嵇熟视良久，乃吹灭灯曰："耻与魑魅争光②。"

【注释】

①嵇中散：三国魏文学家嵇康，曾官中散大夫，世称嵇中散。

②魑魅：古代传说山泽中的鬼怪。

【译文】

嵇康在灯下弹琴，有一人来到他屋里，起初还小，忽而就变大了，以至长到一丈多高，肤色漆黑，单衣裳上系着草绳，不再像人。嵇康盯着他看了很久，便将灯吹熄说："耻与魑魅争光。"

范晔初入狱①，意便死，乃上穷治其狱，遂经一旬②，晔更有生望。谢综与熙先亦同事，笑曰："詹事在西池射堂上跃马顾盼，自为一世之雄，乃扰攘畏死乃尔耶！"

【注释】

①范晔：南朝宋史学家，字蔚宗，曾官太子詹事等职，后因孔熙先等谋迎立彭城王义康一案牵连被杀。

②一旬：古人以十日为一旬。据史书，当为二旬。

【译文】

范晔刚入狱时，以为会立即被处死。不料皇上要彻底追查他们的案子，于是拖延了一旬的时间，范晔又指望能免于一死。谢综与孔熙先也因同案被拘禁，笑着说："詹事在西池射堂上跃马挥鞭，顾盼自若时，自认为是一世之英雄，难道现在惶遽畏死到这等地步吗？"

李太白登华山落雁峰曰："此山最高，呼吸之间，可通帝座，恨不携谢朓惊人语来，搔首问青天耳。"

【译文】

李白登华山落雁峰，说："此山最高，呼吸之间，就可以通达天庭，只恨没有将谢朓描山摹水的惊人语句带来,搔首问青天了。"

王融行过朱雀航^①,闻人争路,乃推车壁曰:"车中岂可无七尺,车前岂可无八驺^②。"

【注释】

①王融:南朝齐人,字元长,少而聪明警惠,博涉有文才,以父亲官运不通,弱年便欲绍兴家业。后官丹阳丞、中书郎等。朱雀航:秦淮河上的浮桥名。航,浮桥。

②八驺:古时官员出行,有驺卒前导。辟除行人,官位高的多至八人,故称八驺。

【译文】

王融路过朱雀航时,看到有人抢路先行,便推着车壁说:"车里面怎么可以没有七尺之躯的大丈夫,车前面怎么可以没有八人开路。"

来护儿幼卓荦^①,读书至"击鼓其堂,踊跃用兵","羔裘豹饰,孔武有力^②,"舍书叹曰:"大丈夫当如是会为国灭贼,以助功名,安能区区事砚乎!"

【注释】

①来护儿:隋炀帝时将领。

②击鼓其堂四句:意谓战鼓声响亮,争先恐后地用兵厮杀;穿着羔羊、虎豹皮做的服装,显得非常勇武有力。前两句出自《诗经·邶风·击鼓》,后两句出自《诗经·郑风·羔裘》。

【译文】

来护儿幼年就卓荦不群,读《诗经》读到"击鼓其堂,踊跃用兵","羔羊豹饰,孔武有力"处时,将书扔下感叹道:"大丈夫应当这样来为国灭贼,以成就功名事业,怎能这么没出息地与笔砚打交道。"

秦始皇游会稽^①,渡钱塘,项梁与籍同观^②,籍曰:"彼可取而代也。"梁掩其口曰:"无妄言,族矣!"

【注释】

①会稽：地名，今属浙江绍兴。

②项梁：项羽叔父。项籍：项羽，名籍，秦末时曾与刘邦争天下。

【译文】

秦始皇南游会稽，渡钱塘江，项梁与项籍一起去观看，项籍说："这人可以取而代之。"项梁赶紧捂住项籍的嘴说："别乱说，会招来灭族之祸的。"

燕王垂议伐西燕曰①："吾比老，叩囊智足以取之②。"

【注释】

①燕王垂：后燕慕容垂，字道业，初封吴王，后称帝于中山，谥成武皇帝。

②《晋书·慕容垂载记》作："吾计决矣。且吾投老，扣囊底智，足以克之，不复留此逆贼以累子孙。"

【译文】

燕王慕容垂议论讨伐西燕之事。说道："我虽然老了，但是敲敲囊底，敲出的智谋已经足够战胜他。"

祖逖渡江中流①，望而叹曰："不澄清中原，不复渡此！"

【注释】

①祖逖：字士稚，东晋名将，西晋末率亲党数百家南移。晋愍帝建兴元年，要求北伐，晋元帝司马睿时任为豫州刺史。率部渡江，中流击楫，发誓要收复中原。

【译文】

晋祖逖率部渡江，于中流望着被占领的土地叹息说："不收复失地，澄清敌氛，誓不再渡此江！"

吕蒙①随姊夫邓当击贼，年十六，呵叱而前，当不能禁止。归言于母曰："不探虎穴，焉得虎子！"

【注释】

　　①吕蒙：三国汝南人，字子明。少年时跟随孙策为部将，后随孙权转战各地，又随周瑜等大破曹操于赤壁，鲁肃死后，代领其军，袭破关羽，占领荆州。

【译文】

　　吕蒙随姐夫邓当抗击贼人，当时才十六岁。他叫骂着奋勇向前，邓当不能阻止他的行动。回来后，吕蒙对母亲说："不进入虎穴，怎能获得虎子！"

　　唐庄宗临斩刘守光^①，守光悲泣，哀祈不止。其二妻李氏、祝氏谯之曰："事已如此，生复何益？妾请先死。"即伸颈就戮。

【注释】

　　①刘守光：后梁人，为人庸愚，因与父妾通奸被逐。开平初，其父仁恭为梁所攻，守光击退梁军，自为卢龙节度使，并幽父杀兄，骄横益甚。唐庄宗即晋王位时起，与梁连年战斗，守光趁机于乾化初自称燕帝，改元应天。三年后，为晋所获，斩于太原。

【译文】

　　后唐庄宗李存勖监斩刘守光时，守光悲伤哭泣，不断哀求庄宗。他的两位妻子李氏与祝氏责骂他说："事情已经到了这个地步，活着还有什么益处？妾请求先你而死。"伸长脖子就死。

　　汉高祖尝游咸阳，纵观秦始皇，喟然叹曰："大丈夫当如此也！"

【译文】

　　汉高祖刘邦曾到咸阳游览，纵观秦始皇的有关遗迹，喟然叹息说："大丈夫就应该如此啊！"

　　陈蕃尝处一室^①，庭宇荒秽。父友薛勤来候之，谓蕃曰："孺子何不洒扫以待宾客？"蕃曰："大丈夫当扫除天下，何事一室乎?"

【注释】

①陈蕃:东汉人,字仲举,曾任安乐太守等职,汉灵帝时封高阳侯。

【译文】

陈蕃曾在一个地方居住,房室内外芜杂肮脏。父亲的朋友薛勤来看望他,对陈蕃说:"小伙子为何不打扫一下,接待来客呢?"陈蕃说:"大丈夫应当扫除天下,何必去待候这小小的一室呢?"

宋海翁才高嗜酒①,侧睨当世。忽乘醉泛舟海上,仰笑曰:"吾七尺躯,岂世间凡土所能贮,合当以大海葬之耳。"遂按波而人。

【注释】

①宋海翁:明宋澄春,字应允,号海翁,居江陵天鹅池,自号鹅池生,能诗善画。后游钱塘,跃入江中而死。

【译文】

宋海翁才学出众,爱好饮酒,对当世的一切都侧目而视。一天,忽然乘着酒醉后的兴致,泛舟游于海上,仰天大笑道:"我堂堂七尺之躯,难道是世上平凡的泥土能够贮藏的,应当让大海来埋葬我啊!"于是纵身投入大海。

班超家贫①,常为官佣书以供养其母。久劳苦,尝辍业投笔曰:"丈夫无他志略,犹当效傅介子、张骞立功异域②,以取封侯,安能久事笔砚间乎!"左右皆笑之,超曰:"小子安知壮士哉!"

【注释】

①班超:字仲升,东汉名将。

②傅介子:西汉大臣,曾在宴席上刺杀楼兰王,后封义阳侯。张骞:西汉大臣,封博望侯。汉武帝时两次出使西域,为国立功。

【译文】

班超家中贫困,曾为官府雇用抄写以供养老母。长久劳苦,曾停下工作,甩下毛笔叹道:"大丈夫没有其他志向才略,也当效法傅介子、张骞在异域建立功勋,以获得封侯,怎能长期地和笔墨砚池打交道呢?"身边的人都笑话他,班超说:"小人怎么能知道壮士的志向呢!"

马援将军还,将至,故人多迎劳之。平陵人孟冀名有计谋,于坐贺援,援谓之曰:"吾望子有善言,反同众人耶?方今匈奴乌桓①,尚扰北边,欲自请击之。男儿要当死于边野,以马革裹尸还葬耳,何能卧床上,在儿女子手中耶!"

【注释】

①匈奴:中国古民族名,亦称胡。秦汉之际势力强盛,统治了大漠南北广大地区,时常越过黄河南下袭掠。汉武帝时,多次进军漠北,匈奴受到很大打击,势力渐弱。乌桓:中国古族名,亦称乌丸。汉初依附匈奴,汉武帝后附汉,尔后,时附时反。

【译文】

马援带领军队回还,到达时,旧友们大都来欢迎慰劳他。平陵孟冀名是位有计谋的人,在座中祝贺马援。马援对他说:"我希望你说些有分量的话,为什么反与众人一样应酬呢?现在匈奴、乌桓还在扰乱北方边境,我打算请缨,讨伐他们。男子汉当死于边疆的野外,用战马之皮裹着尸体还葬故地,怎能睡在床上,在儿女子手中虚度时光呢?"

扬子云曰①:"雕虫篆刻②,壮夫不为也!"

【注释】

①扬子云:汉扬雄,字子云,少好学,不事章句训诂,博览群书。

②雕虫篆刻:虫,虫书;刻,刻符。两者是西汉学童所习的隶书八体中的两体。比喻为小技末道。

【译文】

扬子云说:"雕虫篆刻,大丈夫不屑于做这种事。"

毛澄七岁善属对①，姻戚长老喜之者，赠以金钱，受归即掷之曰："吾犹薄苏秦斗大②，安事此邓通糜縻③。"时人奇之。

【注释】

①属对：诗文中撰成对句。

②苏秦：战国时政治家，游说燕、赵、韩、魏、齐、楚六国，合纵抗秦，佩六国相印，为纵约之长。失败后至齐为客卿，与齐大夫争宠，被刺死。

③邓通：汉文帝时得宠，赐蜀郡严道地方的铜山，可自铸钱，因此，他钱满天下。后人便以"邓通"作钱的代称。

【译文】

毛澄七岁时就善写诗文，亲戚和长辈们中喜欢他的人，便送给他金钱。他回家后即丢在地上说："我对苏秦的才略尚且轻视，怎能够为邓通羁縻呢？"当时人对他的豪言都表示惊奇。

项羽少时学书不成①，去；学剑，又不成，去。季父梁怒之，羽曰："书足记姓名而已，剑一人敌，不足学，学万人敌耳！"于是梁奇其意，教以兵法。

【注释】

①学书："书"指文字，"学书"犹言"学认字"。

【译文】

项羽少年时学书，半途而废；学剑，又中途而放弃。叔父项梁对此生气发怒。项羽说："读书能够辨记姓名就够了，剑只能与一个人格斗，不值得学，我要学的是能与万人相敌的本领！"项梁赞赏他的志向，便教给他兵法。

项王飨沛公①，亚父谋欲杀沛公②。樊哙居营外③，闻事急，乃持盾入。初入营，营卫止哙，哙直撞入立帐下。项王目之，问为谁，张良曰："沛公参乘樊哙也④。"项王曰："壮士，赐之卮酒彘肩⑤。"哙既饮酒,抚剑切肉食之。项王曰:"能复饮乎?"哙曰:"死且不辞,岂特厄酒乎!"

【注释】

①项王:指项羽。沛公,指刘邦。

②亚父:项羽对范增的尊称,以其行辈与自己父亲同,故称。

③营:军队驻扎处。

④参乘:即骖乘,古代坐在车的左右边陪同乘车者。

⑤厄(zhī):古代一种盛酒器皿。彘肩:猪腿。

【译文】

项王宴请沛公,亚父范增想谋杀沛公。樊哙在营帐外面,听说事态紧急,便提着盾进去。初入营,卫兵阻止樊哙,樊哙直撞进去,立在帐下。项王看着他,问是谁,张良说:"是沛公的骖乘樊哙。"项王说:"是个壮士,赐给他酒与猪腿。"哙一面喝酒,一面拔剑割肉吃。项王说:"还能再喝吗?"樊哙说:"死都不怕,何况几杯酒呢!"

项籍与汉高祖相拒①,项使人谓汉王曰:"天下匈匈,徒以吾两人耳。愿与王一战决雌雄,毋徒罢天下父子为也。"

【注释】

①项籍:即项羽。汉高祖:即刘邦。

【译文】

项籍与汉高祖刘邦两军对垒,相持不下,项籍派人对汉王说:"天下动荡不安,不过是因为我们两个人而已。愿与王进行决战,一见高低,不要徒然使天下父子为我们而疲于奔命啊!"

狂　语

狂语第四

吴苑曰：古人有言曰：狂夫之言，圣人择焉。圣人尚取之，而况其下者乎？夫狂者，视己虚若满，视人高若下，除一身之外，无足以当双眸者。其用志不过欲与霄汉比高，瀛海比大，但未省一假已有愈不足之义，此亦豪之亚者。次狂语第四。

【译文】

吴苑说：古人有言：狂夫所说的话，圣人加以选用。圣人尚且选取狂者之言，何况圣人以下的人呢？所谓狂者，把自己的空虚视若盈满，将别人的高处视若低处，除了自己一人之外，再没有足以使他看得上眼的人和事。他的心志不过是要与云霄天汉比高低，与大海比大小，但不懂得有虚假便愈加华而不实的道理，这类人也属豪放的次一等，所以编"狂语"为第四位。

齐黄门郎吴兴沈昭略①,侍中文叔之子②,性狂俊,使酒任气,朝士常惮而容之。尝醉负杖至芜湖苑,遇琅玡王约,张目视之曰:"汝王约耶？何肥而痴？"约曰:"汝是沈昭略耶,何瘦而狂？"昭略抚掌大笑曰:"瘦又胜肥,狂又胜痴矣。"

【注释】

①黄门郎:官名。吴兴:地名,今属浙江湖州。沈昭略:字茂隆,南齐高帝萧道成时,累迁侍中。

②侍中:官名。

【译文】

南齐时,黄门郎吴兴人沈昭略,是侍中沈文叔之子,性格狂俊,借酒使性任气,朝中的官员们常因害怕而容忍他。有次喝醉了酒,他拿着手杖到芜湖苑去游玩,在那里遇见了琅玡人王约,沈张大眼睛看他说:"你是王约吧？为什么生得又肥又痴？"王约说:"你是沈昭略吧？为何长得又瘦又狂？"昭略抚掌大笑道:"瘦又胜过肥,狂又胜过痴啊。"

桑悦①调柳州倅,不欲赴,人问之,辄曰:"宗元小生②,擅此州名,吾一旦往掩其上不安耳。"

【注释】

①桑悦:明代学者,字民怿,明成化举人,为人怪妄。

②小生:对后辈的称呼,表示轻蔑。

【译文】

桑悦被调去柳州任通判,不愿赴任。别人问他为什么,就说:"柳宗元这小子,独揽了这一州的名望,我一旦到那里,我的名望会掩盖在他之上,因而于心不安啊。"

袁中郎同陶石篑游鉴湖①,袁谓陶曰:"尔狂不如季真,饮酒不如季真②,独两眼差同耳。"陶司故,袁曰:"季真识谪仙③,尔识袁中郎。"

【注释】

①袁中郎：见P16"慧语"之"丘长孺贷资于袁中郎"条注释①。陶石篑：陶望龄，字周望，号石篑，官终国子监祭酒，谥文简。

②季真：唐诗人贺知章，字季真。

③谪仙：旧时称誉才学优异的人，说他们犹如仙人谪降人间。贺知章曾誉李白为谪仙人。后因以谪仙专指李白。

【译文】

袁中郎与陶石篑游览鉴湖，袁对陶说："你的狂放不如季真，饮酒也不如季真，唯独两只眼睛与他差不多。"陶问为什么，袁说："季真能识谪仙，你能识袁中郎。"

王仲祖与刘真长别后相见①，王谓刘曰："卿更长进。"刘曰："卿仰看耶？"王问其故，刘曰："不尔，何由测天之高也。"

【注释】

①王仲祖：晋王濛，字仲祖，少时放纵不羁，后来以清约见称，官至左长史。刘真长：晋刘惔，字真长。少清远有志操，累迁丹阳尹，为政务镇静信诚。

【译文】

王仲祖与刘真长别后相逢，王对刘说："你更有长进了。"刘说："你是仰着头看吗？"王问为什么，刘说："不然的话，怎能测试天的高度呢。"

王中郎坦之年少①，江虨为仆射领选②，欲拟之为尚书郎。有语王者，王曰："自过江来，尚书郎正用第二人，何得拟我也。"（坦之自负为第一流人。）

【注释】

①王中郎：指晋人王坦之，字文度，曾任北中郎将，累官中书令，谥献。

②江虨：字思玄，累官国子监祭酒，晋简文帝时为相。仆射：官名。

【译文】

王中郎(坦之)年少时,江彪任仆射,遴选官员,准备将王坦之提升为尚书郎。有人告诉王坦之,王说:"自从渡江以来,尚书郎只用第二流人物,为什么准备让我承担此任。"(坦之自信自己是第一流人物。)

桓公少与殷侯齐名①,常有竞心。桓问:"殷卿何如我②?"殷云:"我与我周旋久,宁作我。"

【注释】

①桓公:晋桓温。殷侯:晋殷浩。

②卿:对对方的尊称。

【译文】

桓温少时与殷浩齐名,常有竞争之心。桓问道:"殷卿有什么如我之处?"殷回答说:"我与自己周旋久了,宁愿做我自己。"

桓大司马下都,问真长曰:"闻会稽王语奇进①,尔耶?"刘曰:"极进,然故第二流中人耳。"桓曰:"第一流复是谁?"刘曰:"正是我辈耳!"

【注释】

①会稽王:指晋简文帝司马昱。

【译文】

桓温来到建康,问刘真长说:"听说会稽王谈论名理之语突飞猛进,是这样吗?"刘说:"进步极快,然而只是第二流中的人物罢了。"桓说:"第一流又是谁呢?"刘说:"正是我们这些人哩!"

殷洪乔作豫章郡①,临去,都下人因附百许函书。既至石头,悉掷水中,因祝曰:"沉者沉,浮者浮,殷洪桥[乔]安作置[致]书陲[邮]。"

吾少天下

【注释】

①殷洪乔：殷羡，字洪乔，仕终光禄。

【译文】

殷羡(字洪乔)到豫章任太守，离开都城时，都城里的人们托他带去百多封书信。行至石头城处，他将信全都抛入水中，祝祷说："该沉的都沉下去，该浮的都浮起来，殷洪乔怎能做送书信的邮差！"

梁公公实荐一士于李公于鳞①，士者欲以啖公，曰："吾有长生术，不惜为公授。"曰："吾名在天地间，只恐盛着不了，安用长生！"士者惭而止。

【注释】

①梁公实：明文学家梁有誉，字公实。李于鳞：明文学家李攀龙，字于鳞，官至河南按察使。

【译文】

梁公实推荐一士人给李于鳞，士人想谄媚李公，说："我有长生之术，愿毫无保留地传授给你。"李公说："我的名气在天地之间，只恐怕装不下，哪里用得着长生！"士人十分惭愧而不再说了。

张伯玉过姑熟①，见李太白十韵，叹美久之。周流泉石间，后见一水清澈，询地人曰："此水名明月泉。"公曰："太白不留此题，将留以待我也。"

【注释】

①张伯玉：字公达，北宋嘉祐中为御使，出知太平府，能诗善饮，人称张百杯。姑熟：古城名，一作姑孰。

【译文】

张伯玉路过姑熟城，看到李白的题诗十首，赞叹不已。周游于泉石之间，后见到一处水流清澈可爱，询问当地人，告知说："此水名明月泉。"张公说："太白不在这里留下题诗，是要留待我来补题的啊。"

徐文长为胡总制公客^①，有一将士病疟，恐胡公督练急，乃转求宽于徐。徐曰："君正当求我，不当求胡。"令将士急磨墨，取笔书旧作诗一首付之曰："君可谨佩，百鬼自不敢来^②。"

【注释】

①徐文长：徐渭，字文长，明代文学家。

②旧时称疟疾为行疟鬼犯人。

【译文】

徐文长在总制胡宗宪公府做幕宾。有一将士患了疟疾，恐怕胡公督促训练紧急，便求徐文长去说情，请求宽限。徐说："你正应该求我，不应当求胡。"便令该将士赶快磨墨，取笔将旧作中的一首诗写下交给他说："你可谨慎地佩戴在身上，百鬼自然不敢来了。"

王仲祖有好仪形，每览镜自照曰："王文开那生如馨儿^①。"

【注释】

①王文开：王仲祖之父，名讷，字文开，仕至新淦令。

【译文】

晋王仲祖(王濛)仪表十分出众，经常拿镜子自照说："王文开怎么能生出这种儿子。"

王冕既归越^①，常言天下将乱。时海内无事，或斥冕为妄，冕曰："妄人非我，谁当为妄哉！"

【注释】

①王冕：元画家、诗人。越：古国名，建都会稽(今浙江绍兴)。

【译文】

王冕回到越地，常说天下将要大乱。当时海内平安无事，有人指责王冕无知妄说。王冕说："无知妄说的人不是我，该是谁无知妄说呢！"

宗子相才高^①，雄视一时，尝谓同社曰："朝廷若无我辈文章之士，则灵鸟不必鸣岐山②，而仁兽化为梼杌③。"

【注释】

①宗子相：宗臣，字子相，明文学家。

②岐山：山名，相传周古公亶父建邑于此，周初有凤鸣于此，故又名凤凰山。

③仁兽：古代传说中的麒麟。梼杌：古代怪兽名，常用以比喻恶人。

【译文】

宗子相才气高扬，雄视一时，曾对同社的人说："朝廷中假如没有我们这些文采斐然的文人，凤凰就不会在岐山鸣唱，麒麟也会化为梼杌。"

齐高帝尝与王僧虔赌书毕①，帝曰："谁为第一？"僧虔对曰："臣书人臣中第一，陛下书帝中第一。"帝笑曰："卿可谓善自谋也。"

【注释】

①王僧虔：南朝齐书法家，晋王羲之四世族孙，其书法继承祖法，为时人所推崇。

【译文】

齐高帝与王僧虔比赛书法，比完后，帝问："谁为第一？"僧虔对答说："臣的书法在人臣中为第一，陛下的书法在帝王中为第一。"帝笑着说："你可以说是善于为自己打算了。"

琅玡王僧虔，博通经史，兼善草隶。太祖谓虔曰："我书何如卿？"曰："臣正书第一，草书第三；陛下草书第二，正书第三。臣无第二，陛下无第一。"上大笑曰："卿善为辞也，然'天下有道，丘不与易也①'。"

【注释】

①天下有道，丘不与易也：语出《论语·微子》，原意谓如果天下清平，我就不会出来参与改革了。

【译文】

琅□人王僧虔，博通经史，兼善草书隶书。太祖对虔说："我的书法与你相比，高低如何？"虔回答说："臣的正楷书法第一，草书第三；陛下草书第二，正书第三。臣没有第二，陛下没有第一。"太祖大笑道："你很会说话，真是'天下有道，丘不与易也'。"

郝公琰才高语放，尝谓人曰："吾一懑时则读曹苉之诗①，可以消之，次则袁小修②，再次则读吾诗耳，下此反增其懑。"

【注释】

①曹苉之：明曹臣，字苉之。系《舌华录》的编纂者。

②袁小修：袁中道字小修，明公安派三袁之一，著有《珂雪斋集》。

【译文】

郝公琰才高气傲，语言狂放，曾向人说："我一愤懑时，读曹苉之的诗，就可消除这种情绪，其次是读袁小修的诗，再次便是读自己的诗作，此以下的诗，读后反增愤懑。"

李于鳞少厌薄训诂①，学古文词，众不晓何语，咸指于鳞狂生。李曰："吾而不狂，谁当狂者？"

【注释】

①李于鳞：明文学家李攀龙，字于鳞，号沧溟。训诂：疏通解释古代典籍文献和研究古代语言文字的意义。

【译文】

明李于鳞年轻时讨厌训诂，模仿古文词，众人不懂得他说的是什么，都指责李于鳞为狂生。李说："我不狂，谁还可以狂？"

王冕尝大雪中赤脚独上潜岳峰，四顾大叫曰："白玉峰前渡仙客，合无陪人。"

【译文】

元王冕曾在大雪中赤着脚独自爬上潜岳峰，在上面四顾大叫道："白玉峰前渡仙客，合当无陪伴的人。"

郑翰卿游海上①，见一老翁观海自语曰："世间能有物填此乎？曰不能也。"郑从旁抚老人背曰："惟吾异日名可填此耳。"

【注释】

①郑翰卿：唐大中年间人，曾任义昌军节度使。

【译文】

唐郑翰卿在海上游览，见一老翁看着大海自言自语地说："世间有什么东西能把大海填平吗？不能啊。"郑从旁拍着老人的背说："只有我他日的名声可填平这大海。"

米元章初见徽宗①，命书《周官篇》于御屏②。书毕，掷笔于地，大言曰："一洗二王恶札③，照耀皇宋万古。"徽宗潜立于屏风后，闻之，不觉步出纵观。

【注释】

①米元章：米芾，字元章，北宋著名书画家。因举止癫狂，又称"米颠"。曾任礼部员外郎等官，书法与蔡襄、苏轼、黄庭坚合称"宋四家"。

②《周官篇》：《尚书·周书》中的篇名。

③札：古时写字用的小木片。

【译文】

米元章初次晋见宋徽宗，徽宗命他将《尚书·周官篇》书写在御屏上。写毕，米将笔扔在地上，大声说："洗尽二王恶札，照耀皇宋万古。"徽宗悄悄地站在屏风后面，听了他的议论，便不知不觉地走出来观看。

会稽徐渭，嘉靖间为胡梅林公幕客①，甚被亲遇。胡谓徐曰："君文士，君无我不显。"徐曰："公英雄，公无我不传。"又语公曰:"公惠我以一时,我答公以万世。徐渭真长者②哉!"

【注释】

①胡梅林公:即胡宗宪;幕客:幕府的宾客。幕府,将军的府署。

②长者:谨厚之人。

【译文】

会稽人徐渭,明嘉靖年间为梅林公的幕客,很受信赖和优待。胡对徐说:"你是文人,你没有我就不能显荣。"徐说:"公是英雄,公没有我就不能名传后世。"又对胡公说:"公给我的好处是一时的,我报答公的是万世的。徐渭真是个长者呀!"

傲　语

傲语第五

　　吴苑曰：《易》云：不事王侯，高尚其志。此傲也。傲则不臣天子，不友诸侯。虽九有之大，不能屈一介之夫，下此可无论矣。然傲非全德，圣人不取。苟不能完，酌而取之，宁傲不宁媚，则傲之为偏德也审矣。次傲语第五。

【译文】

　　吴苑说：《周易》指出：不侍奉王侯，其志趣崇高。这就是高傲。具备了高傲的品格，便不会以臣礼服事国君，不会结交诸侯。即使拥有广阔的九州（即贵为天子），也不能使一个身份低微的人屈服，地位比天子低的就更不用说了。但高傲不是十全十美的德行，所以圣人不取法。不过，如果达不到完美的境界，权衡得失而决定取舍的话，那么，宁可高傲，而不要谄媚，可见高傲确实是偏重某一方面的德行。编列"傲语"为第五。

宗测代居江陵,不应招辟。骠骑将军豫章王嶷请为参军[1],答曰:"何得谬伤海凫,横斤山木。"

【注释】

[1]豫章王嶷:南朝齐高帝次子萧嶷,封豫章王。参军:南北朝时称重要的幕僚为参军。

【译文】

宗测住在江陵,不肯接受征聘做官。骠骑将军豫章王萧嶷请他任参军,他回答道:"怎么能错误地伤害海中的野鸭,蛮横地砍伐深山的树木。"

孔拯侍郎为遗补时,尝朝回,值雨而无雨备,乃于人家庑下避之。过食时,雨益甚,拯向其家叟求雨具,叟答曰:"某闲居不预人事,寒暑风雨未尝冒也,置此又安施乎?"

【译文】

侍郎孔拯做拾遗补阙的时候,一次上朝回来,碰上下雨而没有带雨具,于是在人家的屋檐下躲避。过了吃饭的时间,雨越下越大,孔拯便向这家的老汉借雨具,老汉回答道:"我闲居在这里,不管外面的事,从不冲犯寒暑风雨,置办雨具又有什么用呢?"

九山散樵,浪迹俗间,徜徉自肆,遇山水佳处,般礴箕踞[1]。四顾无人,则划然长啸,声振林木。有客造榻与语,对曰:"余方游华胥接羲皇[2],未暇理君语。"客去留,萧然不以为意。

【注释】

[1]箕踞:坐时两脚伸直岔开,形似簸箕。一说屈膝张足而坐。为一种轻慢态度。

[2]华胥:指梦境。典出《列子·黄帝》:"(黄帝)昼寝,而梦游于华胥氏之国。"羲皇:伏羲氏,借指太古的人。

【译文】

(隐士)九山散樵，在人间到处漫游，行踪不定，自由自在，毫无顾忌，碰到美好的山水风光，便随意而坐，陶醉其间。见周围无人，划然长声啸咏，声震林木。曾有客人到他的床前来跟他说话，他说："我正在梦境中跟太古的人交往，没有空回答你的话。"客人或者离开或者留下，他都一样闲静，不放在心上。

南阳宗世林①，魏武同时而甚薄其为人，不与之交。及魏武作司空，总朝政，从容问宗曰："可以交未？"答曰："松柏之志犹存。"

【注释】

①宗世林：宗承，字世林，南阳人。东汉末年，以德行著称。曹操年轻时曾多次拜访他。

【译文】

南阳宗世林，与魏武帝曹操同时，但是非常看不起曹操的为人，不和他做朋友。后来曹操做了司空，总揽朝廷大事，一次，他从容地问宗世林："(现在)可以交个朋友吗？"宗世林回答说："松柏般的志气依然存在。"

王廷陈从翰林黜知裕州①，傲甚。台省监司过州，不出迎，亦无所托疾。人或劝之不宜如此，王怒曰："我揖我辱死，彼受彼愧死，一言而伤二命，此人不良。"终身绝之。

【注释】

①王廷陈：字稚钦，明代黄冈人。正德进士，选翰林院庶吉士，武宗南狩，疏谏，黜知裕州。失职放废，屏居二十年，经常穿红绉窄衫骑牛跨马啸歌田野间。

【译文】

王廷陈由翰林庶吉士贬为裕州知州，非常傲慢。台省官员路过裕州，他不去迎接，也不假称有病。有人劝他不应该这样，王廷陈怒气冲冲地说:"我向他行礼,我就羞辱死了;他接受我的敬礼,他就惭愧死了;一句话害了两条命,这人不是好人!"一辈子不跟这人往来。

僧贯休,婺州兰溪人。钱镠自称吴越国王①,休以诗投献,内有"满堂花醉三千客,一剑霜寒十四州"之句。镠谕改为四十州,乃可相见,曰:"州亦难添,诗亦难改,闲云孤鹤,何天而不可飞?"遂去而入蜀。

【注释】

①钱镠:五代时吴越国的建立者。据有十四州之地。

【译文】

和尚贯休,婺州兰溪人。钱镠自称为吴越国王,贯休拿诗去投献他,其中有"满堂花醉三千客,一剑霜寒十四州"的句子。钱镠通知他,将"十四州"改成"四十州"才能相见,贯休说:"州也难加,诗也难改,我如同闲云孤鹤,哪一片天空不能飞?"于是离开吴越,到了蜀中。

王子猷作车骑参军,桓谓王曰:"卿在府久,比当相料理。"初不答,直高视,以手板拄颊,云:"西山朝来,致有爽气。"

【译文】

王子猷在车骑将军桓温手下做参军。一天,桓温对子猷说:"你在府里时间已经很长了,近日内应当料理一些事务。"子猷起初不回答,只是抬头仰望,用手板撑着下巴说:"早晨的西山,一派清爽气象!"

钟毓兄弟初欲交夏侯玄①,玄以钟志趣不同,不与之交。及玄被桎梏,时毓为廷尉,会因便狎之。玄曰:"虽复刑余之人,未敢闻命。"

【注释】

①钟毓兄弟:指钟毓、钟会。三国魏人。钟毓字稚叔。钟会是钟毓的弟弟,字士季。夏侯玄:三国魏人。字太初。曾任魏征西将军,都督

雍、凉州诸军事。后拟谋杀司马师并夺取司马氏在魏国的权力,事泄被杀。他是当时负重望的玄学领袖。

【译文】

当初,钟毓兄弟想与夏侯玄结交,玄因为钟的志趣与自己不同,不跟他们做朋友。后来,夏侯玄陷身囹圄,披镣戴铐,这时钟毓是主管司法的廷尉,钟会便趁机去亲近夏侯玄。夏侯玄说:"我虽是受过刑的人,但不敢接受你的吩咐(即不愿跟钟会交往)。"

戴安道少有高名①。武陵王闻其善鼓琴,②使人召之。安道就使者前打破琴,曰:"戴安道安能为王侯伶人!"

【注释】

①戴安道:晋戴逵,字安道。工书画,善弹琴,文章也写得好。性情高洁,以礼自处。

②武陵王:指司马晞。他字道叔,是晋元帝的儿子。封武陵王,官至太宰。

【译文】

戴安道年轻时就很有名气。武陵王司马晞听说他琴弹得好,派人叫他去。安道便当着使者的面将琴打破,说:"戴安道岂能做王侯的优伶!"

王孟端①夜泛舟,闻箫声清亮,移舟就之,乘兴写竹石一幅相赠。明日吹箫人来访,具币以乞配幅,王曰:"吾画箫声耳,君不得过求。"

【注释】

①王孟端:即王绂,明代著名画家。字孟端,号友石生,初隐九龙山,又号九龙山人。

【译文】

一夜,王孟端在水上泛舟,听到清亮的箫声,便将船靠近,乘兴画了一幅竹石图,赠给吹箫人。第二天,吹箫人来访,带着钱,请王孟端画一幅与竹石图相配的画,王说:"我昨天不过为你的箫声而画,你不要有过分的要求。"

　　孙太初寓居武林①,费文宪罢相归②,访之,值其昼寝。孙故卧不起,久之乃出,又了不谢。送及门,第矫首东望曰:"海上碧云起,直接赤城,大奇大奇!"文宪出谓御者曰:"吾一生未尝见此人。"

【注释】

　　①武林:杭州的别称。

　　②费文宪:明费宏,字子充。曾任丞相,谥文宪。

【译文】

　　孙太初寄居杭州,费宏丞相离职回家,前去拜访太初,正碰上他白天睡觉。太初故意睡着不起床,过了好长时间才出来,又不说一句道歉的话。送到门口,只是抬头望着东面,说:"海上碧云涌起,一直连到赤城,太罕见了,太罕见了!"费宏出来,对驾驶车马的人说:"我一辈子没见过这种人。"

　　陶渊明为彭泽令,郡遣督邮至县①,吏白:应束带见。渊明曰:"吾不能为五斗米折腰事乡里小儿也。"遂解印逃去。

【注释】

　　①督邮:官名。汉魏六朝时各郡的重要属吏,代表太守督察县乡,宣达教令,兼司狱讼捕亡等事。

【译文】

　　陶渊明做彭泽县令,一次,郡里派督邮到县里来,县吏禀白说:应该整肃衣冠,再去见面。渊明说:"我不能为了五斗米,弯腰侍奉乡下小儿。"于是解下官印,逃走了。

　　申屠蟠性高傲①,善谈论,莫有及者,唯江南一生与相酬对。即别，执蟠手曰："君非聘则征，如是相见于上京矣。"蟠勃然作色曰："始吾以子为可与言也，何意乃相拘教乐贵之徒耶？"

【注释】

①申屠蟠：东汉末年陈留人。字子龙。因见汉室陵夷，遂隐居不仕。

【译文】

申屠蟠性情高傲，长于谈论玄理，没有人比得上，只有江南的一个读书人和他互相赠答。将要分别时，那人握着申屠蟠的手说："将来，你不是被达官聘请，就是被朝廷征召，这样我们就会在京城见面了。"申屠蟠愤怒得脸色都变了，说："原来我以为你是个值得交谈的人，想不到你竟是要我去追求富贵的人！"

吴正子穷居一室，门环流水，跨木而度，度毕即抽之。人问其故，笑曰："土舟浅小，恐不胜富贵人来踏耳！"

【译文】

吴正子困居一室，门前流水环绕，用一根木头架在上面当桥，走过后就抽掉。别人问他缘故，他笑着说："土船既浅又小，恐怕承受不了富贵人来踩。"

冷　语

冷语第六

　　吴苑曰：冷者暖之反。 春风至为暖，暖则散色为花，散香为气，有目有鼻者，莫不睹不嗅焉。 冷则为苞为蕊，色香虽具，即鼻通目明者，了不能得，是冷者非含藏之义乎？ 故水冷则结，云冷则痴，一结一痴，皆含藏之义。 次冷语第六。

【译文】

　　吴苑说：冷是暖的反面。春风吹来，天气就暖和了，于是色彩散发成为鲜花，香气散发为气，有眼有鼻的人，没有看不见嗅不到的。冷则是花蕊苞叶，虽然色香俱备，但即使鼻通眼明的人，也完全看不见嗅不出，这冷不是具有含蕴隐藏的意思吗？所以，水冷了结冰，云冷了凝滞，结冰和凝滞，都是含蕴隐藏的意思。编列"冷语"为第六。

王介甫与苏东坡论杨子云投阁为史臣之妄①,《剧秦美新》之作②,亦后人所诬。苏曰:"轼亦疑一事。"荆公曰:"疑何事?"苏曰:"不知西汉果有子云不?"闻者莫不掩口而笑。

【注释】

①杨子云投阁:西汉扬雄,字子云。王莽以符命事杀甄丰及其子寻,流放刘歆子棻。时扬雄校书天禄阁,恐被株连,乃从阁上自投下,几死。后事白得免。

②《剧秦美新》:王莽建立新朝,扬雄仿司马相如《封禅文》,上《剧秦美新》,为王莽歌功颂德。

【译文】

王介甫(安石)安石与苏轼谈论,认为扬雄跳阁自杀的记载是史臣的错误,写作《剧秦美新》,也是后人的诬蔑。苏轼说:"我也怀疑一件事。"王安石问:"怀疑什么事?"苏轼道:"不知道西汉是不是真有扬雄这个人?"听说的人没有不掩口而笑的。

武林张卿子有《野花》诗十首佳极①,盛传一时,人目之曰"张野花②"。卿子善病,常数年不出户,面孔黄瘦,人复有见之者,曰:"是野花张也。"

【注释】

①张卿子:明代万历前后人,工诗文,又是明末清初名医。

②旧时人们常以某诗人的名句名作当他的绰号,如唐代许棠的《洞庭》诗写得出色,人们便称之为"许洞庭"。

【译文】

杭州张卿子有十首《野花》诗,写得极好,一时广为流传,以至于人们称誉他为"张野花"。卿子多病,往往好些年不出门,面黄肌瘦,有位再次见到他的人,说:"真是野花张(指他像野花一样的黄瘦)。"

唐中书令王铎文懦①,出镇渚宫②,为都统以御黄巢。携姬妾赴镇,而妻妒忌。忽报夫人离京在道,铎谓从事曰:"黄巢渐以南来,夫人又自北至,且夕情味,何以安处?"幕僚请曰:"不如降黄巢。"

【注释】

①王铎:字昭范。唐僖宗时,官至同中书门下平章事(中书令)。乾符六年(879)督军镇压黄巢。

②渚宫:春秋时楚的别宫。故址在湖北江陵县城内。后世借指江陵。

【译文】

唐僖宗朝中书令王铎,性情文雅软弱,曾出任南面行营招讨都统,驻扎江陵(渚宫),以抵御黄巢。他带着侍妾去上任,而其妻心怀妒忌。一天,忽然传来消息,说他的夫人已经离开京城,正在来江陵的路上,王铎不禁对随从说:"黄巢渐渐从南边杀来,夫人又从北方逼近,眼下这种情形、滋味,叫人怎么过得安稳?"下属建议道:"不如投降黄巢。"

宰相王屿好与人作碑志,有送润笔者①,误扣右丞相王维门,维曰:"大作家在那边。"

【注释】

①润笔:指请人作诗文书画的酬劳。

【译文】

宰相王屿好替人作墓志铭、神道碑,有人来送酬劳,错敲右丞相王维的门,王维说:"大作家在那边。"

王右军少重患①,一二年辄发动。后答许掾诗,忽复恶中,得二十字云:"取观仁智乐,寄畅山水阴。清泠涧下濑,历落松竹林。"既醒,左右诵之。诵竟,右军叹曰:"癫何预盛德事耶②?"

【注释】

①王右军:晋代著名书法家王羲之,字逸少,官至右军将军、会稽内

史,世称"王右军"。

②"癫"与"濑"谐音。

【译文】

　　王羲之年轻时得一种重病,一二年就复发。后来,他正在写酬答许询的诗,忽然老毛病又犯了,病中写出二十个字:"取观仁智乐,寄畅山水阴。清泠涧下濑,历落松竹林。"醒过来后,身边的人把诗念给他听。念完,王羲之感叹道:"癫跟优良的品德有什么关系呢?"

　　子瞻在惠州,天下传其已死。后七年北归,时丞相方贬雷州。子瞻见南昌太守叶祖洽,叶问曰:"传端明已归道山①,今尚尔游戏人间耶?"坡曰:"途中遇章子厚,乃回返耳②。"

【注释】

　　①道山:传说中的仙山。旧时因称人死为"归道山"。

　　②苏轼被贬到偏远的惠州,这是章惇等人迫害他的结果。后来,章惇竟也被贬到比惠州更远的雷州来。惠州、雷州,当时是蛮荒瘴疠之地,贬到那儿在宋代就算得上极刑了,所以苏轼戏称为死路。

【译文】

　　苏子瞻(苏轼)被贬到惠州的时候,大家都传说他已经去世。七年后他回到北方,当时,丞相章惇正被贬到雷州。苏轼见到南昌太守叶祖洽,叶问道:"人传先生已经去世,怎么到现在还在人世间游玩呢?"苏轼说:"死路上碰见章惇,于是就回来了。"

　　苏公一日与温公论事①,坡偶不合,曰:"相公此论故为鳖厮踢。"温公不解曰:"鳖安能厮踢?"坡曰:"是之谓鳖厮踢!"

【注释】

　　①苏公:指苏轼,号东坡。温公:指司马光。王安石变法的最坚决的反对者。

【译文】

　　一天,苏轼和司马光一起讨论政事,两人偶尔意见不一,苏轼说:

"相公这样主张,是故意学甲鱼踢人。"司马光不明白,问:"甲鱼怎么会踢人?"苏轼说:"所以叫作甲鱼踢人(意思是不会踢却偏要踢,毫无道理)!"

　　苏子瞻与章子厚同游南山诸寺。寺有山魈为祟①,客不敢宿,子厚独宿,山魈不敢出。抵仙游潭,下临绝壁,岸甚狭,横木如桥。子厚推子瞻过潭书壁,子瞻不敢过。子厚平步过之,用索系树,蹑之上下,神色不动。以漆墨濡笔大书石壁曰:"章惇、苏轼来游。"子瞻拊其背曰:"子厚必能杀人。"子厚曰:"何也?"子瞻曰:"能自拼命者,能杀人也。"

【注释】

　　①山魈:传说中的山中怪物。

【译文】

　　苏子瞻(苏轼)与章子厚(章惇)一同游览南山的寺院。相传寺院中有山魈祸害人,游客不敢在里面过夜,章惇独自一人住在那儿,山魈不敢出来。到达仙游潭,对面是非常陡峭、无路可上的山崖,岸极窄,一根木头横在潭上,像桥。章惇推苏轼过潭,在峭壁上题字,苏轼不敢过去。章惇坦然地走了过去,用绳子系树,踩着上下,面不改色。把笔饱蘸漆墨,在石壁上大书道:"章惇、苏轼来游。"苏轼拍着他的背说:"你一定能够杀人。"章惇问:"为什么?"苏轼说:"能把自己的命豁出去的人,也能杀别人。"

　　宰相杨再思晨入朝①,值一重车将牵出西门。道滑牛不前,驭者骂曰:"一群痴宰相,不能和得阴阳,而令我泥行,如此辛苦②。"再思徐谓之曰:"尔牛亦自弱,不得嗔他宰相。"

【注释】

　　①杨再思:唐代原武人,官至宰相。

　　②古人常以调和阴阳来比喻宰相治理国家。驾车的将比喻义作实

义领会,因而不满于宰相。

【译文】

　　宰相杨再思清晨去上朝,正碰上一辆载着重物的牛车快被拉出西门。路滑,牛拉不动,驾车的人骂道:"一群蠢宰相,不能调和阴阳,而使我在泥浆中行走,如此辛苦。"再思缓慢地对这人说:"你的牛自身也力气不大,不能怪他宰相。"

　　范忠宣谪永州①,夫人不如意,辄骂章惇。舟过桂州,大风雨,船破,仅得及岸。正平持盖,公自负夫人以登,燎衣民舍。公顾曰:"岂亦章惇所为耶?"

【注释】

　　①范纯仁是宋代名臣范仲淹的儿子,曾因忤章惇,被贬到永州,谥忠宣。范正平是纯仁的儿子。

【译文】

　　范纯仁被贬到永州,他的夫人一遇到不如意的事,就骂章惇。船过桂州,碰上大风雨,船被打破,勉强划到岸边。正平拿着雨具,范公自己背着夫人登岸,到民家烘烤衣物。范公看着夫人说:"这难道也是章惇干的吗?"

　　谢康乐小时①,便文藻艳异,祖车骑甚奇之,谓亲知曰:"我乃生瑍(谓瑍不慧也),瑍那得不生灵运。"②

【注释】

　　①谢灵运:南朝宋人,袭封康乐公。其父谢瑍。其祖父谢玄,曾任车骑将军。

　　②谢玄的意思是:既然我这个聪明人生了个不聪明的儿子,照此类推,不聪明的谢瑍自会生出聪明的谢灵运。

【译文】

　　谢灵运小的时候,就文采艳丽超迈,他的祖父谢玄认为他很不寻常,对亲友说:"我居然生出谢瑍(是说谢瑍不聪明),谢瑍怎么会不生出灵运。"

真宗既封,访天下隐者,得杞人杨朴①。上问:"有人作诗送卿不?"朴言:"臣妻有一首云:更休落魄耽杯酒,再莫猖狂爱作诗。今日捉将官里去,这回断送老头皮。"上大笑,即放回。苏轼在湖州作诗②,追赴诏狱③,妻子见轼出门,皆哭。轼无以语之,但顾曰:"子独不能如杨朴之妻作一诗送我乎?"轼妻子不觉失笑。

【注释】

①杨朴:字契元,宋初郑州人。据司马光《温公续诗话》,召见他的是宋太宗,不是宋真宗。

②苏轼在湖州作诗:元丰二年,权监察御史里行舒亶、权御史中丞李定等人摘出苏轼任湖州太守时作的诗文,弹劾他"愚弄朝廷","指斥乘舆(皇帝的代称)","无尊君之义,亏大忠之节"。宋神宗随即下令御史台审理,御史台官吏于是到湖州逮捕苏轼。

③诏狱:奉皇帝诏令拘禁犯人的监狱。

【译文】

宋真宗在泰山筑坛祭天后,访求天下隐士,得到杞人杨朴。真宗问:"有人写诗送给你吗?"杨朴说:"臣的妻子有一首,是这样写的:更休落魄耽杯酒,再莫猖狂爱作诗。今日捉将官里去,这回断送老头皮。"真宗大笑,就放他回山去了。苏轼在湖州衙门写诗,被御史台追究,押送监狱。妻儿们看见苏轼出门,都哭了起来。苏轼找不出话安慰他们,只是回头对妻子说:"你难道不能像杨朴的妻子那样写一首诗送我吗?"妻儿们听了,忍不住发笑。

东坡自海南还①,过惠州,州牧故人,出郊迎之。因问海南风土人情如何,东坡云:"风土极善,人情不恶。某初离昌化时②,有十数父老,皆携酒馔,直至水次,送某登舟,执手涕泣而去。且曰：'此回与内翰相别后③，不知甚时相见④？'"

【注释】

①宋哲宗时，苏轼被贬谪到海南的琼州，比惠州更为偏远。宋徽宗即位，才召回中原。

②昌化：地名。治所在今海南省儋州市。

③内翰：翰林学士的别称。苏轼曾任翰林学士。

④跟人分别时，希望能再次相见，本是好话；但让苏轼再到海南，受贬谪之苦，却是"恶意"。父老说话不留神，好话成"恶意"，所以可笑。

【译文】

苏轼从海南回到北方，路过惠州，知州是他的老朋友，到郊外去迎接。顺便问海南的风土人情怎么样，苏轼说："风土极好，人情不坏。我离开昌化时，有十几位老人，都带着酒和菜，一直来到水边，送我上船，拉着手、流着泪和我告别。他们还说：'这回跟内翰相别后，不知什么时候相见？'"

欧阳季默常问东坡："鲁直诗何处见好？"东坡不答，但极口称颂。季默云："如'卧听疏疏还密密，晓看整整复斜斜①'，岂是佳耶？"坡云："正是佳处。"

【注释】

①"卧听"二句，出黄庭坚《咏雪奉承广平公》一诗，黄庭坚，字鲁直，宋代诗人。

【译文】

欧阳季默曾经问苏轼："黄鲁直的诗有什么地方好？"苏轼不回答，只是满口称赞。季默说："比如'卧听疏疏还密密，晓看整整复斜斜'，这难道好吗？"苏轼说："正是出色之处。"

万历甲寅春，张卿子过新都黄玄龙，石岭看梨花，花已半谢。玄龙曰："春老矣，奚不早来？"卿子曰："余意正在凄凉。"

【译文】

万历四十二年(1614)春天,张卿子探望新都人黄玄龙,上石岭看梨花,花已落了一半。玄龙说:"春已经老了,怎么不早点来?"卿子说:"我来的目的正是要品味凄凉情调。"

汪南明架上牙签数万卷①,客眈眈久之,谓曰:"公能遍识耶?"公曰:"汉高取天下,属意者关中耳②。"

【注释】

①汪南明:即明代作家汪道昆,字伯玉,号南明,一作南溟。牙签:旧时藏书者系于书函上作为标识、以便翻检的牙制签牌。

②汉高祖刘邦与项羽争夺天下,关中为必争之地,占有极其重要的战略地位。一般称函谷关以西为关中。这里用来比喻那些值得精读的书。

【译文】

汪南明书架上有书数万卷,一位客人端详了好久,开口问:"你能通读吗?"汪公答道:"汉高祖刘邦争夺天下,他注意的不过关中而已。"

杜少陵《宿龙门》诗云:"天阙象纬逼。"王介甫改"阙"为"阅",黄山谷对众极言其是。刘贡父闻而笑曰①:"恐是怕他。"

【注释】

①刘贡父:即北宋人刘攽,字贡父,曾任国子监直讲、中书舍人等官。是著名的史学家。曾协助司马光修《资治通鉴》,负责汉代部分。

【译文】

杜甫(号少陵)《宿龙门》诗写道:"天阙象纬逼。"王介甫(安石)将"阙"字改为"阅"字,黄山谷(庭坚)当看大家极力说改得对。刘贡父听说了这件事,笑道:"恐怕是怕他。"

黄庭坚作艳语,人争传之,秀铁面呵之曰:"翰墨之妙,甘施于此乎?"庭坚笑曰:"又当置我于马腹中耶^①?"

【注释】

①马腹:《禅林僧宝传》卷二六《法云圆通秀禅师》:"禅师名法秀,秦州陇城人,生辛氏。"李公麟工画马,法秀告诫:"入马腹中亦足惧。"山谷作艳语,人争传之。秀呵之曰:"翰墨之妙,甘施于此乎?"鲁直笑曰:"又当置我于马腹中耶?"秀曰:"汝以艳语动天下人淫心,不止马腹,正恐生泥犁中耳!"

【译文】

黄庭坚写关于男女情爱的艳词,人们争相传阅。和尚法秀毫不客气地当面指责他:"如此绝妙的文笔,难道甘心用来写这种东西吗?"庭坚笑道:"也要把我放进马肚子里吗?"

洪武京城既完,上谓刘伯温曰^①:"城高如此,谁能逾之?"对曰:"人实不能,除是燕子耳。"

【注释】

①刘伯温:明初大臣刘基,字伯温,浙江青田人。在朱元璋夺取天下的过程中,发挥过重要作用。

【译文】

明朝开国皇帝朱元璋(年号洪武)修治南京的城墙完毕,一天,他对刘伯温说:"城墙这么高,谁能越过?"刘基回答道:"人的确不能越过,除非是燕子。"

王导末年略不复省事^①,正封篆诺之,自叹曰:"人言我愦愦,后人当思此愦愦。"

【注释】

①王导:东晋大臣,见 P47"豪语"之"石崇每要客宴集"条注释②。

【译文】

丞相王导晚年不大料理政务看公文,只画个诺而已。自己感叹道:"有人说我糊涂,后人会想念这种糊涂。"

松江张进士美姿容,过吴门,访范学宪。范奇丑。二人同步阊门市中①,小儿无不随观。张谓范曰:"为我看也。"范笑曰:"还是看我。"

【注释】

①阊门:苏州城门。有时也借用来指苏州。

【译文】

松江进士张某容貌英俊,途经苏州,去探望范学宪。范异常丑陋。二人一起在苏州的街道上散步,小孩没有不跟着看的。张对范说:"是来看我的。"范笑道:"还是看我。"

王子猷作桓车骑骑兵参军①,桓问曰:"卿何署?"答曰:"不知何署。时见牵马来,似是马曹②。"

【注释】

①桓车骑:东晋桓冲,字玄叔,曾任车骑将军。

②马曹:古代州郡所置的属官称曹。马曹的字面意义是"管马的部门"。王子猷将骑曹称为马曹,可见其人的傲慢不羁。

【译文】

王子猷在车骑将军桓冲手下做骑兵参军,桓冲问他:"你在哪个官署?"王回答:"不知道是什么官署。时常看见人牵马来,可能是马曹。"

张苍梧是张凭之祖①,尝语凭父曰:"我不如汝。"凭父未解所以,苍梧曰:"汝有佳儿②。"

【注释】

①张凭,字长宗,晋吴郡人。幼时即聪慧过人。晋简文帝时任太常博士,官至吏部郎、御史中丞。

②张镇言外之意是张凭的父亲不够聪明。

【译文】

苍梧太守张镇是张凭的祖父，有一次对张凭的父亲说："我比不上你。"张凭的父亲弄不懂他这话是什么意思，张镇说："你有个好儿子。"

张灵嗜酒傲物①，或造之者，张方坐豆棚下，举杯自酬，目不少顾。其人含怒去，复过唐伯虎，道张所为，且怪之。伯虎笑曰："汝讥我②。"

【注释】

①张灵：字梦晋，明代吴县（今属江苏苏州）人。善画人物山水。使酒作狂，与唐寅性格相近。

②唐寅的意思是：我和张灵性格相近，怪罪张灵，岂不等于怪罪我？也可以理解为：张灵不理会你，而我却跟你谈论，看来我不如张灵。

【译文】

张灵喜欢饮酒，瞧不起人。有人到他那儿去，张正坐在豆棚下，自斟自饮，一眼也不看来客。这个人愤然离去，又去探望唐寅，向他讲述了张灵的举动，并怪罪他。唐寅笑道："你这是在讥讽我。"

司马德操徽括囊谨慗①，人有以人物质之者，初不辨其高下，每辄言佳。其妇谏曰："人质所疑，君宜辨论，而一言佳，岂人所以咨君之意乎？"徽曰："如卿所言，亦复佳。"

【注释】

①司马德操徽：三国时司马徽，字德操，清雅善知人，人称"水镜"。曾向刘备推荐诸葛亮、庞统。

【译文】

司马徽性情缜密，别人请他评断人物，他根本不评判高下，一概说好。他的妻子劝他："别人请你解答疑难，你应该加以辨别、评定，而一概说好，这难道是别人询问你的目的吗？"司马徽说："像你说的这些，也很好。"

　　宋相郊居政府^①，上元夜在书院内读《周易》，闻其弟学士祁点花灯^②，拥歌妓，醉饮达旦。翌日谕所亲，令诮让云："相公寄语学士^③，闻昨夜烧灯夜宴，穷极奢侈，不知记得某年上元，同在某州学内吃齑煮饭时不？"学士笑曰："却须寄语相公：不知某年同某处吃齑煮饭，是为甚的？"

【注释】

　　①宋郊：后改名宋庠，字公序。北宋安陆（今属湖北）人。与弟宋祁俱以文学著名，人称"二宋"。官至兵部尚书、同平章事、枢密使。英宗时封郑国公。

　　②宋祁：字子京，曾任龙图阁学士、史馆修撰、工部尚书等官。

　　③相公：古代称宰相为"相公"。大臣加以同中书门下平章事（简称同平章事）的名义，即为事实上的宰相。

【译文】

　　宰相宋郊主持朝政，正月十五日夜在书院里读《周易》，听说他的弟弟、龙图阁学士宋祁，点花灯，抱歌妓，通宵达旦地饮酒作乐。第二天，宋郊告诉自己亲近的人，叫他去批评宋祁说："相公传话给学士，听说昨晚点灯夜宴，穷奢极侈，不知还记不记得某年的上元节，我们一同在某州学里吃腌菜煮饭的日子？"学士笑道："倒要传话给相公：不知某年同在某处吃腌菜煮饭，是为了什么？"

　　司马温公屡言王广渊^①，章八九上，留身乞诛，以谢天下，声震朝廷。是时滕元发为起居注^②，侍立殿陛。既归，广渊来问元发："早来司马君实上殿，闻乞斩某以谢天下，不知圣语何如？"发曰："我只听得圣语云：'依卿所奏。'"

【注释】

　　①司马温公：北宋司马光，字君实，死后，封温国公。是历史上的著名政治家。王广渊：字才叔，北宋成安人。英宗时除直集贤院，力主新法。后历任庆州宣抚使、龙图阁直学士等官。小有才，善附会，所用多

②起居注：官名。侍从皇帝，负责记录皇帝言行。

【译文】

温公司马光一再弹劾王广渊，奏章上了八九道。一次，别的臣僚退朝后，还单独留下，请求皇上杀掉王广渊，以谢天下，声势震动了朝廷内外。这时滕元发正任起居注一职，侍立于宫殿的台阶。回到住处，广渊来问元发："早晨司马光上殿，听说他请求杀我的头向天下道歉，不知皇上说了些什么？"元发说："我只听得皇上说：'按你说的。'"

杨大年与梁周翰、朱昂同在禁掖①，大年未三十，而二公皆高年矣。大年呼朱翁、梁翁，每戏侮之。一日梁谓大年曰："这老亦待留以与君也。"朱于后亟摇手曰："不要与！"

【注释】

①杨大年：北宋杨亿，字大年，浦城（今属福建）人。少聪颖过人。历任著作佐郎、左司谏、知制诰、工部侍郎、翰林学士等职。是"西昆体"诗的主要作者。梁周翰：字元褒，北宋管城（今属河南）人。曾任翰林学士、工部侍郎等官。朱昂：字举之。宋真宗时任翰林学士。禁掖：指翰林院。

【译文】

杨亿与梁周翰、朱昂同为翰林学士，杨亿不满三十，而二公年纪都很大了。杨亿称他们为"朱翁""梁翁"，经常加以嘲弄。一天梁周翰对杨亿说："这高年也等着留给你。"朱昂在后连忙摆手说："不要给！"（意谓：别让他高寿。）

严子陵隐迹富春山①，司徒霸遣使奉书②，使者求报。严曰："我手不能书。"乃口授之，使者嫌少，可更足。严曰："买菜乎？"

【注释】

①严子陵：东汉严光，字子陵。年轻时与刘秀同学。刘秀做了皇帝

后，严光隐居不仕。富春山：在浙江桐庐县境内。

②司徒霸：东汉侯霸，字君房，密县（今属河南）人。曾任大司徒。

【译文】

严子陵在富春山隐居，大司徒侯霸派使者送信给他。使者请他写回信，严光说："我的手不能写。"于是随口说了几句，叫使者写上。使者嫌少，要求他再增加些。严光说："这是买菜吗？"（意思是：买菜才争多论少。）

米芾知无为军①，见州廨立石甚奇，命取袍笏拜之，呼曰"石丈"。言事者闻而论之，朝廷传以为笑。或问曰："诚有不？"徐曰："吾何常拜，乃揖之耳。"

【注释】

①无为军：北宋时属淮南西路，治所在今安徽省无为县。

【译文】

米芾任无为知州，看见州署里立着的一块石头很奇异，便叫随从取来官服穿上，拜见石头，称之为"石兄"。谏官们听说了，上奏批评他，朝廷里传为笑话。有人问米芾："真有这回事吗？"他慢吞吞地说道："我何尝下拜，不过作个揖罢了！"

谐　语

谐语第七

吴苑曰：语之次序，自慧、名、豪、狂、傲五种之下，不能细有标辨，以定安排。如冷之一义，有何关说而居众语上耶？直以语之有致无致，顺手拈录之耳。若此之谐与谑，与后之讽与讥，此二种乃大同而小异，不得不有先后，故次谐语第七。

【译文】

吴苑说：言谈的次序，从慧、名、豪、狂、傲五种以下，不能细加标示、区别，以确定位置。比如冷的旨义，有什么理由放在其他言谈的前面呢？不过根据言谈的有情趣无情趣，顺手拈录而已。比如这里的谐与谑，和后面的讽与讥，两种之间大同小异，不得不有先后，所以编列"谐语"为第七。

东坡倅杭①,不胜杯酌,部使者知公才望,朝夕聚首,疲于应接,乃目杭倅为酒食地狱。其后袁毂倅杭②,适郡将不协③,诸司缘此亦相疏。袁语所亲曰:"酒食地狱,今值狱空。"

【注释】

①倅:副职。这里指通判。

②袁毂:字容直,一字公济,北宋时鄞(今属浙江)人。嘉祐进士。历任杭州通判、处州知州、朝奉大夫等官。

③郡将:郡守的别称。

【译文】

苏轼做杭州通判,不能喝酒,各部派来的人知道他的才望,早晚碰头,苏轼因忙于应酬而精疲力尽,于是把杭州通判视为"酒食地狱"。此后袁毂做杭州通判,恰好与郡守关系不协调,各官署因此也相互疏远。袁毂对他亲近的人说:"现在正碰上'酒食地狱'闲空。"

刘贡父觞客,苏子瞻有事欲起,刘以三果一药调之曰:"幸早里且从容①。"坡答曰:"奈这事须当归②。"满座大笑。

【注释】

①幸早里且从容:包括杏、枣、李三种果子和苁蓉一味药。

②奈这事须当归:包括柰、柘、柿三种果子和当归一味药。

【译文】

刘贡父(刘攽)请客饮酒,苏轼(子瞻)有事想起身,刘攽用三果一药跟他开玩笑说:"幸早里且从容(还早哩不必着急)。"苏轼答道:"奈这事须当归(无奈这事必须我回去)。"满座的客人都大笑起来。

汉武游上林,见一好树,问东方朔①,朔曰:"名'善哉'。"帝阴使人识其树,后数岁复问朔,朔曰:"名为'瞿所'。"帝曰:"朔欺久矣,名与前不同,何也?"朔曰:"夫大为马,小为驹;长为鸡,小为雏;大为牛,小为犊。人生为儿,长为老。且昔为'善哉',今为'瞿所',长少死生,万物败成,岂有定哉?"帝大笑。

【注释】

①东方朔:字曼倩,西汉平原厌次(今山东惠民)人。汉武帝时任太中大夫。他性情诙谐滑稽,后世关于他的传说很多。善辞赋。

【译文】

汉武帝刘彻游玩上林苑,看到一棵好树,问东方朔,东方朔说:"树的名字叫'善哉'。"汉武帝暗中叫人在这棵树上做个标记,过了几年,再问东方朔,东方朔说:"名叫'瞿所'。"汉武帝说:"东方朔你可骗了我很久了,你现在说的树名与以前说的不同,这是为什么?"东方朔说:"大的叫马,小的叫驹;大的叫鸡,小的叫雏;大的叫牛,小的叫犊。人刚生下来叫幼儿,年纪大了叫老人。这棵树过去叫'善哉',现在叫'瞿所',老与少,死与生,万物毁坏与完成,哪有一定呢?"汉武帝大笑。

后魏高祖名子曰恂、愉、悦、怿①,崔光名子励、勗、勉②。高祖谓曰:"我儿名傍皆有'心',卿儿名傍皆有'力'。"答曰:"所谓君子劳心,小人劳力③。"

【注释】

①后魏:即北魏。高祖是后魏孝文帝元宏的庙号。其在位期间,大兴文治,提倡汉化。

②崔光:本名孝伯。孝文帝赐名光。字长仁。后魏东清河鄃人。太和年间任中书博士,参与撰修国书,甚为孝文帝知重。

③语本《孟子·滕文公(上)》:"有大人之事,有小人之事。……故曰:或劳心,或劳力。劳心者治人,劳力者治于人。"

【译文】

北魏高祖给四个儿子取名,分别叫恂、愉、悦、怿,崔光给三个儿子取名,分别叫励、勗、勉。高祖对崔光说:"我儿子的名旁都有'心',你儿子的名旁都有'力'。"崔光答道:"这就是《孟子》所说的,有身份的人操心,没有身份的人出力。"

涪翁尝和东坡《春菜》诗云①:"公如端为苦笋归,明日春衫诚可脱。"苏得诗戏语曰:"吾固不爱做官,遂直欲以苦笋硬差致仕。"②

【注释】

①涪翁:即北宋诗人黄庭坚,字鲁直,号山谷道人,又号涪翁。洪州分宁(今江西修水)人。与苏轼并称"苏黄"。是江西诗派的领袖。

②致仕:旧谓交还官职,即辞官。

【译文】

黄庭坚写过一首和苏轼《春菜》的诗,其中两句说:"公如端为苦笋归,明日春衫诚可脱。"苏轼得到诗,开玩笑道:"我的确不爱做官,可庭坚竟要拿苦笋硬逼我退休。"

苏坡见一家有界尺笔槽而槽破者,向其主人曰:"韩直木如常,孤竹君无恙①,但半面之交②,忽然析事矣。"主人笑倒。

【注释】

①韩直木:当指界尺。出典不详。孤竹君:商、周时孤竹国的国君。伯夷、叔齐即孤竹君的二子。这里指笔。

②半面之交:也许是用徐妃的典故。南朝梁元帝眇一目,徐妃每知帝将至,必为半面妆以待,帝见则大怒而出。太清中逼徐妃自杀。"半面之交"指笔槽。

【译文】

苏东坡看见一家有界尺笔槽,而笔槽已经破了,对它的主人说:"界尺照常,笔也没有毛病,只是半面之交,忽然完蛋了。"主人大笑不能自持。

刘烨尝与刘筠连骑趋朝,筠马病足行迟,烨曰:"君马何迟?"筠曰:"只为'五更三①'。"烨曰:"何不与他'七上八②'。"言点蹄,则下马行也。

【注释】

①五更三："点"的歇后语,指点蹄——马脚有伤,走路不稳。

②七上八："下"的歇后语,指下马走路。

【译文】

一次,刘烨跟刘筠并排骑着马上朝,刘筠的马伤了脚,走得慢,刘烨问:"你的马怎么这么慢?"刘筠说:"只因为'五更三'(点)。"刘烨道:"何不来它个'七上八'(下)。"(意思是,既然马点蹄,就下马步行。)

东坡尝约刘器之同参玉版,器之每倦山行,闻玉版,欣然从之。至帘泉寺,烧笋而食,器之觉笋味胜,问:"此何名?"东坡曰:"玉版。此老僧善说法,令人得禅悦之味。"器之乃悟。

【译文】

苏东坡曾约刘器之一同去参见玉版和尚,器之向来懒于走山路,听说去见玉版,很高兴地和苏轼同行。到达帘泉寺,烧竹笋吃,器之觉得笋味不错,问:"这是什么?"苏轼说:"叫玉版。这老僧擅长说佛法,使人知道了耽好禅理,心神恬悦的滋味。"器之才明白苏轼是开玩笑。

柳耆卿、苏长公各以填词名①,而二家不同。东坡问一优人曰:"我词何如柳学士?"优曰:"学士那得比相公。"坡惊曰:"如何?"优曰:"公词须用丈二将军、铜琵琶、铁绰板,唱相公的'大江东去'②。柳学士却著十七八女郎,唱'杨柳岸晓风残月'③。"坡为之抚掌。

【注释】

①柳耆卿:北宋词人柳永,字耆卿,崇安(今属福建)人。曾官屯田员外郎,因称柳屯田。早年累举进士不第,常出入歌楼舞馆。是北宋第一个全力写词的作家。苏长公即苏轼,亦号长公。

②大江东去:苏轼词《念奴娇》(赤壁怀古)的第一句。

③杨柳岸晓风残月:柳永词《雨霖铃》(寒蝉凄切)中的一句。

【译文】

柳永、苏轼都以填词著名，但二家风格不同。苏轼曾问一个优伶说："我的词跟柳学士相比怎么样?"优伶说："学士哪能跟相公比。"苏轼吃惊道："为什么?"优伶说："您的词必须用一丈二高的将军、铜琵琶、铁绰板，唱您的'大江东去'。柳学士却叫十七八岁的女孩，唱他的'杨柳岸晓风残月'。"苏轼听了，为之拍手(大笑)。

郑玄家奴婢皆读书①，常使一婢不称旨，将笞之。方自陈说，玄怒，使人曳著泥中。须臾，复有一婢来，问曰："胡为乎泥中②?"答曰："薄言往愬，逢彼之怒③。"

【注释】

①郑玄：字康成，北海高密(今属山东)人。东汉著名经学家。曾师事马融。平生著述甚丰，以《毛诗笺》、《三礼注》影响最大。

②胡为乎泥中：语出《诗经·式微》。意为：为什么站在泥中?

③薄言往愬，逢彼之怒：语出《诗经·柏舟》。意为：我说错了话，惹他生气。

【译文】

郑玄家的奴婢，个个都读书。有一次，郑玄使唤一名婢女，办事不称他的心，想鞭打她。她为自己辩护，郑玄大发脾气，叫人把她拖到泥水中罚站。一会儿，另一个婢女经过那里，问道："胡为乎泥中?"她回答："薄言往愬，逢彼之怒。"

石曼卿常乘马出①，御者失鞚，马惊，曼卿堕地。从吏遽扶掖升鞍，曼卿曰："赖我是石学士，若瓦学士，则跌碎矣!"

【注释】

①乘马：即乘车。车马是配套的。

【译文】

一次，石曼卿乘车出门，驾车的人没拉紧马笼头，马受了惊，曼卿被摔到地上。随从吏人立即将他扶上鞍，曼卿说："幸好我是石学士，如果是瓦学士,就摔碎了!"

邵康节赴河南尹李君锡会①,投壶②,君锡末箭中耳。君锡曰:"偶尔中耳③。"康节曰:"几乎败壶④。"

【注释】

①邵康节:北宋邵雍,字尧夫,自号安乐先生、伊川翁等,卒谥康节。范阳(今河北涿州市)人。精象数之学。著名理学家。尹:都城或州、县的行政长官。

②投壶:古代的一种游戏。方法是以饮酒的壶口做目标,用矢投入。以投中多少决胜负,负者须饮酒。

③"尔""耳"谐音,造成喜剧效果。

④"乎""壶"谐音。

【译文】

邵雍参加河南尹李君锡的宴会,玩投壶的游戏,君锡最后一箭投中了壶耳。君锡说:"偶尔中耳(偶然投中了壶耳)。"邵雍说:"几乎败壶(几乎毁掉酒壶)。"

裴子雨为下邳令①,张晴为县丞②,二人俱有声气,而善言语。会论事移时,吏相谓曰:"县官甚不和。长官称雨,赞府道晴③,终日如此不和也。"

【注释】

①下邳:古县名。治所在今江苏睢宁西北。令:县令。县的行政长官。明清改称知县。

②县丞:县令的辅佐。"赞府"是对县丞的尊称。

③这是用裴子雨之"雨"与张晴之"晴"做文字游戏。

【译文】

裴子雨做下邳县令,张晴做县丞,两个人都有声望,长于言谈。适逢讨论事情,时间拖得很长,官员们互相说:"县里的两大长官极不融洽。县令说雨,县丞说晴,整天这样地不和谐。"

梅圣俞以诗知名①，三十年终不得一馆职。晚年与修《唐书》，语其妻刁氏曰："吾之修书，可谓獭狲入布袋。"刁曰："汝之仕宦，何异鲇鱼上竹竿？"

【注释】

①梅圣俞：北宋文学家梅尧臣，字圣俞，宣城（今属安徽）人。宣城古名宛陵，故世称宛陵先生。官至尚书都官员外郎。曾参与纂修《新唐书》。是当时的著名诗人，对扭转西昆诗风起了重要作用。

【译文】

梅尧臣以诗著名，历时三十年，从未在史馆任职。晚年参与纂修《唐书》，对其妻子刁氏说："我纂修史书，可算是獭狲钻进了布袋。"刁氏说："你任官职，与鲇鱼上竹竿有什么区别？"

艾子好饮酒①，少醒日。门人谋曰："此未可口舌争，宜以险事怵之。"一日大饮而哕，门人密袖彘膈置哕中，持以示曰："凡人具五脏，今公因饮而出一脏矣，何以生耶？"艾子熟视而笑曰："唐三藏尚活世②，今况四脏乎！"

【注释】

①艾子：《艾子杂说》（相传为苏轼所作）中的核心寓言人物。本则即出于该书。

②"藏"与"脏"谐音，艾子借以制造喜剧效果。

【译文】

艾子喜欢饮酒，很少醒的时候。门客商量说："这不能靠言辞来争辩劝阻，应该用危险的事来吓唬他。"一天，艾子因喝得过多而呕吐，门客悄悄地把猪膈藏在袖子里带进来，放进艾子的呕吐物中，然后拿出来给他看，说道："一般人都有五脏，现在您因饮酒而吐出了一脏，还怎么活？"艾子注目细看，笑着说："唐三藏尚且能活在世上，何况我现在有四脏呢！"

石中立尝与同列观南园狮子①，主者曰："县官日破肉五斤饲之。"同列戏曰："吾侪反不及此狮子乎？"中立曰："吾辈员外郎，安敢比园内狮子②。"

【注释】

①石中立：字表臣，北宋人。疏旷好谐谑。初补西头供奉官，擢直集贤院，校雠秘书。景祐年间拜参知政事，以少师致仕。卒谥文定。

②"员外"与"园内"："员"与"园"谐音，"外"与"内"相对，"郎"与"狼"谐音，所以有趣。员外郎：官名。隋开皇时，于尚书省各司置员外郎一人，为各司之次官。唐宋沿置，与郎中通称郎官，皆为中央官吏中的要职。

【译文】

石中立曾与同僚一起观看南园狮子，主管人员说："县官每天破费五斤肉喂养它。"同僚开玩笑道："我们这些人反而不如这头狮子吗？"中立说："我们是员外郎（园外狼），怎么敢跟园内狮子相比。"

冯祭酒具区①，携妓泛西湖，泊于定香桥畔。有群青衿士拥观，公不堪，令移舟。青衿辈大怒，随舟厉声曰："尔已过会元②，已过祭酒，独不畏吾将来耶③？"公命使者报声曰："致上秀才，纵若随后赶来，老夫已过学士港矣④。"

【注释】

①冯具区：明江盈科《雪涛谐史》称之为"近日冯具区"，则他为明万历前后人无疑。祭酒：学官名。汉代有博士祭酒，为博士之首。西晋改设国子祭酒，隋唐以后称国子监祭酒，为国子监的主管官。

②会元：科举制度中会试是聚集各省举人到京会考之名，故通称会试第一名为会元。

③暗含"后生可畏"之意。

④冯具区的话暗含"老当益壮"之意，针锋相对，所以有趣。秀才：生员的俗称。又称"青衿"。学士：官名。南北朝以后，以学士为司文学撰述之官。唐代翰林学士亦本为文学侍从之臣，因接近皇帝，往往参与

机要。明代设翰林院学士及翰林院侍读、侍讲学士,学士遂专为词臣之荣衔。

【译文】

祭酒冯具区,带着歌妓到西湖上泛舟,停泊在定香桥边。一群秀才围着看,冯公受不了,叫把船移开。秀才们大为恼火,跟在船后高声说:"你已过会元,已过祭酒,难道不怕我们将来吗?"冯公派使者答道:"传话给秀才,就算你们随后赶来,老夫已经过学士港了。"

西王母献桃于武帝云①:"此桃三千年生花,三千年熟。"指方朔云:"仙桃三熟,此儿已三偷得此桃。"帝曰:"尝闻鼻下长一寸,是百年人。"方朔笑曰:"彭祖寿年七百岁,鼻下合长七寸。"

【注释】

①西王母:传说中的仙人。

【译文】

西王母献桃给汉武帝说:"这桃三千年开花,三千年成熟。"又指着东方朔说:"仙桃熟了三次,这小儿已三次偷到这种桃。"汉武帝说:"曾听说鼻子下长一寸,表明是活了一百岁的人。"东方朔笑道:"照这样推论,彭祖活了七百岁,鼻子下应该长七寸。"

五代冯瀛王道①,门客讲《道德经》首章②:"道可道,非常道。"门客见"道"字是冯名③,乃曰:"不敢说可不敢说,非常不敢说。"

【注释】

①冯道:字可道,自号长乐老,五代时瀛洲景城(今河北交河东北)人。历仕后唐、后晋、后汉、后周,均任宰相、太傅、太师、中书令等要职。

②《道德经》:即《老子》。先秦老子著。

③古代讲究名讳,不能念出尊者的名。门客见"道"字而用"不敢说"代替,结果非常滑稽。

【译文】

五代人冯道（瀛王），其门客讲解《道德经》第一章："道可道，非常道。"门客见"道"字是冯的名，于是说："'不敢说'可'不敢说'，非常'不敢说'。"

西施教歌舞之地名西施山，袁宏道与陶望龄同游，陶诗云："宿几夜骄歌艳舞之山①。"袁笑曰："此诗当注明，不然后日累君谥文恪也。"

【注释】

①陶望龄诗的意思是：在西施曾骄歌艳舞的山上过了几夜。但仅从字面看，也可理解为在妓院过了几夜，所以袁宏道要他注明。"恪"是谨慎、恭敬的意思。

【译文】

西施教演歌舞的地方叫西施山，袁宏道和陶望龄同去游玩，陶在一首诗中写道："宿几夜骄歌艳舞之山。"袁宏道笑着说："这诗应该注明，不然，以后会妨碍你被谥为'文恪'。"

江进之举进士①，其父贫甚，为报捷者索重赏，至困，大觉愤懑。罗汝鹏过而慰之曰："公且耐，生儿不肖奈何②？"闻者大笑。

【注释】

①江进之：明代江盈科，字进之，自号绿萝山人。湖南桃源人。万历二十年（1592）进士，历任长洲县令、吏部考功主事、大理寺正、四川提学副使等官。"公安派"重要成员之一。

②这一句，江盈科《雪涛谐史》作："且耐烦，养坏了儿子，说不得。"较为生动。

【译文】

江进之考中了进士，他父亲很穷，因为报喜的人索取重赏，十分狼狈，感到非常烦闷。罗汝鹏来安慰他说："你且消消气，生个儿子不肖，有什么办法?"听到的人大笑。

　　袁中郎偶中热减衣,丘长孺谓之曰:"天且寒,何不加衣?"中郎曰:"加则恐流鼻红。"长孺笑曰:"减则恐流鼻白。"

【译文】

　　袁宏道(中郎)偶因燥热减衣,丘长孺问他:"天气就要冷了,怎么不加衣服?"宏道说:"加衣服恐怕要流鼻红(指鼻血)。"长孺笑道:"减衣服恐怕要流鼻白(指鼻涕)。"

　　道学者曰:"天不生仲尼^①,万古如长夜。"刘谐曰^②:"怪得羲皇以上圣人^③,尽日燃烛而行。"

【注释】

　　①仲尼:孔子名丘,字仲尼。

　　②刘谐:字宏源,明代麻城(今属湖北)人。隆庆五年(1571)进士。

　　③羲皇:伏羲,传说中的古代帝王。

【译文】

　　道学家说:"上天如果不降生孔子,千年万代就像是处于漫长的黑夜之中,没有一点光明。"刘谐道:"难怪伏羲皇帝以前的圣人,整天点着火把走路。"

　　米芾尝作诗云^①:"饭白云有子,茶甘露有兄。"人问"露兄"故实,乃曰:"只是'甘露哥哥'耳。"

【译文】

　　米芾曾写诗说:"饭白云有子,茶甘露有兄。"有人问"露兄"的出处,米芾答道."只是'甘露哥哥'罢了。"

　　宋元祐间有陈上舍,治《春秋》^①,与宋门一娼狎。一日会饮于曹门,因用《春秋》之文戏之曰:"春正月会吴姬于宋,夏四月复会于曹。"

【注释】

①春秋:儒家经典之一。编年体春秋史。相传孔子依据鲁国史官所编《春秋》加以整理修订而成。起于鲁隐公元年(前 722),终于鲁哀公十四年(前 481),计 242 年。

【译文】

宋哲宗元祐(1086—1093)年间,有个姓陈的上舍研究《春秋》,跟宋门的一个妓女亲近。一天,两人在曹门共饮,陈上舍因而用《春秋》式的文字和她开玩笑说:"春季的正月在宋门与吴姬见面,夏季的四月在曹门再次见面。"

张融常乞假还①,帝问所居,答曰:"臣陆居非屋,舟居非水。"上未解,问张绪,绪曰:"融近东山,未有居止,权牵小船上岸,住在其间。"上大笑。

【注释】

①张融:字思光,一名少子,南朝齐吴县(今江苏苏州)人。历仕宋、齐,做过中书郎、司徒右长史等官。是当时著名的文学家。

【译文】

张融曾请假回家,皇帝问他住在哪儿,他答道:"臣住在陆地上,但不是屋;以船为家,但不在水上。"皇帝不明白,问张绪,张绪说:"张融近东山,没有房舍,权且拉条小船上岸,住在里面。"皇帝大笑。

齐高祖作隐语①,以"卒律葛答"为煎饼,复谓诸臣曰:"汝等为我作一谜,我为汝射之。"石动筩复云:"卒律葛答。"高祖射不得,问曰:"此是何物?"答曰:"是煎饼也。"高祖曰:"我始作之,何因更作?"动筩曰:"乘大家热铛子头②,更作一个。"高祖大笑。

【注释】

①齐高祖:北齐高欢,字贺六浑,渤海蓨(今河北景县)人。鲜卑化的汉人。曾任东魏大丞相。死后,其子高洋代东魏称齐帝,追尊为献武帝,庙号太祖。天统初改谥神武皇帝,庙号高祖。

②大家:亲近侍从官对天子的称呼。

【译文】

北齐高祖作谜语,以"卒律葛答"猜煎饼。又对各位大臣说:"你们为我作一个谜,我来猜。"石动筩重复道:"卒律葛答。"高祖猜不出来,问他:"这是什么东西?"回答说:"是煎饼。"高祖说:"我已经作了,你为什么又作?"动筩说:"趁皇上的热锅,再做一个(煎饼)。"高祖大笑。

玄宗尝与诸王会食,宁王失口喷饭①,直及龙颜。上曰:"宁哥何以错喉?"黄幡绰曰:"非错喉,是喷嚏②。"

【注释】

①宁王:唐朝李旦(睿宗)的长子李宪,李隆基的哥哥,曾固让皇位。李隆基即位后,封太尉,加食租邑千户,固辞,改授开府仪同三司扬州大都督,封宁王。后来又拜太尉,并历任泽、岐、泾三州刺史。

②"错喉"与"错侯"谐音,意为:本该做天子的人,却错做了王侯。"喷嚏"的发音近于"喷帝""喷弟"。"帝""弟"指唐玄宗。

【译文】

唐玄宗曾和诸王一起吃饭。宁王被呛,满口的饭喷了出来,直喷到玄宗的脸上。玄宗问:"宁哥怎么错喉了?"黄幡绰说:"不是'错喉',是'喷嚏'。"

杜正伦讥任瑰怕妻①,瑰曰:"妇当怕者有三:初取时如菩萨,岂人不怕菩萨?既生育如鬼子母,岂人不怕鬼子母②?年老面皱如鸠盘荼,岂有人不怕鸠盘荼耶③?"

【注释】

①杜正伦:唐代洹水人。隋末举秀才,调武骑尉,太宗表直秦王府

文学馆。任瑰：早孤，年十九，试守灵溪令，迁衡州司马，陈亡，瑰弃官去。唐高祖时任毂州刺史，破王世充，讨平徐元朗及辅公祐，拜邢州都督迁陕州卒。

②鬼子母：佛教神名。喜食小孩。后经佛变化，转为保护小孩的神。

③鸠盘茶：梵语，佛书中指啖人精气的鬼。又译为瓮形鬼、冬瓜鬼。常用来比喻妇人的丑状。

【译文】

杜正伦取笑任瑰怕老婆，任瑰说："老婆该怕的理由有三条：刚娶来的时候漂亮得像菩萨，难道有人不怕菩萨吗？生了孩子后像鬼子母，难道有人不怕鬼子母吗？年纪大了，满脸是皱纹，丑得像鸠盘茶，难道有人不怕鸠盘茶吗？"

秦太虚①为御史贾所弹，张文潜②戏之曰："千余年前贾生过秦③，今复尔也。"

【注释】

①秦太虚：北宋秦观，字太虚，改字少游，号淮海居士。扬州高邮（今属江苏）人。因与苏轼关系密切，宦途极为坎坷。是著名词人。与黄庭坚、晁补之、张耒并称为"苏门四学士"。

②张文潜：北宋张耒，字文潜，号柯山，淮阴（今属江苏）人。为"苏门四学士"之一。以诗著名。历任著作郎、史馆检讨等官。

③汉初的贾谊曾作《过秦论》。"过秦"即"批评秦王朝的过失"。张耒借用为"批评秦观"。

【译文】

秦观被姓贾的御史弹劾，张耒开玩笑说："一千多年前贾生'过秦'，今日又是如此。"

谑　语

谑语第八

　　吴苑曰：诙谐戏谑，一类耳，一类而两之，非字之蛇足
乎？字既蛇足，即许、李辈^①，尚不能辨，况我耶？吾请以
苍之所取诸语定二字耳。　第戏不及虐为谐，故谑字从虐，
于此可以小分，乃次谑语第八。

【注释】

　　①许、李辈：疑指东汉文字学家许慎和元代人李文仲。许慎撰有
《说文解字》，李文仲撰有《字鉴》，均为影响后世的著名字书。

【译文】

　　吴苑说：诙谐戏谑，这是同一类；属于同一类而分之为二，这字不是
有些画蛇添足吗？如果字已画蛇添足，那么，即使许、李一流人，尚且不
能分辨，何况我呢？请允许我用曹臣（字苍之）所甄录的各种言谈来确
定二字的含义。戏弄没有达到虐的程度就是诙谐，所以"谑"字的另一
个部分是"虐"，从这里可以稍加区别。于是编列"谑语"为第八。

　　王平甫躯干魁硕①，而眉宇秀朗。尝盛夏入馆中，方下马，流汗浃衣，刘攽见而笑之曰："君真所谓汗淋学士也②！"

【注释】

　　①王平甫：北宋王安国，字平甫，抚州临川（今江西抚州西）人。王安石的弟弟。熙宁初以才行招试及第，历任西京国子教授、崇文院校书、秘阁校理等。据记载，做翰林学士的是他哥哥王安礼，字和甫。

　　②汗淋学士：谐"翰林学士"，后者为皇帝的秘书官。

【译文】

　　王平甫身材魁梧，而眉目清秀爽朗。曾在盛夏的一天进入翰林院，刚下马，汗水湿透了衣服，刘攽看见，笑着说："君真是所谓汗淋（翰林）学士！"

　　东坡登禁林，以高才狎侮诸公卿，率有标目，殆遍，独于司马温公不敢有所轻重。一日与共论免役、差役利害①，偶不合，及归舍，方卸巾弛带，乃连呼曰："司马牛！司马牛②！"

【注释】

　　①免役、差役：即免役法、差役法，王安石新法中的两个部分。苏轼也不满于新法，但认为免役法、差役法对国计民生有利；司马光则主张一律废除。

　　②呼司马光为"牛"，是批评他太"犟"。

【译文】

　　苏轼入翰林院。凭借高才轻忽、戏弄各位公卿，通常都有品题，几乎个个轮到了，唯独对司马光不敢有所抑扬。一天跟司马光讨论免役法、差役法的利弊，偶然意见不合，回到家里，一边卸头巾，解衣带，一边连声叫道："司马牛！司马牛！"

　　苏子瞻与姜制之饮，姜举令云："坐中各要一物，是药名。"乃指子瞻曰："君药名也，子苏子①。"子瞻答曰："君亦药名也，君若非半夏，定是厚朴。"众请其故，曰："非半夏，非厚朴，何故曰'姜制之'?"众皆绝倒。

【注释】

①子苏子:双关语。一、中药名。二、你是苏子。半夏、厚朴均为中药名。

【译文】

苏子瞻(苏轼)和姜制之一块儿喝酒,姜宣布酒令:"在座的人各要一样东西,必须是药名。"于是指着苏轼说:"你是药名,子苏子(你是苏子)。"苏轼答道:"你也是药名,不是半夏,就是厚朴。"大家请问原因,答道:"不是半夏,不是厚朴,为什么说'姜制之'(用姜炮制它)?"在座的人都大笑不能自持。

秦少章云:郭功甫尝过杭州①,出诗一轴示东坡,先自吟诵,声震林木。既罢,谓东坡曰:"祥正此诗几分?"坡曰:"十分。"祥正喜之。坡曰:"七分来是读,三分来是诗。"郭不怿。

【注释】

①郭功甫:北宋郭祥正,字功父,一作功甫,当涂(今属安徽)人。举进士。历任武冈知县、殿中丞、端州知州、朝请大夫等官。少有诗名,见赏于梅尧臣。其诗颇有似李白者,为王安石所称道。

【译文】

秦少章讲:郭祥正曾路过杭州,拿出一卷诗请苏轼(号东坡)过目,先自己吟咏,声震林木。读完了,问苏轼:"祥正这诗可得几分?"苏轼说:"十分。"祥正很高兴。苏轼接着说:"七分是读,三分是诗。"郭老大不高兴。

米元章居京师,被服怪异:戴高檐帽,不欲置从事之手,恐为所浣。即坐轿,为顶盖所碍,遂撤去,露帽而坐。一日出保康门,遇晁以道①,以道大笑。下轿握手,问晁曰:"你道似甚底?"晁云:"我道你似鬼章。"二人抚掌绝倒。时西边获贼寨首领鬼章,槛车②入京,故以道为戏。

【注释】

①晁以道:北宋晁说之,字以道。慕司马光之为人,自号景迂。元丰进士。苏轼以著述科荐之,元祐中以党籍放斥,终徽猷阁待制。博览群书,善画山水,亦工诗。

②槛车:古代囚车,四面为木栅栏,犯人站立车中,上方为一木板,将犯人头手枷锁在车上。

【译文】

米芾住在京城时,好穿奇装异服。戴着一个高檐帽,不肯让随从拿着,怕被他们弄脏了。坐轿时,因为轿的顶盖有所妨碍,于是撤掉轿顶,露帽而坐。一天从保康门出来,碰见晁说之,说之大笑。米芾下轿握住晁说之的手,问道:"你说我像什么?"晁答道:"我说你像鬼章。"二人拍手大笑,不能自持。当时西部边境上抓获贼寨的头目鬼章,用囚车押解入京,所以说之这样开玩笑。

汉武帝时,郭舍人与东方朔校射覆不胜①,上令倡监榜舍人,舍人不胜痛,呼暴。朔笑曰:"咄!口无毛,声謷謷,尻益高。"舍人恚曰:"朔擅诋欺天子从官,当弃市。"上问朔何故诋之,对曰:"臣非敢诋之,乃与为隐耳。"上曰:"隐云何?"朔曰:"夫口无毛者,狗窦也;声謷謷者,鸟哺鷇也;尻益高者,鹤俯啄也。"

【注释】

①郭舍人:汉武帝所宠幸的歌舞演员,滑稽无穷,常侍从于左右。东方朔:字曼倩,西汉平原厌次(今山东惠民)人。武帝时任太中大夫。性诙谐滑稽。善辞赋。

【译文】

汉武帝时,郭舍人与东方朔比赛猜东西,输了,武帝下令歌舞人的监管打他,舍人忍受不了疼痛,大声呼叫。东方朔笑道:"咄!口上没毛,声音謷謷,屁股越翘越高。"舍人怨恨道:"东方朔擅自诋毁欺侮天子的侍从官员,应该在闹市处死,并暴尸示众。"武帝问东方朔为什么诋毁他,东方朔道:"臣不敢诋毁他,不过为他作个隐语罢了。"武帝问:"隐什么?"东方朔说:"口上没毛,这是狗洞;声音聱聱,这是乌在喂养雏鸟;屁股越翘越高,这是鹤在低头啄食。"

孙权尝飨蜀士费祎①,逆敕群臣伏食勿起。祎至,权为辍食,而群下不起。祎云:"凤凰来翔,麒麟吐哺;骡驴无知,伏食如故。②"

【注释】

①孙权:三国时吴国的建立者。公元229—252年在位。字仲谋,吴郡富春(今浙江富阳)人。费祎:字文伟,三国江夏鄳县(今河南罗山一带)人。初任蜀汉黄门侍郎,为诸葛亮所重。后继蒋琬执政,任大将军、录尚书事。

②"凤凰"比喻费祎本人,"麒麟"比喻孙权,"骡驴"比喻群臣。

【译文】

孙权曾设宴款待西蜀官员费祎,预先下令各位大臣只管埋头吃饭,不要起身迎接。费祎来到,孙权停止了用餐,而各位大臣却不站起来。费祎说:"凤凰飞来,麒麟吐出口中的食物;骡驴无知,照旧埋头一个劲地吃。"

陆机在王武子坐①,偶潘岳至②,陆便起。安仁曰:"清风至,乱物起。"陆应曰:"众鸟集。"

【注释】

①陆机:字士衡,吴郡华亭(今上海松江)人。曾官平原内史,世称"陆平原"。西晋著名文学家。与弟云并称"二陆"。王武子:西晋王济,字武子。官至侍中。少有逸才,风姿俊爽。

②潘岳:字安仁,荥阳中牟(今属河南)人。曾任河阳令、著作郎、给事黄门侍郎等职。性轻躁,与石崇等谄事权贵贾谧。诗赋兼善,与陆机齐名。

【译文】

陆机在王武子家坐,潘岳偶然来到,陆便站起。安仁说:"清风吹来,杂乱的东西被卷动。"陆答道:"寻常的鸟于是聚集到了一块。"

王导妻妒,导有众妾在别馆,妻知之,持食刀将往。公遽命驾,患牛迟,手捉麈尾,以柄助打牛。蔡谟闻之①,后诣王谓曰:"朝廷欲加公九锡②。"王自叙谦。蔡曰:"不闻余物,惟闻短辕犊车长柄麈尾耳!"

【注释】

①蔡谟:东晋人。字道明,历任侍中、太常、徐州刺史等官。

②九锡:古代帝王赐给有大功或有权势的诸侯大臣的九种物品。

【译文】

王导的妻子性情妒忌。王导有几个侍妾住在别处,他的妻子知道了,拿着菜刀准备去袭击。王公立即命人驾车,忧虑牛走得慢,亲自拿着拂尘,用把儿帮着打牛。蔡谟听说了这事,后来去王导那儿,说:"朝廷想给公行九锡礼。"王自己表示不够格。蔡说:"没听说赐别的东西,只听说有短辕的牛车和长把儿的拂尘。"

梁安城王萧伃①,以文词擅名,所敌拟者,唯河东柳信言②。然柳内虽不服,而莫与抗。及闻伃卒,时为吏部尚书,宾客候之,见其屈一足跳,连称曰:"独步来!独步来③!"众哄然大笑。

【注释】

①萧伃:南朝后梁宗室。天保年间官侍中仆射尚书令。

②河东:今山西省西南部一带。

③独步:指超群出众,独一无二。

【译文】

梁安城王萧伃,以长于文辞著名,可以比拟的,只有河东人柳信言。但柳内心虽不服气,却没法跟他抗衡。后来,听说萧伃死了,当时柳正做吏部尚书,客人们去看他,只见他弯着一条腿跳跃,连声道:"独步来!

独步来!"大家忍不住哄然大笑起来。

梁陆晏子聘魏,魏遣李谐郊劳①。过朝歌城②,晏子曰:"殷之余人③,正应在此。"谐曰:"永嘉南渡④,尽在江外。"

【注释】

①李谐:字虔和。北魏人。风流闲润,博学有文辩。累官金紫光禄大夫。孝静初官散骑常侍,使梁,江南称其才辩。

②朝歌城:在今河南淇县。曾是商朝最后一个国君纣的别都。

③殷之余人:指殷顽民。

④永嘉:晋怀帝年号(307—313)。西晋灭亡时,北方士族大量逃往南方。

【译文】

南朝梁陆晏子出访北魏,北魏派李谐到郊外迎接、慰劳。路过朝歌城,晏子说:"殷商的残余,正应该在这里。"李谐说:"永嘉南渡时,都到了江南。"

范阳卢叔虎,有子十人,大者字畜生,最有才思。卢思道谓人曰:"从叔有子十人,皆不及畜生。"

【译文】

范阳人卢叔虎,有十个儿子,长子叫畜生,最有才情。卢思道对人说:"从叔有十个儿子,都不如畜生。"

高平徐之才①,父雄,祖成伯,并善方术,世传其业。纳言祖孝征戏之②,呼为"师公"③。之才曰:"既为汝师,又为汝公,在三之义④,顿居其两。"

【注释】

①徐之才:北齐高平(治所在今山东济宁市)人。幼而隽发,祖传医术,懂天文,涉经史,发言诙谐。初仕梁,后随萧综入北魏,为文宣弄臣,

109

累官尚书令。

②纳言：官名。负责宣达帝命。

③师公：对巫师等的称呼。古代巫、医并称。

④在三之义："在三"指父、师、君。即所谓"父生之，师教之，君食之"。

【译文】

高平人徐之才，父亲徐雄，祖父徐成伯，都长于方术，世代相传。纳言祖孝征嘲弄他，称之为"师公"。之才说："既做你的老师，又做你的父亲，在父、师、君这三种最尊贵的身份中，一下子就占了两种。"

秋官侍郎狄仁杰戏同官郎卢献曰①："足下配马乃作驴。"献曰："中劈明公，乃成二犬。"杰曰："狄字犬旁火也。"献曰："犬边有火，乃是煮狗。"

【注释】

①狄仁杰：字怀英，唐代太原（今属山西）人。在武则天当政时，以不畏权势著称。历任侍御史、地官侍郎同凤阁鸾台平章事、幽州都督等官。秋官：唐武则天时曾一度改刑部为秋官。

【译文】

秋官侍郎狄仁杰曾跟同任侍郎的卢献开玩笑说："你跟马相配就成了驴。"卢献说："把你从中间劈开，就成了两条犬。"仁杰说："狄字是犬旁作火。"卢献说："犬旁边有火，这是煮狗。"

张昌龄谓苏味道曰①："某诗所以不及公者，为无'银花合'也②。"苏曰："子诗虽无'银花合'，还有'金铜钉'。"昌龄有"今同丁令威"之句③。

【注释】

①张昌龄：唐初诗人。官终北门修撰。苏味道：唐初诗人。赵州栾城（今属河北）人。少有文名，与李峤合称"苏李"。又与杜审言、崔融、李峤合称"文章四友"。武后时，历任凤阁侍郎、同凤阁鸾台平章事

等官。

②苏味道《正月十五夜》诗:"火树银花合。"古代"合""盒"相通。苏味道诗中的"合"是形容灯火连成一片,张昌龄却有意把"合"读成"盒"。

③"今同丁令威"意为:如今和仙人丁令威一样。苏味道故意截取前三字,与"金铜钉"谐音。"今同丁令威",语出张昌龄《赠张昌宗》诗。

【译文】

张昌龄对苏味道说:"我的诗所以比不上你,是因为没有'银花合'。"苏说:"你的诗虽没有'银花合',但还有'金铜钉'。"昌龄有"今同丁令威"的诗句。

白居易与张祜初相见①,谓曰:"久钦藉甚,记得款头诗②。"祜愕然曰:"舍人何所谓③?"白曰:"'鸳鸯钿带抛何处?孔雀罗衫属阿谁④?'非款头诗何耶?"张笑而答曰:"祜亦记得舍人《目连变》⑤。"白曰:"何也?"曰:"'上穷碧落下黄泉,两处茫茫皆不见⑥',非《目连变》何耶?"

【注释】

①白居易:唐代著名诗人。字乐天,号香山居士。曾任太子太傅,后人亦称白傅。贞元十六年进士,历任秘书省校书郎、翰林学士、江州司马、刑部尚书等官。张祜:与白居易同时的一位诗人。字承吉,清河(今属河北)人。终身布衣,与杜牧友善。

②款头:一作问头。问头即试题。

③舍人:即中书舍人,隋唐时掌制诰(撰拟诏旨),以有文学资望者充任。

④这二句诗见于张祜《感王将军柘枝妓殁》。

⑤目连变:唐代有《大目乾连冥间救母变文》,简称《目连变》,写目连母被打入地狱,受到种种磨难、报应,目连不避艰险,遍游地狱寻母,求佛救母。

⑥这二句诗见白居易《长恨歌》。写"临邛道士鸿都客"上天下地寻找杨玉环的踪影。

【译文】

白居易与张祜第一次相见，就对张祜说："久仰大名，记得你的款头诗。"张祜大吃一惊，问："舍人说的什么意思？"白居易答道："鸳鸯钿带抛何处？孔雀罗衫属阿谁？'这不是款头诗是什么？"张祜笑着说："我也记得舍人的《目连变》。"白居易问："什么？"张答道："'上穷碧落下黄泉，两处茫茫皆不见'，这不是《目连变》是什么？"

晋刘道真遭乱①，于河侧与人牵船，见一老妪操橹，道真嘲之曰："女子何不调机弄杼，因甚傍河操橹？"女曰："丈夫何不跨马挥鞭，因甚傍河牵船？"

【注释】

①刘道真：晋刘宝，字道真，高平人。有《历代史书考异》。

【译文】

晋刘道真遭逢乱世，在河边为人拉纤，看见一位老年妇女摇着橹，道真便嘲弄说："女人为什么不调机弄杼，干吗在河边摇橹？"老年妇女答道："大丈夫为什么不骑马扬鞭，干吗在河边拉纤？"

刘文树髭生颔下，貌类猴，恐黄幡绰见嘲①，乃密赂之。幡绰言曰："文树不似猕猴，猕猴强似文树。"

【注释】

①黄幡绰：唐玄宗时宫廷艺人。擅长滑稽风趣的参军戏。当时关于他的传说和轶事很多。

【译文】

刘文树的胡须长在颔下，形状像猴，怕黄幡绰嘲笑，于是偷偷贿赂他。幡绰说："文树不像猕猴，猕猴硬要像文树。"

东坡知湖州，尝与宾客游道场山，屏退从者而入。有僧冯门熟睡，坡戏曰："髡阃上困①。"有客即答曰："何不用钉顶上钉^②?"

【注释】

①髡阃上困:意为和尚靠在门上睡觉。髡、阃、困音节相同,仅声调有别。

②钉顶上钉:意为拿钉在头顶上钉。第二个"钉"读 dìng。

【译文】

苏轼做湖州知州,曾和客人一起游览道场山,叫随从退下后才进去。有个僧人靠在门框上熟睡,苏轼嘲笑说:"髡阃上困。"一位客人立即答道:"为什么不用钉顶上钉?"

司马防尝举曹公为比部尉^①,后曹公进爵为王,召防到邺,与欢饮,语之曰:"孤今日可复作尉不?"防曰:"昔举大王时,适可作尉耳。"

【注释】

①司马防:字建公,东汉末年温县(今属河南省)人。历任洛阳令、京兆尹等官。曹公:曹操。三国时著名政治家。东汉建安年间任丞相,封魏王。比部:官名。掌稽核簿籍。

【译文】

司马防曾推荐曹操做比部尉,后来曹操晋封为魏王,召司马防到邺都,设宴热情款待,对他说:"我现在还适合于做比部尉吗?"司马防道:"当年推荐大王的时候,你恰好适合做比部尉!"

刘谅为湘东王所善^①,湘东一目眇,一日与谅共游江滨,叹秋望之美。谅曰:"今日可谓'帝子降于北渚^②'。"湘东曰:"卿言'目眇眇而愁予'耶?"出此嫌之。

【注释】

①刘谅:字有信,南朝梁人。少好学,有文才,尤熟晋代故事,官中书、宣城王记室。湘东王:南朝梁元帝萧绎,初封湘东王。

②屈原《九歌·湘夫人》："帝子降兮北渚,目眇眇兮愁予。""眇眇"本是极目远望的样子,刘谅借指一只眼瞎。

【译文】

刘谅为湘东王萧绎所亲善。萧绎的一只眼瞎了,一天和刘谅同游江滨,感叹秋天的景物之美。刘谅说:"今天可以说是'帝子降于北渚'。"萧绎道:"你是说'目眇眇而愁予'吗?"从此厌恶他。

侯白好俳谑①,一日杨素与牛弘退朝②,白语之曰:"日之夕矣。"素曰:"以我为'牛羊下来'耶③?"

【注释】

①侯白:隋代人,作有笑话集《启颜录》。

②杨素:字处道,弘农华阴(今属陕西)人。隋大臣。历任尚书左仆射、司徒等要职。牛弘:字里仁,本姓寮,父允为后魏侍中,赐姓牛。隋初任秘书监、吏部尚书等官。

③《诗经·王风·君子于役》:"日之夕矣,牛羊下来。"意为:天晚了,牛羊归来。

【译文】

侯白喜欢开玩笑,一天,杨素和牛弘退朝归家,侯白对他们说:"日之夕矣。"杨素说:"说我们是'牛(牛弘)羊(杨素)下来'吗?"

柳机、柳昂,在周朝俱历要任①,隋文帝受禅②,并为外职。时杨素方用事,因文帝赐宴,素戏语机云:"二柳俱摧。"机答曰:"不若孤杨独耸。"

【注释】

①柳机:字匡时。北周宣帝时曾官御正(上大夫)、华州刺史。隋文帝时任纳言、华州刺史。柳昂:字千里。北周武帝时开府仪同三司,隋文帝时任潞州刺史。

②隋文帝:即杨坚。北周时任丞相,封隋王。公元581年,废周静帝自立,建立隋朝。

【译文】

柳机、柳昂在北周都担任过朝廷要职，隋文帝接受北周的禅让后，柳机、柳昂都被任为地方官。当时杨素正当权，趁文帝设宴招待臣下，杨素和柳机开玩笑说："二柳（柳机、柳昂）都被折断。"柳答道："不如孤杨（杨素）独耸。"

王浑与妇钟氏共坐^①，见武子从庭过，浑欣然谓妇曰："生儿如此，足慰人意。"妇笑曰："若使新妇得配参军^②，生儿故可不啻如此。"

【注释】

①王浑：字玄冲，西晋太原晋阳（今山西太原）人。历任安东将军、都督扬州诸军事，征东大将军等官。武子：晋王济，字武子，王浑之子。官至侍中。史称其少有逸才，风姿英爽，气盖一时。

②参军：指王浑的弟弟王伦，为人醇简，不慕荣利。新妇：妇人自称。

【译文】

王浑和妻子钟氏坐在堂上，看见武子从庭院经过，王浑高兴地对妻子说："生出这样的儿子，足以使人快慰。"妻子笑道："假如叫新妇嫁给你家参军，生出的儿子，还不只这样。"

杨诚斋善谑^①，尝谓好色者曰："阎罗王未曾相唤，自求押到，何也？"

【注释】

①杨诚斋：南宋诗人杨万里，号诚斋。"中兴四大诗人"之一。

【译文】

杨万里长于开玩笑，曾对好色的人说："阎罗王没叫你去，你自己要求押到，这是为什么？"

王文度、范荣期俱为简文所要^①，范年大而位小，王年小而位大。将前，更相推在前，既移久，王遂在范后。王因谓曰：
"簸之扬之，糠秕在前。"范曰："洮之汰之，沙砾在后。"

【注释】

①王文度：即东晋王坦之，字文度，官至尚书令，与谢安同辅朝政；范荣期：即范启，字荣期。以才义显于世，官至黄门郎。简文：晋简文帝司马昱，字道万，初封会稽王，后桓温废帝司马奕而立之，谥简文。

【译文】

王文度、范荣期二人同时受到简文帝邀请，一道前往。范年纪大而官位低，王年纪小而官位高。两人都推让对方走在前面，后来，王还是走在范的后面。王文度于是对范说："又簸又扬，糠秕被抛在前头。"范说："反复淘汰，沙子瓦砾落在后头。"

姜师度好沟洫①，所在必发众穿凿，虽时有不利，而成功益多。先是太史令傅忠孝善占星纬②。人为之语曰："傅忠孝两眼看天，姜师度一心穿地。"

【注释】

①姜师度：唐代魏人，玄宗时曾任同州刺史等官，有清白之风。官终将作大匠。

②太史令：魏晋以后的太史仅掌管推算历法。

【译文】

姜师度喜欢兴修水利，每到一地，总要发动人们开沟挖渠，虽然有时不顺利，但办成的越来越多。在这以前，太史令傅忠孝长于根据天象的变化预测吉凶。有人为他们编了两句话："傅忠孝两眼看天，姜师度一心穿地。"

高骈镇成都①，命酒佐薛涛为一字令②，曰："须是一字象形，又须逐韵。"公曰："口，有似没量斗。"涛曰："川，有似三条椽。"公曰："奈何一条曲？"涛曰："相公为西川节度，尚使没量斗,酒佐三条橡,内惟一条曲,何足怪?"

【注释】

①高骈:字千里,唐末幽州(治今北京西南)人。僖宗年间,曾以御史大夫为西川节度副使。

②薛涛:唐末名妓。字洪度,长安人,随父流落蜀中,遂入乐籍。

【译文】

高骈镇守成都,叫酒佐薛涛制一字令,要求:"必须是一个象形的字,又必须押韵。"高公说:"口,好像无底的斗。"薛涛说:"川,好像三根木条。"高公问:"为什么一根弯?"薛涛答道:"相公做西川节度使,还使用无底的斗,我做酒佐的,三根木条内只有一条弯曲,有什么好奇怪的?"

齐地多寒,春深未莩甲①。方立春,有村老挈苜蓿一筐,以馈艾子,且曰:"初生未敢尝,谨先以荐。"艾子喜曰:"烦汝致新。我享之后,次及何人?"曰:"献公罢,即刈以喂驴也。"

【注释】

①莩甲:草木种子分裂发芽。

【译文】

齐国气候寒冷,往往入春已久,种子还不发芽。有一年,刚立春,有个乡村老人带着一筐苜蓿,送给艾子,说:"刚长出来,不敢尝,先恭敬地献给您享用。"艾子高兴地说:"麻烦你送来新鲜的苜蓿。我享受之后,接下来该谁?"村老道:"献给您以后,就割了用来喂驴。"

吴门妓张好儿①,虽是徐娘老景,然婉丽而美,少年争交欢之。有太医院目杜君拉游虎丘②,觑张曰:"老便老,终是小娘③。"张答曰:"小便小,终是老爹④。"同游者无不捧腹。

【注释】

①吴门:旧时苏州的别称。

117

②太医院：官署名。主要负责宫廷的医疗事务。明清时，其长官为院使，下设御医、吏目、医士等数十人。

③妓女又称小娘。

④明代称做官的人为老爹。"小便小"，指官做得小。

【译文】

苏州妓女张好儿，虽是徐娘半老，但风韵婉丽，很漂亮，青年人争相与她结好。有位太医院吏目杜君带着张到虎丘游玩，看着她说："老是老，毕竟还是小娘。"张回答道："小是小，毕竟还是老爹。"同游的人没有不捧着肚子大笑的。

司马宣王辟周泰为宣城太守①，尚书钟毓调泰曰②："君释褐登宰府三十六日，拥麾盖守兵马郡，乞儿乘小车，一何驶！"泰曰："君名公之子，少有文彩，固守吏职，猕猴乘土牛，一何迟也！"

【注释】

①司马宣王：即司马懿。字仲达，三国河内温县（今属河南）人。曹魏重臣。宣城：郡名。治所在宛陵（今安徽宣城）。太守：一郡行政的最高长官。

②钟毓：字稚叔，三国魏人。机警敏捷，善谈笑，累官都督徐州、荆州诸军事。

【译文】

司马懿征召周泰做宣城太守，尚书钟毓与周泰开玩笑说："你脱去布衣换上官服，进入大将军府才三十六天，就做主帅守兵马郡，这好比乞丐坐在小车上，何等的快呀！"周泰说："你是名人的后代，年轻时就富于文采，却老是守着一个职位，这好比猕猴坐在土牛背上，多么慢呀！"

王文穆夫人悍妒，欲置左右，竟不可得。后宅圃中作堂名"三畏"①，杨文公戏之曰②："可改作'四畏'。"公问其说，曰："兼畏夫人。"

【注释】

　　①三畏：孔子认为君子应当三畏，即畏天命，畏大人，畏圣人之言。畏，怕。

　　②杨文公：北宋杨亿，见 P86"冷语"之"杨大年与梁周翰"条注释①。

【译文】

　　王文穆的夫人非常爱妒忌，文穆想娶侍妾，竟没法实现。后来，他在园圃里建了一座堂，名为"三畏"，杨文公跟他开玩笑说："可改成'四畏'。"王公问他这么说的道理，杨文公答道："兼畏夫人。"

　　王定国寄书于东坡①，答书云："新诗篇篇皆奇，老拙此回真不及矣。穷人之具，辄欲交割与君。"魏道辅见而笑曰："定国亦难作交代，只是权摄已耳！"

【注释】

　　①王定国：北宋王巩，字定国，自号清虚先生。长于诗，与苏轼友善。

【译文】

　　王定国寄信给苏轼，苏轼回信说："你近来的诗，每一篇都很新奇，老拙这次真的赶不上了。这个能使人处境困穷的东西（指诗），就想顺便移交给你。"魏道辅见信，笑道："定国也难办理移交手续，只是暂时代理而已！"

　　顾临子敬，为翰苑，每言："赵广汉尹京①，有治声，使我为之，不难当出其上。"子瞻笑曰："君作尹，须改姓。"顾曰："何姓？"曰："姓茅，唤作茅广汉。"

【注释】

　　①赵广汉：字子都，汉代蠡吾（今属河北）人。宣帝时官京兆尹，奸摘伏如神，名闻匈奴。京兆尹：职掌相当于郡太守。因地属畿辅，故不称郡。

【译文】

　　顾临,字子敬,任翰林学士,经常说:"赵广汉做京兆尹,有政绩,如果我担任这一职务,不难超过他。"苏轼笑道:"你做京兆尹,必须改姓。"顾问:"什么姓?"苏轼说:"姓茅,叫作茅广汉。"

清　语

清语第九

　　吴苑曰：晋人尚清谈，清谈之语，除世务之外，凡风流豪爽、放达高傲之类，皆清也。 是前人所取之义广。 吾既以此区分类别，则清之义，不得不隘矣，淘之汰之，则在山林之士乎？ 乃次清语第九。

【译文】

　　吴苑说：晋人崇尚清谈，清谈的言语，除了世俗的事情之外，所有风流豪爽、旷达高傲，都属于清的范围。可见前人采用的含义很宽。我既然用清来区分类别，那么清的含义，就不能不狭隘些。经过淘汰，是不是就集中在山林中的隐士之间呢？ 于是编列"清语"为第九。

戴仲若颙①，春日携双柑斗酒，人问何之，颙答曰："往听黄鹂声。此俗耳针砭，诗肠鼓吹。"

【注释】

①戴颙，字仲若，南朝宋人。与兄戴勃俱为当时著名的隐士。

【译文】

戴颙字仲若，春天的时候，带着两个柑子，一壶酒，别人问他上哪，他答道："去听黄鹂的叫声。这是对俗耳的规诫，足以激发作诗的情思。"

潘师正居嵩山逍遥谷①，唐高宗召问所须，师正对曰："臣所须者，茂松清泉，山中不乏。"

【注释】

①潘师正：唐代宗城人。少以孝闻，事王知远为道士，得其术，居逍遥谷。嵩山：五岳之一，其主体在河南登封市西北，由太室山和少室山等组成。

【译文】

潘师正隐居嵩山逍遥谷，唐高宗召见他时，问他需要什么，师正回答说："臣所需要的是茂松清泉，山中不缺少这些。"

田游岩频召不出①，唐高宗幸嵩山，亲至其门。游岩野服出拜，仪止谨朴。帝问："先生比佳不?"游岩对曰："臣所谓泉石膏肓，烟霞痼疾。"

【注释】

①田游岩：唐代三原人。永徽年间补太学生，后隐居。高宗召见后，拜崇文馆学士，进太子洗马，旋放还山，蚕衣耕食，不与显贵交往。

【译文】

田游岩一再被征召却不出山，唐高宗驾临嵩山，亲自来到他的门前。游岩身着山野人的服装，出门拜见，举止恭谨、淳朴。高宗问："先生近来好吗?"游岩答道:"臣就是人们所说的,爱好山水泉石成为癖好,如病入膏肓,不可救药。"

王右军既去官,与东土人士营山水弋钓之娱;又与道士许迈共修服食②,遍采名药,不远千里。游东中诸郡名山,泛沧海,叹曰:"我卒当以乐死。"

【注释】

①服食:道家养生法,指服食丹药。

【译文】

王羲之去官后,和东部人士一起享受山水弋钓的快乐,又和道士许迈一起研习服食,不远千里,到处采摘名药。漫游东部、中部各郡的名山,在海上泛舟,感叹道:"我最终当因快乐而死。"

陶征士尝言①:五六月北窗下卧,遇凉风暂至,自谓是羲皇上人②。

【注释】

①陶征士:东晋著名诗人陶潜,字渊明;一说名渊明,字元亮。谥靖节征士。

②羲皇:即伏羲,传说中的古代帝王。

【译文】

陶渊明曾说:五六月间,躺在朝北的窗户下,凉风偶然吹来,自以为是太古的人。

有客过陈眉公岩栖草堂,问是何感慨而甘栖遁,陈拈古句答曰:"得闲多事外,知足少年中。"问是何功课,曰:"种花春扫雪,看箓夜焚香①。"问是何利养,曰:"砚田无恶岁,酒谷有长春②。"问是何往还,曰:"有客来相访,通名是伏羲③。"

【注释】

①箓：道教的秘文秘录。

②砚田：以砚为田，即以书画为生。恶岁，收成不好。酒谷：以酒为粮。长春：永远不老。

③伏羲：这里指太古的人。

【译文】

一位客人造访陈眉公岩栖草堂，问陈有何感触以至于甘心隐居，陈拈取古人的诗句回答道："得闲多事外，知足少年中。"问陈平日有什么学业，陈说："种花春扫雪，看箓夜焚香。"问有什么好处，陈说："砚田无恶岁，酒谷有长春。"问与什么人来往，陈说："有客来相访，通名是伏羲。"

宗少文好山水①，所至皆图之，以张于室。谓人曰："抚琴动操，欲令众山皆响。"

【注释】

①宗少文：南朝宋宗炳，字少文，南阳人。好琴书，善画，精玄理。隐居不仕。

【译文】

宗少文酷爱山水，所到之处，都画成图卷，挂在房间里。对人说："按琴奏曲，想叫群山发出回声。"

谢惠连不妄交接①，门无杂宾，有时独醉。尝曰："入吾室者，但有清风；对吾饮者，惟许明月。"

【注释】

①谢惠连：南朝宋文学家。为谢灵运族弟，二人并称"大小谢"。少能文，工诗赋。

【译文】

谢惠连不轻易与人交往，家里没有驳杂的客人，有时独自醉饮。曾说："进我房间的，唯有清风；与我对饮的，只许明月。"

　　孙腾、司马子如尝共诣李元忠①，逢其方坐树下，拥被对壶，庭室芜旷。使婢卷两褥以质酒，徐谓二人曰："不意今日披藜藿也②。"

【注释】

　　①孙腾：字龙雀，北齐人。官至尚书仆射。司马子如：字遵业，北齐人。官至司空。李元忠：北朝北齐人。性仁恕。官至骠骑大将军。

　　②藜藿：两种植物，这里指庭院中的草。披：拨开。《史记·越世家》："庄生家负郭，披藜藿到门。"本文中的"披藜藿"是说孙腾、司马子如拨开草，造访主人。

【译文】

　　一天，孙腾、司马子如同去拜访李元忠，碰到他正坐在树下，拥着棉被喝酒，庭院里十分荒芜空旷。李叫婢女卷着两床棉被去换酒，慢慢地对二人说："没想到你们今日光临。"

　　罗远游家呈坎山中①，多古书旧帖。曹臣常过之，数日不归。一日臣欲急归，罗留之，不允。时天欲雨，邻山初合，松树之颠，半露云表，指谓臣曰："汝纵不恋故人，忍舍此米家笔耶②?"复留累日。

【注释】

　　①呈坎山：在今安徽黄山南面40公里处。

　　②米家笔：北宋米芾、米友仁父子，强调写意，以连点成片的画法，构成云烟变灭、生意无穷的画面，世称"米家笔"，对我国水墨山水的发展有极大影响。

【译文】

　　罗远游家在呈坎山中，多古书旧帖。曹臣经常探望他，往往几天不归。一日，曹臣急着回家，罗挽留，不答应。正值天将下雨，邻山刚被云笼罩，眺望松树，只见上半截露出云外。罗指着对曹臣说："就算你不留恋老朋友，难道忍心丢下这一幅米家水墨山水吗？"于是又待了好几天。

　　梅岭悬峭，登者如弹珠千仞，神骨俱竦。过此复又小康，人骑使得暂息。熊际华度之①，心目契领，羡曰："山不先示人以易，此山灵着意处也。"

【注释】

　　①熊际华：晚明人，与《舌华录》作者曹臣同时。

【译文】

　　梅岭高而陡，登上去的人如同站在千仞之高的一颗弹丸上，精神和身体都处于恐惧状态。过了这一段，又略微宽阔平坦，使人马得以暂时休息。熊际华从这里经过，心目投合，羡慕地说："山不先把平易的地方给人看，这正是山神的用意所在。"

　　晋简文入华林园①，顾谓左右曰："会心处不必在远，翳然林水，便自有濠濮间想也②。觉鸟兽禽鱼自来亲人。"

【注释】

　　①晋简文：即司马昱。晋元帝少子，字道万。初封会稽王，后被桓温立为帝，谥简文。

　　②濠濮间想：《庄子·秋水》："庄子与惠子游于濠梁之上。庄子曰：'鲦鱼出游从容，是鱼之乐也。'惠子曰：'子非鱼，安知鱼之乐？'庄子曰：'子非我，安知我之不知鱼之乐？'"后多用来比喻别有会心、自得其乐的境地。

【译文】

　　晋简文帝走进华林园，回头对随从的人说："令人别有会心的地方，不一定要（离城市）很远。只要树木荫深，碧水潺潺，就自然有置身在濠、濮之间的逸情雅兴，觉得飞鸟、走兽、鸣禽、游鱼，自己来亲近人。"

　　顾长康从会稽还，人问其山川之美，顾云："千岩竞秀，万壑争流，草木蒙笼其上，若云兴霞蔚。"

【译文】

顾长康(恺之)从会稽回来,有人打听那儿的山水之美,顾说:"千千万万的岩壁,互相争胜;千千万万的溪壑,竞相奔流;青草绿树笼罩在上面,仿佛行云兴起,流霞蒸腾。"

王子敬云①:"从山阴道上行②,山川自相映发,使人应接不暇,若秋冬之际,犹难为怀。"

【注释】

①王子敬:晋代书法家王献之,字子敬。王羲之第七子。官至中书令,世称王大令。

②山阴:旧县名。因在会稽山之阴(北)得名。治所即今浙江绍兴。山阴道指山阴城外西南郊一带,以风景优美著称。

【译文】

王子敬说:"在山阴道上行走,山光水色互相辉映,使人目不暇接,如果是在秋冬时节,更令人难以为怀。"

晋明帝问谢鲲①:"君自谓何如庾亮?"答曰:"端委庙堂,使百官整则,臣不如亮;一丘一壑,自谓过之。"

【注释】

①晋明帝:即司马绍,字道畿。谢鲲:字幼舆,东晋阳夏人。通简有高识,任达不拘。官至豫章太守,为政清肃。

【译文】

晋明帝问谢鲲:"你自己认为跟庾亮比如何?"谢鲲答道:"身穿礼服,庄严地站在朝廷之上,作为百官的表率,臣比不上庾亮;但在一丘一壑间别有会心,自得其乐,臣自以为胜过他。"

王子猷尝寄人空宅住,便令种竹。或问:"暂住何烦尔?"王啸咏良久,直指竹曰:"何可一日无此君!"

吾少义六

【译文】

　　王子猷曾租借别人的空房子住，一到，就叫人种竹。有人问："暂时住一住，何必这样麻烦？"王又吟又啸，过了好长时间，直指竹子说道："怎么可以一天没有这位先生！"

　　刘野亭归乡，有权贵来访，皆不见。或劝之，答曰："才与狼虎隔途，何忍遽与鸡犬相别①？"

【注释】

　　①狼虎：因宦途险恶，所以把做官比为与狼虎同路。鸡犬：隐居的安宁生活的象征，陶渊明写他归隐后的生活，就有"犬吠深巷中，鸡鸣桑树颠"的诗句。

【译文】

　　刘野亭回乡，居高位、有权势的人来探望，一律不见。有人劝他，刘答道："才跟狼虎分路，怎么忍心那么快就与鸡犬告别？"

　　苏郡隐士王宾①，遁迹西山中，姚少师广孝以旧好访之山中②，谓曰："寂寂空山，何堪久住？"答曰："多情花鸟，不肯放人。"

【注释】

　　①王宾：字仲光，明代长洲（今江苏苏州）人。通经善医，与姚广孝相善。

　　②姚广孝：名道衍，字斯道，明代长洲人。劝燕王夺取明建文帝的皇位，录功第一，拜太子少师，赐名广孝。少师：辅导太子的官。

【译文】

　　苏州隐士王宾，在西山隐居。太子少师姚广孝，以旧友的身份去山中探望，对他说："寂寂空山，怎么能长住？"王答道："多情花鸟，不肯放人。"

熊际华过吉水邹南皋里^①，乐其幽寂，常忘归。每归，谓所亲曰："一入邹里，水石泠泠，便使人有廉励之想；及与人语，水石又逊下风。"

【注释】

①邹南皋：即明邹元标，号南皋，江西吉水人。万历进士。任谏官，以敢言著称。东林党首领之一。

【译文】

熊际华造访邹元标的故乡吉水，喜爱那里环境幽寂，时常忘记回家。每次回家，都对亲近的人说："一走进邹元标的故乡，水清石凉，就使人产生廉洁振奋的想法，待到跟人交谈，觉得水石又逊了人一筹。"

李永和杜门却扫，绝迹下帷，弃产营书，手自删削。每叹曰："丈夫拥书万卷，何暇南面百城^①！"

【注释】

①南面：古代以面向南为尊位，帝王的座位面向南，故称居帝位为"南面"。

【译文】

李永和闭门谢客，也不料理家产，一心整理书籍，亲自动手删削。时常感叹："大丈夫拥有万卷书，哪还有闲暇去做皇帝统治天下。"

渊明尝闻田间水声，倚杖听之，叹曰："秋稻已秀，翠色染人，时剖胸襟，一洗荆棘，此水过吾师丈人矣。"

【译文】

陶渊明曾听到田间的流水声，扶杖侧耳，感叹说："粘稻吐花，翠色染人，不时披露内心，一洗荆棘，这流水超过了老师前辈。"

郗诜数月山行^①，喜闻樵语牧唱，曰："洗尽五年尘土肠胃。"欣然倚骖临水，久之乃去。

吾少长下

【注释】

①郗诜：字广基，晋代单父人。博学多才，不拘细行。官至雍州刺史，在任威严明断。

【译文】

郗诜在山中走了几个月，喜欢听樵夫、牧人的谈话和歌声，他说："五年的尘俗肠胃全被洗涤干净了。"高兴地倚车临水，好久才离开。

南安翁者①，漳州陈元忠客居南海日②，尝赴省试，过南安，会日暮，投宿野人家，茅茨数椽，竹树茂密可爱。主翁虽麻衣草履，而举止谈对，宛若士人，几案间有文籍散乱。陈扣之曰："翁训子读书乎？"曰："种园为生耳。""亦入城市乎？"曰："十五年不出矣！"问藏书何用，曰："偶有之耳！"

【注释】

①南安：军、路、府名。治所在大庾（今江西大余）。辖境相当今江西章水、上犹江流域。

②漳州：州、路、府名。治所在漳浦（今福建云霄，后移今漳浦）。南海：郡名。治所在番禺，即今广州市番禺区。

【译文】

南安翁（南安的一个隐士）。漳州人陈元忠客居南海时，曾去参加省试，路过南安，正值天晚，到郊野人家借宿，茅屋数间，竹树茂密可爱。主人虽布衣草鞋，但举止言谈，好像读书人，桌子上书籍散乱。陈问他："您教儿子读书吗？"老人说："以种菜为生。""也到城市里去吗？""十五年没出去过。"问藏书做什么用，答道："偶然有几本罢了！"

陈仲醇居山中①，有客问山中何景最奇，陈曰："雨后露前，花朝月夜。"又问何事最奇，曰："钓同鹤守，果遣猿收。"

【译文】

陈仲醇（眉公）住在山中，有客人问山中的什么景物最罕见，陈答：

"下雨之后,降露之前,鲜花盛开的早晨,明月朗照的夜晚。"又问什么事最罕见,又答:"钓鱼时,同白鹤一起守着钓竿;果子熟了,让猿猴去收集。"

屠长卿曰:"红润凝脂,花上才过微雨;翠匀浅黛,柳边乍拂轻风。问妇索酿,瓮有新篘;呼童煮茶,门临好客。先生此时情兴何如也?"吴苑笑曰:"长卿此语,犹当注疏:当止卢仝七碗①,效康节半醺②,便是调和手段。"

【注释】

①卢仝:唐代诗人,自号玉川子。好饮茶,作《茶歌》,句句奇警。

②康节:北宋邵雍,谥康节,号安乐先生,著名理学家。

【译文】

屠长卿说:"如同皮肤洁白柔滑,透出红色,鲜花为小雨滋润;如同眉毛淡淡地画上黛色,柳条为微风拂拭。向妻子要酒,缸里正好有酒初熟;叫奴仆煮茶,门前正好来了受欢迎的客人。此情此境,先生的情绪和兴致会如何呢?"吴苑笑道:"长卿这话,还应该加上注解:像卢仝一样,以七碗为限;学习邵雍只喝个半醉,这才是调和的本领。"

顾长康画谢幼舆在岩石里①。人问其所以,顾曰:"谢云‘一丘一壑,自谓过之②。’此子当置丘壑中。"

【注释】

①谢鲲:字幼舆,通简有高识,任达不拘。

②参看"清语"之"晋明帝问谢鲲"条。

【译文】

顾长康把谢鲲画在岩石间。别人问他理由,他说:"谢自己讲:‘一丘一壑,自谓过之。’这位先生应该安置在丘壑中。"

屠纬真曰:"茶熟香清,有客到门可喜;鸟啼花落,无人亦自、悠然。"

【译文】

　　屠隆说:"茶煮好了,清香飘溢,适逢客人来访,令人快活;鸟儿鸣叫,花儿飘落,没有人光临,也自闲暇安适。"

　　萧恭谓梁元帝曰①:"下官历观时人多不好欢,乃仰眠床上,看屋梁而著书。千秋万岁,谁传此者,劳神苦思,意不成名。岂如临清风,对明月,登山访水,肆意酣畅也?"

【注释】

　　①萧恭:字敬范,南朝梁人。历任湘州刺史、雍州刺史等官,所在见称。梁元帝:即萧绎。南朝梁皇帝,字世诚。初封湘东王,后平定侯景叛乱,即位称帝。

【译文】

　　萧恭对梁元帝说:"下官看到当代人大都不喜欢快活,竟然仰卧在床上,盯着屋梁著书。千年万载后,谁来看它,劳神苦思,最终却成不了名。哪里比得上临清风,对明月,登山访水,尽情地满足自己的情感呢?"

　　唐肃宗尝赐高士玄真子张志和奴婢各一人①,玄真子配为夫妇,名为渔童、樵青。人问其故,答曰:"渔童使奉钓收纶,芦中鼓枻;樵青使苏兰薪桂,竹里烹茶。"

【注释】

　　①玄真子:唐代诗人张志和,号玄真子。

【译文】

　　唐肃宗曾赏赐给高士张志和奴仆和婢女各一人,张志和将他们配为夫妇,取名为渔童、樵青。有人问他缘故,回答说:"渔童的职责是钓鱼,芦苇中摇桨;樵青的职责是打柴,竹林里煮茶。"

陈眉公语客曰："余每欲藏万卷书，袭以异锦，熏以异香，茅屋芦帘，纸窗土壁，而终身布衣啸咏其中。"客笑曰："果尔，此亦天壤间一异人。"

【译文】

陈(眉公)对客人说："我常打算收藏一万卷书，用异锦做套，用异香来熏，茅屋芦帘，纸窗土壁，一辈子不做官，就在里面吟咏。"客人笑道："果然如此，这也算得天地间的一个异人(奇人)。"

倪文节公曰①："松声，涧声，山禽声，野虫声，鹤声，琴声，棋子落声，雨滴阶声，雪洒窗声，煎茶声，皆声之至清者也，而读书声为最。闻他人读书已极喜，闻子弟读书，喜又不可言矣。"

【注释】

①倪文节公：南宋倪思，字正甫，谥文节。乾道进士，官至礼部尚书。以直言敢谏著称。

【译文】

倪文节公说："松树声，溪水声，山鸟声，野虫声，鹤声，琴声，棋子落下声，雨滴台阶声，雪洒窗纸声，煮茶声，都是至为清畅的声音，而读书声最清。听到别人读书已极其欢喜，听到自己的子弟读书，那快活就更没法表达了。"

陈眉公曰："万绿阴中，小亭避暑，洞开八达，几簟皆绿。忽闻雨过蝉声，风来花气，不觉令人自醉。"

【译文】

陈眉公说："在绿荫笼罩的小亭中避暑，四周的窗户全打开，小桌竹席一片绿色。忽然听见雨后蝉声，闻到风中花香，叫人不知不觉地就进入陶醉的状态。"

傅昭泊然静处①,不妄交游。袁粲每经其户②,辄叹曰:"经其户,寂若无人,披其帷,其人斯在。岂得非名贤乎?"

【注释】

①傅昭:字茂远,南朝梁人。仕齐至尚书左丞,入梁,官散骑常侍、金紫光禄大夫。为政清静。

②袁粲:初名愍孙,字曼倩,南朝宋人。官尚书令、中书监等要职。

【译文】

傅昭性情淡泊,静居一室,不随便与人交往。袁粲每次从他的门前走过,就感叹说:"从他的门前走过,里面一片寂静,好像没人,拉开帷子,才知道这个人在房子里。这难道还不算有才德的人?"

屠纬真曰:"翠微僧至,衲衣全染松云①;斗室残经,石磬半沉蕉雨。"

【注释】

①衲衣:僧徒的衣服常用许多碎布补缀而成,因用"衲衣"作为僧衣的代称。

【译文】

屠隆说:"山上的僧人来到,衲衣全染上松树的颜色;在狭小的房子里念唱剩下的佛经,一半磬声消失在雨打芭蕉的声音中。"

陆羽问张志和孰与往来①,志和曰:"太虚为室,明月为烛,与四海诸公共处,未见少别,何有往来!"

【注释】

①陆羽:唐代人,字鸿渐,《茶经》作者。以嗜茶出名,后世民间祀为茶神。张志和:唐代诗人,号玄真子。

【译文】

陆羽问张志和跟谁来往,志和答道:"天空作房间,明月是蜡烛,与四海诸公同住一室,从未片刻分离,哪里谈得上来往!"

韵　语

韵语第十

　　吴苑曰：风流之士有韵，如玉之有瑕，犀之有晕，美处即其病处耳！然病美无定名，溺之者为美，指之者为病。吾辈正堕此情韵海中，不能有所振脱，安肯以未定之名，而恬作己病乎？是必以韵为美矣。乃次韵语第十。

【译文】

　　吴苑说：风流的人有韵，如同美玉有赤色的斑点，犀角有色泽模糊的部分，优点也就是其缺点。但优、缺点并不是确定的，沉溺于其中的视之为优点，持批评态度的则视之为缺点。我们正落在这片情韵海中，不能有所振作摆脱，怎么会把一个不确定的说法，而心甘情愿地当作自己的缺点呢？这样说来，必然将韵视为优点了。于是编列"韵语"为第十。

王戎丧儿万子，山简往省之①。王悲不自胜，简曰："孩抱中物，何至于此?"王曰："圣人忘情，最下不及情，情之所钟，正在我辈。"

【注释】

①山简：字季伦。山涛的幼子。历官尚书左仆射、征南将军等要职。

【译文】

王戎的儿子万子死了，山简去探望他。见王伤心过度，山简劝道："还是个幼儿，为什么这样悲伤?"王戎说："圣人可以忘情，愚鲁的人不知道什么叫感情，感情最专注的，正是我们这种人。"

袁中郎作吴令，常同方子公登虎丘，见红袖皆避去①，因语方曰："乌纱帽挟红袖登山②，前人自多风致，今时不能并，便觉乌纱碍人。"

【注释】

①红袖：指青年妇女。

②乌纱帽：指官员。因古代官员戴乌纱帽。袁宏道所说的"红袖"指妓女。明代禁止士大夫狎妓。

【译文】

袁宏道做吴县县令，曾和方子公起登览虎丘，看见年轻妇女都避开他们，因而对子公说："乌纱帽(做官的)带着红袖登山，前人这样做，自多风韵，如今乌纱帽与红袖不能兼有，便觉得乌纱妨碍人。"

王光禄云①："酒正使人自远②。"

【注释】

①王光禄：即晋王蕴，字叔仁，曾任光禄大夫。一向好酒，晚年尤甚。

②远：有远离尘俗的意思。

【译文】

光禄大夫王蕴说:"酒使人远离尘俗。"

金陵女郎沙苑在①,破瓜未久,于群人中遘吴鹿长,心悦之,抛以眉语。鹿长神解,两人渐相远引。同游者欲乱之,有一客曰:"无得惊醒情禅也。"

【注释】

①沙苑在:应为"沙宛在",晚明妓女。字嫩儿,自称桃叶女郎。

【译文】

金陵女郎沙苑在,刚过十六岁,在众人中遇见吴苑(字鹿长),心里喜欢他,以眉目传情,表达情意。吴苑心领神会,两人渐渐地避开众人。同游的人想搅乱他们的约会,一个客人说:"不可惊醒情禅(专注于感情的人)!"

王子猷、子敬兄弟,共赏《高士传》人及赞,子敬赏井丹高洁①,子猷曰:"未若长卿慢世②。"

【注释】

①井丹:字大春,东汉郿人。通五经,善谈论。性清高,未曾投刺谒一人。《高士传》赞语说:"井丹高洁,不慕荣贵。抗节五王,不交非类。显讥辇车,左右失气。披褐长揖,义陵群萃。"

②长卿:西汉辞赋大家司马相如,字长卿,蜀郡成都人。他曾用琴曲打动寡居的卓文君,二人私自结为夫妻。《西京杂记》等书记有这件事。《高士传》赞语说:"长卿慢世,越礼自放。犊鼻居市,不耻其状。托疾避官,蔑此卿相。乃赋大人,超然莫尚。"

【译文】

王子猷、王子敬兄弟,一同欣赏《高士传》的人物以及作者的赞辞。子敬欣赏井丹的高洁,子猷说:"不如司马相如的玩世不恭。"

庾太尉在武昌,秋夜气佳景清,使吏殷浩、王胡之之徒①,

137

登南楼理咏。音调始道，闻函道中有屐声甚厉，定是庾公。俄而率左右十许人步来，诸贤欲起避之，公徐云："诸君少住，老子于此，兴复不浅。"因便据胡床，与诸人咏谑。

【注释】

①殷浩：字渊源，东晋陈郡长平（今河南西华东北）人。善谈论。王胡之：字修龄，曾任丹阳尹等官。

【译文】

太尉庾亮驻守武昌时，一个秋夜里，气候凉爽，景物清丽，他的下级殷浩、王胡之等人，登上南楼，吟咏和谈论名理。正兴致勃勃的时候，忽然听到楼梯上有木屐声，响得很重，知道一定是庾公来了。一会儿，庾公果然带着十多名随从上来了。大家想站起来回避，庾公慢慢说："诸君再坐一会儿，我老头子对这种事，也很有兴致啊！"说着，便坐上交椅，和大家一起吟咏谈笑。

大通禅师操律高洁，人非斋沐不敢登堂。东坡挟妓谒之，大通愠形于色。坡乃作《南柯子》一首，令妓歌之，大通亦为解颐。公曰："今日参破老禅矣！"其词云："师唱谁家曲？宗风嗣阿谁？借君拍板与门槌，我也逢场作戏，莫相疑。溪女方偷眼，山僧莫睫眉。却愁弥勒下生迟，不见老婆三五少年时。"

【译文】

大通禅师奉行的戒律很高洁，人们不斋戒沐浴不敢上门。苏轼带着歌妓去拜访他，大通怒形于色。苏轼于是用《南柯子》词牌填了一首词，叫歌妓唱给他听，大通听了，也不禁发笑。苏公说："今天参透了老禅！"这首词全文如下："师唱谁家曲？宗风嗣阿谁？借君拍板与门槌，我也逢场作戏，莫相疑。溪女方偷眼，山僧莫睫眉。却愁弥勒下生迟，不见老婆三五少年时。"

参寥子言老杜诗云①："'楚江巫峡半云雨，清簟疏帘看弈棋。'此句可画,但恐画不就耳。"东坡问:"公禅人亦复爱此语耶?"寥云:"譬如不事口腹人,见江瑶柱^②,岂免一朵颐!"

【注释】

　①参寥子:北宋僧人道潜,号参寥子,住杭州智果寺。能文章,尤喜作诗。老杜:杜甫。相对"小杜"(杜牧)而言。

　②江瑶柱:指干贝,即扇贝的干制品。

【译文】

　参寥子谈到杜甫的诗,说:"'楚江巫峡半云雨,清簟疏帘看弈棋。'这诗句可以入画,只怕画不出这种意境。"东坡问:"你是僧人,也爱这样的诗句?"参寥子答道:"譬如不贪图饮食的人,见到江瑶柱这样的美味,难道能免得了动下巴(吃)吗?"

　苏子瞻去黄州,及岭外,每旦起,不招客与语,必出访客。所与游亦不尽择,各随其人高下,诙谐放荡,不复为畦畛。有不能谈者,则强之使说鬼。或辞无有,则曰:"汝妄言之,吾妄听之。"

【译文】

　苏轼离开黄州,到了岭南,每天早晨起来,不是邀请客人交谈,就是出去拜访客人。他所来往的人也没有什么选择,随着客人的实际情况或高或低,诙谐谈笑,无拘无束,不再有选择和约束。如有谁不会谈论,就逼着让他讲鬼的故事。要是推辞说没有,苏轼就说:"你胡乱讲,我胡乱听。"

　吴迢曰^①:"世无花月美人,不愿生此世界。"

【注释】

　①吴迢:晋吴兴乌程(今属浙江湖州)人。

【译文】

　吴迢说:"世上如果没有鲜花、明月和美女,我不愿生在这个世界上。"

陈眉公曰："名妓翻经,老僧酿酒,将军翔文章之府,书生践戎马之场,虽乏本色,亦是有致。"

【译文】

陈眉公说："名妓翻看佛经,老僧酿酒,将军在文坛上翱翔,书生到军马嘶鸣的战场上去,虽然缺少本色,却也别有情趣。"

益州献蜀柳数株①,枝条甚长,状若丝缕。武帝植于太昌云和殿前②,尝嗟赏之曰："杨柳风流可爱,似张绪当年③。"

【注释】

①益州:古地名。其地约当今四川及其周围地区。

②武帝:即南朝齐武帝萧赜,字宣远,在位十一年。

③张绪:南朝齐人。字思曼。清简寡欲,风姿清雅。官至国子监祭酒。

【译文】

益州献给朝廷几棵蜀中的柳树,枝条很长,形状像丝线。武帝把它们栽在太昌云和殿前面,曾赞叹说："杨柳风流可爱,就像风华正茂的张绪。"

金陵马姬①,行二,善饮,众客颓废,姬神寂然。李太史本宁寓目②,羡曰："吾每恨步兵犹是男子③,今转女郎。"

【注释】

①马姬:可能是马守真,小字玄儿。别号湘兰。以善画兰,故其号独著。南京秦淮歌妓。金陵即南京。

②李本宁:明代李维桢,字本宁。隆庆进士。历任提学副使、布政使、礼部尚书等官。太史:翰林的别称。

③步兵:三国魏文学家阮籍,字嗣宗,曾任步兵校尉,世称阮步兵。

喜纵酒玄谈。

【译文】

　　金陵歌妓马某,排行第二,酒量很大,所有客人都已萎靡不振,马姬却神态自然。太史李本宁见了,羡慕地说:"我经常遗憾步兵还是男子,现在终于轮到女郎了。"

　　许慎选放旷不拘小节①,与亲友结宴花圃中,未尝张幄设坐,只使童仆聚落花铺坐下,曰:"吾自有花裀。"

【注释】

　　①许慎选:此条出五代王仁裕《开元天宝遗事》卷上《天宝上》"花裀"条,书中称"学士许慎选",则他为唐代天宝年间人,曾任翰林学士。

【译文】

　　许慎选性情放旷,不拘小节,和亲友在花园中设宴,从不扯篷帐,铺坐垫,只令奴仆将落花聚拢,铺在座下,说:"我自有花垫。"

　　张卿子同邓林宗、闵子善、钟瑞先、刘叔任诸子夜半步佑圣观①,缺月当眉际,凉楚逼人。诸子欲归,张曰:"落花残月,惟若有情。吾侪正属其人,不得以硬肠恧性。"复步玩将晓而散。

【注释】

　　①张卿子等均为晚明人,与《舌华录》作者曹臣同时。

【译文】

　　张卿子同邓林宗、闵子善、钟瑞先、刘叔任诸人半夜时漫步佑圣观,缺月对着眉梢,凄凉逼人。诸人想回去,张说:"落花残月,如此有情。我们正是这种人,不该硬心肠地丧失情趣。"继续漫步赏玩,天快亮才散。

　　钱鹤滩请告归①,门生某守扬州,遣使迎公,越期不赴。后始一至，诸大贾争先迎谒，将有请属。公曰："老夫扶来看广陵涛②，并问琼花消息耳③，无作跨鹤人猜也④。"

【注释】

①钱鹤滩：明钱福，字与谦，号鹤滩，华亭（今上海松江）人。弘治进士，授翰林修撰。

②广陵：今扬州市。

③琼花：冯梦龙《古今谭概》："扬州琼花，天下无双。"

④跨鹤人：《说郛》引自南朝梁殷芸《小说》："有客相从，各言其志：或愿为扬州刺史，或愿多资财，或愿骑鹤上升，其一曰：'腰缠十万贯，骑鹤上扬州。'欲兼三者。"这里比喻想大捞一把的人。

【译文】

钱鹤滩回乡休假，某门生做扬州刺史，派人来迎请钱公，过了约定的期限还没前往。后来终于到了扬州，各大商巨贾争先迎接拜见，将有请托。钱公说："老夫勉强来看广陵涛，并问问琼花的消息，不要把我猜作跨鹤人。"

　　陈眉公曰："人有一字不识而多诗意，一偈不参而多禅意，一勺不濡而多酒意，一石不晓而多画意，淡宕故也。"

【译文】

陈眉公说："有的人一字不识却诗意盎然，一篇偈语也不参却禅意盎然，一杯酒不喝却酒意盎然，一片石都不晓得画却画意盎然，其原因在于淡宕。"

　　玄墓山寺，门有巨松甚郁茂。堪舆家言，当门不利，劝去之。天全翁至山中，僧以是请。公视松，爱之，不忍舍，徐谓僧曰："木在门，成闲字，不爱耶？"

【译文】

玄墓山寺院，门口有棵大松树，长得很茂盛。风水先生说，它对着门,不吉利,劝寺院砍掉它。天全翁来到山中,僧人拿这件事征求他的意见。他看看松树,很喜爱,舍不得,慢慢对僧人说:"木在门,成闲字,不喜欢吗?"

支道林常养数匹马^①,或言道人畜马不韵,支曰:"贫道爱其神骏。"

【注释】

①支道林:晋代僧人支遁,字道林,陈留人。世称支公,亦称林公。善草隶,好养马。

【译文】

支道林喂养了几匹马,有人说,和尚养马,不大风雅。支答道:"贫僧看重他的气概不凡。"

郝公琰曰:"吾常遇俗儿面孔,内自作恶;每举张卿子神色笑语一思^①,不但免俗,更觉世界清凉。"

【注释】

①郝公琰、张卿子:均与《舌华录》编者曹臣同时,从《舌华录》中有关张卿子的片断来看,他是个神骨清秀、才气不俗的名士。

【译文】

郝公琰说:"我平日见到俗人的面孔,心内自然郁闷不乐;只要想想张卿子的神色笑语,就不仅免俗,还觉得世界一片清凉。"

王子敬语王孝伯曰^①:"羊叔子自复佳耳^②,然何与人事,故不如铜雀台上妓^③。"

【注释】

①王子敬:晋王献之,字子敬。王羲之的第七个儿子。著名书法家。王孝伯:晋王恭,字孝伯,太原人。性清廉庄重,历任丹阳尹、青兖二州刺史等官。

②羊叔子：晋羊祜，字叔子。平阳人。累迁都督荆州诸军事，为西晋重臣。

③铜雀台上妓：曹操死时，下令将妾与妓人安置在铜雀台上，每月初及十五日设祭，即令女妓奏乐。宋刘辰翁《世说新语》眉批："此亦戏言，谓羊公清德自佳而已，不如铜雀妓可以娱人耳目。""此正堕泪之言，人不能识耳。"

【译文】

王子敬对王孝伯说："羊叔子自然很好，但与别人有什么相干，所以不如铜雀台上的歌妓。"

　　司马太傅斋中夜坐①，于时天月明净，都无纤翳，太傅叹以为佳。谢景重在坐答曰②："意谓不如微云点缀。"太傅因戏曰："卿居心不净，乃复强欲滓秽太清耶？"

【注释】

①司马太傅：即司马道子。东晋皇族。初封琅玡王，后改会稽王，领司徒、扬州刺史，进太傅。后为桓玄所杀。

②谢景重：东晋谢重，字景重，陈郡人。官至骠骑长史。

【译文】

太傅司马道子在书房中夜坐，其时天空明净，月光皎洁，没一丝云影。太傅赞叹这是个美景良夜。谢景重在坐，回答道："我倒觉得不如有点云影点缀的好。"太傅因而开玩笑说："你居心不干净，竟然想把干干净净的天空弄脏吗？"

　　刘公荣与人饮酒①，杂秽非类，人或讥之，答曰："胜公荣者，不可不与饮；不如公荣者，亦不可不与饮；是公荣辈者，又不可不与饮。故终日共饮而醉。"

【注释】

①刘公荣：西晋刘昶，字公荣，沛国人。为人通达，官至兖州刺史。

【译文】

刘公荣跟人喝酒，贤愚混杂，从不选择对象，因此有人讥讽他过于随便。他回答说："胜过公荣的人，不能不同他喝；不如公荣的人，也不能不同他喝；和公荣一流的人，又不能不同他喝。所以整天同别人一起喝得大醉。"

阮籍嫂常还家^①，籍见与别。或讥之，籍曰："礼岂为我辈设耶？"

【注释】

①阮籍：三国魏文学家。字世宗。曾任步兵校尉，世称阮步兵。陈留尉氏（今属河南）人。"竹林七贤"之一。身当魏晋交替的乱世，故佯狂自保。

【译文】

有一次，阮籍的嫂子回娘家去，阮籍出来跟她道别。有人讥笑阮籍，他说："礼法难道是为我们这些人制定的吗？"

阮仲容步兵居道南^①，诸阮居道北。北阮皆富，南阮贫。七月七日北阮盛晒衣^②，皆纱罗锦绮；仲容以竿挂大布犊鼻裈于中庭^③。人或怪之，答曰："未能免俗，聊复尔耳！"

【注释】

①阮仲容：西晋阮咸，字仲容。阮籍的侄子。任达不羁，历任散骑侍郎、始平太守等官。

②根据习俗，七月七日是晒衣服的日子。

③犊鼻裈：短裤。

【译文】

步兵阮仲容住在路南，其余姓阮的住在路北。北阮都很富有，南阮却很贫穷。七月七日那天，北阮大晒衣服，全是绫罗锦绣，光彩夺目；仲容则用竹竿挂着粗布做的短裤，晒在庭院里。有人感到奇怪，他解释说："不能免俗，姑且也这样做应应景吧！"

145

　　午桥庄小儿坂^①，茂草盈原，裴晋公每使驱群羊散于坂上^②，曰："芳草多情，赖此点缀。"

【注释】

　　①坂：山坡。

　　②裴晋公：唐代裴度，封晋国公，世称裴晋公。唐宪宗时宰相，为平定藩镇叛乱做出了巨大贡献。

【译文】

　　午桥庄小儿坂，山坡上到处都是繁茂的野草，裴晋公经常叫人将群羊驱散在坂上，说："芳草多情，靠这来点缀。"

　　张季鹰纵任不拘^①，时人号为"江东步兵"^②。或谓之曰："卿乃可纵适一时，独不为身后名耶？"答曰："使我有身后名，不如即时一杯酒。"

【注释】

　　①张季鹰：西晋文学家张翰，字季鹰。司马冏执政，任为大司马东曹掾。后天下纷乱，他知冏必败，遂借口想念故乡的莼菜，辞官归吴。

　　②江东步兵：等于说"江南阮籍"。阮籍曾做步兵校尉，世称阮步兵。张翰是江南（江东）人。

【译文】

　　张翰放任自如，毫无拘束，当时的人把他称为"江南阮籍"。有人对他说："你当然可以快意一时，难道就不为死后的名声想想吗？"张回答道："与其使我死后有名，不如眼前有一杯酒。"

　　毕茂世云^①："一手持蟹螯，一手持酒杯，拍浮酒池中，便足了一生。"

【注释】

　　①毕茂世：晋毕卓，字茂世。性情狂傲放诞。历任吏部郎、平南长

史等官。

【译文】

毕茂世说:"一只手拿着螃蟹的螯足,一只手端着酒杯,漂浮在酒池中,便足以了结一生。"

潘景升尝谓①:"小妓眼中生火,当境者怒之,亦痴也。"隘胸者曰:"听之耶?"潘曰:"我之悦者,彼亦不如是耶?"

【注释】

①潘景升:晚明人,与袁宏道交往颇密。

【译文】

潘景升曾说:"年轻妓女贪婪地看别人,当事人对此很恼火,也算得傻。"胸襟狭隘的人问:"就任凭她这样做吗?"潘答道:"我们所爱慕的人,他们不也是像这样吗?"

人讥周仆射与亲友戏言①,杂秽无节度。周曰:"万里长江,何能不千里一屈?"

【注释】

①周仆射:晋周颐,字伯仁。东晋初官至尚书左仆射,世称周仆射。善谈论。

【译文】

有人讥讽仆射周颐,与亲友说笑,口不择言,没有分寸。周说:"万里长江,怎么能流行千里没有一段弯曲?"

唐苏晋,颐之子也①。学浮屠术,尝得胡僧慧澄绣弥勒佛一轴,宝之。尝曰:"是佛好饮米汁,正与吾性合,吾愿事之;他佛不爱也。"

【注释】

①苏颋:字廷硕,唐代武功(今属陕西)人。武后朝进士。官至丞

相,封许国公。与燕国公张说并称"燕许大手笔"。

【译文】

　　唐代苏晋是苏颋的儿子。研习佛经,曾得到外国僧人慧澄绣的一副弥勒佛像,非常珍惜。他说过:"这位佛喜欢喝米汤,正跟我的性情投合,我愿侍奉他;别的佛我不大喜爱。"

　　王忱见王恭六尺簟①,谓有余,求之,恭即送。后忱见恭更无簟,问之,恭曰:"平生无长物。"

【注释】

　　①王忱:字元达,小字佛大,晋王坦之的儿子。官至荆州刺史。王恭:字孝伯,晋代太原人。性清廉庄重,历任丹阳尹、青兖二州刺史等官。

【译文】

　　王忱看见王恭家六尺长的竹席,以为他还有多余的,求他送一件,王恭就把竹席送给了王忱。后来,王忱见王恭再没有竹席了,问王恭,王恭答道:"我平生没有什么多余的东西。"

　　唐御苑新有千叶桃花,明皇亲折一枝①,插于妃子头上②,曰:"此个花犹能助娇也。"

【注释】

　　①明皇:即唐玄宗李隆基。他早年励精图治,开创了"开元盛世"的局面,后沉溺于享受,导致"安史之乱"。其经历颇有戏剧性。是历史上著名的风流皇帝。

　　②据五代王仁裕《开元天宝遗事》载,"妃子"当即杨贵妃。

【译文】

　　唐代的皇家花园里新添了一种千叶桃花,唐明皇亲手折下一枝,插在妃子头上,说:"这花能使你更加娇媚。"

　　飞燕进合德①,帝大悦,以辅属体,无所不靡,谓为温柔乡。

曰:"吾老是乡矣。不能效武皇帝白云乡也②。"

【注释】

　　①飞燕:姓赵,西汉成帝官人,初为婕妤,永始元年立为皇后。体轻善舞,故号"飞燕"。成帝死,平帝继位,废为庶人,后自杀。合德:飞燕的妹妹。继飞燕得宠,娇媚不逊。成帝死,她自杀身亡。

　　②白云乡:即仙乡。古人认为神仙住在天上,所以这么说。汉武帝刘彻是极其热衷于求仙的皇帝之一。

【译文】

　　赵飞燕把她的妹妹合德进献给汉成帝,成帝很高兴,用脸颊贴在合德的肌肤上,感到没有一个地方不细腻,称之为"温柔乡"。并说:"我将在温柔乡里终老,不能仿效汉武帝去追求成仙。"

　　唐明皇秋八月,太液池有千叶白莲数枝盛开,帝与贵戚宴赏焉。左右皆叹羡久之,帝指贵妃示左右曰②:"争如我解语花。"

【译文】

　　唐明皇李隆基在位期间,有一年秋季的八月,太液池中有几枝千叶白莲开得很好,明皇与皇家的亲戚们兴致勃勃地开宴赏花。左右的人都一再赞叹羡慕,唐明皇指着杨贵妃对左右的人说:"怎么比得上我这会说话的花。"

　　孟万年好饮,愈多不乱。桓宣武尝问:"酒有何好,而卿好之?"孟答曰:"公但未知酒中趣耳!"

【译文】

　　孟万年喜欢喝酒,越多越清醒。桓温曾问:"酒有什么好处,你如此喜欢它?"孟答道:"您只是不知道饮酒的情趣罢了!"

　　皇甫亮三日不上省,文宣亲诘其故①,亮曰:"一日饮,一日醉,一日病酒。"

【注释】

①文宣:北齐文宣帝高洋,字子进。初封齐王,后废孝静帝而自立。初即位,颇留心治术,六七年后,以功业自矜,肆行淫暴,无故杀人,习以为常。

【译文】

皇甫亮一连三天不去官署,齐文宣帝亲自问他是什么缘故,亮答道:"一天喝酒,一天酣醉,一天因为醉了酒身体不快。"

谢耳伯、宋献孺在潘景升坐①,有三妓佐酒,谢奉佛不饮酒近色,在坐不无少自检持。宋语之曰:"打过艳冶,即是圆通②,成佛成仙,正在吾辈。"

【注释】

①谢、宋、潘:晚明人,与袁宏道同时。

②圆通:佛教用语。圆,无偏缺;通,无障碍。宋的意思近于"自色悟空"。

【译文】

谢耳伯、宋献孺在潘景升那儿坐,有三个妓女劝酒,谢信奉佛教,不喝酒,不近女色,在坐免不了稍稍自我约束。宋调侃他说:"打过妖艳的女色这一关,就达到了无偏缺、无障碍的境界,成佛成仙,正是我们这种人。"

孔北海家居失势①,宾客日满其门,爱才乐士,常若不足。每叹曰:"坐上客常满,尊中酒不空,吾无忧矣。"

【注释】

①孔北海:东汉末孔融,字文举。献帝时任北海相,世称孔北海。不拘小节,恃才负气,后因触忤曹操被杀。

【译文】

孔融闲居在家,没有了权势,每天都有许多客人来探望,而他爱才乐士,似乎总感到不够。经常慨叹说:"座上客常满,杯中酒不空,我就没有什么可忧虑的了。"

琅玡王肃仕南朝①,好茗饮莼羹,及还北地,又好羊肉酪浆。人或问之:"茗何如酪?"肃曰:"茗不堪与酪为奴②。"

【注释】

①王肃:字恭懿,琅玡临沂人。幼习经史。其父被南朝齐武帝杀死后,亡命北魏。颇为孝文帝重用。

②据《洛阳伽蓝记》,北魏孝文帝问王肃:"羊肉何如鱼羹?茗饮何如酪浆?"王肃答道:"羊比齐鲁大邦,鱼比邾莒小国。惟茗不中,与酪为奴。"

【译文】

琅玡人王肃在南朝做官,喜欢喝茶和莼菜汤,后来,回到北方,又喜欢羊肉、乳酪。有人问他:"茶跟乳酪比怎么样?"王肃答道:"茶不配给乳酪做奴仆。"

王孝伯云:"名士不必须奇才,但使常得无事,痛饮酒,熟读《离骚》,便可称名士。"

【译文】

王孝伯说:"名士不一定要有罕见的才情,只要常常闲暇无事,痛痛快快地喝酒,把《离骚》读熟,就可以叫作名士了。"

王长史登茅山①,大恸哭曰:"琅玡王伯舆终当为情死!"

【注释】

①王长史:晋王廞,字伯舆,琅玡人,曾任司徒长史。长史:从西汉到魏晋南北朝,太尉、司徒、司空三公府等均设长史,职任颇重,号为三公辅佐。茅山:在江苏句容市与金坛之间,著名的道教名山。

【译文】

司徒长史王廞登上茅山,放声痛哭说:"琅玡王伯舆,终究会为了情

151

而死去!"

明皇坐沉香亭,诏妃子,妃子时卯酒未醒,命力士使侍儿扶掖而至。妃子醉颜残妆,鬓乱钗横,不能再拜。上皇笑曰:"是岂妃子醉,真海棠睡未足耳!"

【译文】

唐明皇李隆基坐在沉香亭内,召见妃子,正值妃子早晨喝了酒,酒还未醒,明皇叫高力士传语侍女,挽扶着前来。妃子醉颜红润,上的妆也没收拾,鬓发散乱,金钗横卧,没法跪拜。明皇笑道:"这哪里是妃子醉了,分明是海棠花还未睡够。"

蒲传正知杭州①,有术士请谒,盖年逾九十,而犹有婴儿之色。传正接之甚欢,因访以长年之术,答曰:"其术甚简而易行,他无所忌,惟当绝色耳!"传正俯思良久曰:"若然,则寿虽千岁何益!"

【注释】

①蒲传正:北宋蒲宗孟,字传正,新井人。皇祐进士,王安石变法的积极赞成者。生活奢侈,苏轼曾劝以慈俭。知州:官名。宋代派朝臣为州一级的地方行政长官,称"权知某军州事",简称知州。

【译文】

蒲传正做杭州知州,有一位方术之士前来求见。术士已年过九十,但脸色还像幼儿一样红嫩。传正跟他交谈,很高兴,顺便问他长寿的秘诀,答道:"这方法很简单,也很容易做,没有别的禁忌,只要断绝女色!"传正低头思索了好久,说:"要是这样的话,即使活一千岁又有什么意思!"

陈眉公曰:"香令人幽,酒令人远,石令人隽,琴令人寂,茶令人爽,竹令人冷,月令人孤,棋令人闲,杖令人轻,水令人空,

雪令人旷，剑令人悲，蒲团令人枯，美人令人怜，僧令人淡，花
令人韵，金石彝鼎令人古。"

【译文】

陈继儒(号眉公)说："香使人幽雅，酒使人高远，石使人隽逸，琴使
人寂静，茶使人爽朗，竹使人萧散，月使人孤峭，棋使人闲适，杖使人轻
松，水使人明澈，雪使人清旷，剑使人悲慨，蒲团使人枯索，美人使人爱
惜，僧令人淡泊，花使人风流，金石彝鼎使人古雅。"

北齐高洋凶暴，贵嫔薛氏有小过，遽杀，支解之，抱其股为
琵琶弹之，复叹曰："佳人难再得①。"

【注释】

①此条出《北史·齐文宣帝纪》，原作："忽忆其轻与高岳私通，无故
斩首。……支解其尸，弄其髀为琵琶。……流泪云：'佳人难再得。'"

【译文】

北齐文宣帝高洋十分残暴，贵嫔薛氏犯了点小错，高洋就杀了她，
将四肢分解，抱着她的大腿骨制成的琵琶弹奏，又叹息说："佳人难
再得。"

米芾方择婿，会建康段拂字去尘①，芾择之曰："既拂矣，又
去尘，真婿也。"以女妻之②。

【注释】

①建康：即今南京市。

②本条出宋吕居仁《轩渠录》。原文较长："米元章喜洁。金陵人段
拂字去尘登第，元章见其小录，喜曰：'观此名字，必洁人也。'亟请议亲，
以女妻之。"

【译文】

米芾正挑选女婿，恰好有建康人段拂，字去尘，米芾选中了他，说：
"已经拂拭过了，又去掉灰尘，真是我的女婿。"把女儿嫁给了他。

吾少关心

屠长卿曰："据床嗒尔,听豪士之谈锋;把盏醒然,看酒人之醉态。"

【译文】

屠隆说:"坐在交椅上与人谈论,应沉默寡语,好听气魄大的人的谈锋;喝酒时应头脑清醒,好看喝酒人的醉态。"

陈眉公曰:"天之风月,地之花柳,人之歌舞,无此不成三才①。"戏语亦自有理。

【注释】

①三才:指天、地、人。

【译文】

陈眉公说:"天的风月,地的花柳,人的歌舞,没有这些就不成其为三才。"笑话也自有道理。

梁高祖重陈郡谢朓诗①,常曰:"不读谢诗,三日觉口臭。"

【注释】

①梁高祖:即南朝梁武帝萧衍,字叔达。初仕齐,后弑齐主自立。在位四十八年,庙号高祖。

【译文】

南朝梁高祖推崇陈郡人谢朓的诗,曾说:"不读谢诗,三天便感到口里有气味。"

袁中郎曰:"有人隔帘闻堕钗声而不动念者,此人不痴则慧,我幸在不痴不慧中。"

【译文】

袁中郎(袁宏道)说:"有人隔着帘子听到金钗落地的声音而不动念,这个人不是傻瓜就是大智慧人,我幸好在傻瓜和大智慧人之外。"

吴巽之坐畸庄亭看桃花①，忽风起花落，辄叹曰："万点愁人。"呶呶不已。郝公琰语臣曰："巽之可怜惨淡，不啻花心。"

【注释】

①吴巽之：晚明人，与《舌华录》编撰者曹臣同时。

【译文】

吴巽之坐在畸庄亭内看桃花，偶然风卷花落，就忍不住感叹道："万点落花，令人愁闷。"不停地大发感叹。郝公琰对曹臣说："巽之这么样可怜，简直就是花的心。"

阮仲容先幸姑家鲜卑婢①，及居母丧，姑当远移。初云当留婢，既发，定将去。仲容借客驴，着重服，自追之。累骑而返，曰："人种不可失。"

【注释】

①阮仲容：晋阮咸，字仲容。阮籍的从子。任达不羁。历任散骑侍郎、始平太守等官。鲜卑：古代少数民族名。

【译文】

阮仲容早先与姑母家中一个鲜卑族的婢女有了关系。后来，母亲去世，仲容居丧守孝，姑母将移居外地。开始说让这个婢女留下，但到出发时，却决定带走。仲容当即向客人借了一头驴子，身穿孝服，亲自去追赶。把她抱在驴上一起骑了回来，说："人种不可丢了。"

开元中赐边衣，制自宫中。有军校于袍中得一诗云："留意多添线，含情更着绵，今生已过了，重结后生缘。"持以白帅，帅以闻明皇。问之，有一宫人，自言"万死"。即命嫁得诗者，曰："与汝结今生缘。"

【译文】

唐玄宗开元(713—741)年间，朝廷发给边境将士的衣服都是由宫女制作的。有一名军校，在衣服中得到一首诗，上写："留意多添线，含

情更着绵,今生已过了,重结后生缘。"军校拿去给主帅看,主帅报告了
唐玄宗。派人去查问,一名宫女承认诗是她写的,自称"罪该万死"。玄
宗当即下令,让她嫁给得诗的军校,说:"为你结今生缘。"

　　王献之夜卧斋中①,有盗入屋,献之语云:"青毡,我家旧
物,可特置之。"

【注释】

　　①王献之:字子敬,王羲之第七子。东晋著名书法家、诗人、画家。

【译文】

　　王献之夜晚躺在书斋里,有小偷进房,献之对他说:"青毡是我家先
辈的遗物,可特为留下。"

俊　语

俊语第十一

　　吴苑曰：鸟俊则以为冠，兽俊则以为骑，人俊则逐睛，语俊则耸耳。　人苟未能了一耳目，未有不爱俊而厌恶者。盖惟俊人能道俊语，岂墨香之口花乎？乃次俊语第十一。

【译文】

　　吴苑说：鸟俊美，就用它的羽毛作冠；兽俊美，就把它当成坐骑；人俊美，便会吸引人们的目光；话俊美则使人听了耸动。人如果不能了却耳目，没有不喜欢美而讨厌丑的。一般说来，只有俊人才能说出俊语，哪里会是散着墨香的语言呢？于是编列"俊语"为第十一。

褚季野语孙安国云①:"北人学问,渊综广博。"孙答曰:"南人学问,玄通简要。"支道林闻之曰②:"圣贤固所忘言,自中人以还,北人看书如显处视月,南人学问如牖中窥日。"

【注释】

①褚季野:东晋褚裒,字季野,阳翟(今河南禹县)人。其女为康帝皇后。官征北大将军。孙安国:东晋史学家孙盛,字安国,太原中都(今山西平遥西北)人。官至秘书监,加给事中。博学能文,与殷浩齐名。

②支道林:东晋名僧支遁,字道林。俗姓关。好玄理,喜清谈,与谢安、王羲之、孙绰、许询等交往密切。

【译文】

褚季野对孙安国说:"北方的学者,学问渊深而又广博。"孙安国答道:"南方的学者,学问玄妙通达而又简要。"支道林听后说:"圣贤当然是得意忘言。就中等天资的人来说,北方人读书,就像站在宽敞的地方望月亮,南方人求学,则像从窗户中看太阳。"

谢灵运好戴曲柄笠,孔隐士谓之曰:"卿欲希心高远,何不能遗曲盖之貌①?"谢曰:"将不畏影者,未能忘怀?"

【注释】

①斗笠是田夫野老用的,通常无柄;华盖为做官的人所用,一般有曲盖。谢灵运戴曲柄斗笠,所以孔隐士和他开玩笑。

【译文】

谢灵运喜欢戴曲柄斗笠,一位姓孔的隐士问他:"你既然向慕高远,怎么不能忘记曲盖的形状?"谢答道:"你莫非像怕见到自己影子的人一样,始终未能忘却形迹?"

文衡山素不至河下拜客①。严介溪过吴门②,候二日不至,忿然见色,谓顾东桥曰:"不拜他人犹可,渠亦敢尔以我概人耶?"东桥曰:"若非衡山有恒,那得介溪有芥③。"严稍敛。

【注释】

①文衡山：明代文徵明，别号衡山。为人谦和而耿介。著名书画家、文学家。官翰林院待诏等。

②严介溪：明嘉靖年间的权相严嵩，字惟中，一字介溪。专国政达二十年之久。

③"衡""恒"谐音，"介""芥"谐音。恒，固定不变的操守；芥，比喻积在心里的怨恨或不快。

【译文】

文衡山一向不到河下拜访客人。严介溪途经苏州，等了两天，文依旧不来，严怒形于色，对顾东桥说："不拜访别人还说得过去，他也敢把我同别人一例对待吗？"东桥答道："如果不是衡山有恒操，怎么会惹得介溪有芥蒂。"严的怒气稍有缓和。

东郡商鉴^①，名子为外臣^②。外臣任为廷尉评^③。鉴入谢恩，武帝问^④："卿名子为外臣，何为令其入仕？"鉴答曰："外臣生于齐季^⑤，故人思匿迹；今幸遭圣代，草泽无复遗人。"

【注释】

①东郡：郡名。北魏移治滑台城（今河南滑县旧治）。

②外臣：字面意义是，不在朝廷的臣，即不做官。

③廷尉：掌刑狱，为九卿之一。廷尉评是廷尉的属官。

④武帝：北周武帝宇文邕。

⑤齐季：北齐末年。

【译文】

东郡人商鉴，将儿子取名为外臣。外臣被任命为廷尉评，商鉴进朝廷谢恩，武帝问："你将儿子取名为外臣，怎么又叫他做官？"商鉴答道："外臣出生于齐末，所以人人都想深藏远避；如今幸逢圣世，荒野之地不再有被遗弃的人。"

晋庾亮造周颛^①，颛曰："君何忻悦而忽肥？"庾曰："君何忧

俊语

159

惨而忽瘦?"周曰:"吾无所忧,直是清虚日来,滓秽日去。"

【注释】

①庾亮:字元规,东晋鄢陵(今河南鄢陵西北)人。妹为明帝皇后。历仕元帝、明帝、成帝三朝,任中书令、征西将军等要职。周顗:字伯仁,晋汝南安成(今河南平舆南)人。善谈论,负盛名。东晋初官至尚书左仆射。

【译文】

东晋时庾亮探望周顗,周顗问:"阁下有什么可喜的事,忽然发胖?"庾亮反问:"阁下有什么可忧的事,忽然消瘦?"周顗说:"我没有什么忧虑,只不过纯洁空灵一天天增加,渣滓污秽一天天减少罢了。"

苏味道才学识度,物望攸归。王方庆体质鄙陋①,言词鲁钝,智不逾俗,才不出凡。俱为凤阁侍郎②。或问张元一曰:"苏王孰贤?"答曰:"苏九月得霜鹰,王十月被冻蝇。"

【注释】

①王方庆:唐王綝,字方庆,以字行,历任广州都督、左庶子等官。

②凤阁:唐武则天光宅元年曾一度改中书省为凤阁。侍郎:唐以后,中书、门下二省及尚书省所属各部均以侍郎为长官之副。

【译文】

苏味道的才学识度为众望所归。王方庆仪容鄙陋,言词鲁钝,智慧不能超越凡俗,才华又不出众。但都做凤阁侍郎。有人问张元一:"苏王谁强?"张答道:"苏是九月里得到秋霜之气的雄鹰,王是十月里被寒风冻得瑟瑟缩缩的苍蝇。"

裴廷裕字膺余①,乾宁中在内庭②,文书敏捷。同官者曰:"裴廷裕如下水船。"

【注释】

①裴廷裕:一作庭裕,字膺余,唐代闻喜(今属山西)人。唐末史学家,文思敏捷,号"下水船",官至右补阙。

②乾宁:唐昭宗年号(894—897)。

【译文】

裴廷裕字膺余,唐昭宗乾宁年间做宫廷的近臣,起草文书,非常敏捷。同僚说:"裴廷裕好像下水船。"

伪蜀韩昭仕王氏为礼部尚书①,粗有文章,至于琴棋书算射法,悉皆涉猎,不能专精。朝士李台瑕曰:"韩八座之艺②,如拆袜线,无一条长③。"

【注释】

①韩昭:字德华,长安人。前蜀时任礼部尚书、成都尹等官。伪蜀:即前蜀。五代时十国之一。903年,唐封王建为蜀王,907年,王建称帝,建都成都,国号蜀,史称前蜀。礼部:隋唐为六部之一,掌礼仪、祭享、贡举等职,长官为礼部尚书。

②八座:东汉至唐代一般以尚书令、仆射、五曹或六曹(部)尚书为八座。"韩八座"即韩尚书。

③古人袜以布裁制而成。

【译文】

前蜀韩昭做王姓皇帝的礼部尚书,略有文辞,其他如琴棋书算射法,都有所涉猎,但不是很精通。朝士李台瑕说:"韩尚书的技艺,如同拆袜拆下的线,没有一条长的。"

萧引书法遒逸①,陈宣帝尝指其署名②,语诸人曰:"此字笔势翩翩,似鸟之欲飞。"引答曰:"此乃陛下假其羽毛。"

【注释】

①萧引:字叔休。南朝陈人。方正有器局,博学善属文。陈宣帝时任金部侍郎、贞威将军、建康令等官。

②陈宣帝:名顼,字绍世,小字师利,初封安成王,后被太后立为帝,在位十四年。谥宣,庙号高宗,年号太建。

【译文】

萧引的书法遒劲飘逸,陈宣帝曾指着他的署名,对在场的各位说:"这字笔势翩翩,就像鸟要飞起来。"萧引答道:"这是因为陛下给了他羽毛。"

宋广平爱民惜物①,朝野归美,人皆谓之曰"有脚阳春"。

【注释】

①宋广平:唐大臣宋璟,封广平郡公,世称宋广严。邢州南和(今属河北)人。调露进士。睿宗、玄宗时两任宰相,主张宽赋役,省刑罚,禁销恶钱;选择人才,使百官称职。

【译文】

宋广平关心民众爱惜物力,朝廷内外的人都称道他,叫他"有脚阳春"(比喻他所到之处,如阳春温暖万物)。

颜延之尝谓鲍明远①曰:"己诗与谢康乐优劣②?"鲍曰:"谢五言如初发芙蓉,自然可爱;君诗若铺锦列绣,亦雕缋满眼。"

【注释】

①颜延之:南朝宋文学家。字延年,琅玡临沂(今属山东)人。与谢灵运齐名,人称"颜谢"。论者以为颜诗不如谢诗,而颜文胜于谢文。颜诗刻意雕琢,好用典故。鲍明远:南朝宋文学家鲍照,字明远。曾任临海王刘子顼前军参军,世称鲍参军。其诗感情激越,雄健有力。

②谢康乐:南朝宋著名诗人谢灵运,袭封康乐公,世称谢康乐。

【译文】

颜延之曾问鲍照:"我的诗与谢灵运相比,优劣如何?"鲍照说:"谢的五言诗好像初开的芙蓉,自然可爱;阁下的诗有如铺展的锦绣,满眼五彩缤纷。"

刘孝标①目刘彦度超然越俗,如天半朱霞;刘士光矫矫出尘,如云中白鹤;皆俭岁之粱稷,寒年之纤纩。

【注释】

①刘孝标：南朝梁刘峻，字孝标，平原（今属山东）人。著名的文学家和学者。

【译文】

刘孝标品评说：刘彦度超然越俗，好像天空中的红霞；刘士光矫矫出尘，好像云中的白鹤；都是饥荒年成的粮食，寒冷时节的丝绵。

蜀先主衔张裕不逊①，兼忿其漏言，下狱将诛之。诸葛武侯表请其罪②，先主答曰："芳兰生门，不得不锄。"

【注释】

①蜀先主：即刘备。三国时蜀汉的建立者。张裕：字南和，蜀汉蜀郡人。长占卜。益州后部司马，刘备欲争关中，谏曰："军必不利。"刘备不用其言。裕私下对人说："岁在庚子，刘氏祚尽。"刘备一向恨其不逊，加上他的话动摇人心，将他斩首弃市。

②诸葛武侯：即诸葛亮。后主刘禅时，他被封为武乡侯，世称武侯。

【译文】

蜀先主刘备恨张裕不恭顺，又恼火他泄露机密，将他逮进监狱，准备杀掉。武侯诸葛亮上表请求赦免他的罪行，先主答道："兰花虽好，但它长在大门口，就不得不锄掉。"

谢太傅绝重褚公①，常曰："褚季野虽不言，而四时之气亦备。"

【注释】

①褚公：即东晋褚裒。字季野，河南阳翟（今河南禹县）人。其女为康帝皇后。官征北大将军。

【译文】

太傅谢安非常看重褚裒，曾说："褚季野虽不说话，却具备了四时之气（指对事情心中有数）。"

163

满奋畏风①。在晋武帝坐②，北窗作琉璃屏，实密似疏，奋有难色。帝笑之，奋答曰："臣犹吴牛，见月而喘③。"

【注释】

①满奋：字武秋，西晋高平人。性清雅有识。历任吏部郎、冀州刺史等官。

②晋武帝：即司马炎，晋朝的建立者。司马昭之子，咸熙二年（265）继昭为相国、晋王，不久代魏称帝。

③吴牛指生在江淮间的水牛。南方天气热，而水牛又怕热，见到月亮怀疑是日头，所以见月就喘。

【译文】

满奋生性怕风。一天，侍立晋武帝身旁，朝北的窗户上装有琉璃，实际上很密，但看上去像空的，满奋脸上有感到畏难的表情。武帝取笑他，满奋答道："臣就像吴中水牛，见了月亮也会喘气。"

顾悦与简文同年①，而发早白，简文曰："卿何以先白？"对曰："蒲柳之姿，望秋而落；松柏之质，经霜弥茂。"

【注释】

①顾悦：字君叔，东晋晋陵人。官至尚书左丞。简文：即东晋简文帝司马昱，字道万。晋元帝少子。初封会稽王，后桓温废帝司马奕而改立他，虽处尊位，却乏实权。

【译文】

顾悦和简文帝同一年出生，但头发早白，简文帝说："你的头发为什么先白？"顾悦回答道："（我）好比蒲柳弱质，一到秋天就凋落；（您）如同坚贞的松柏，经过风霜，更加茂盛。"

刘尹云①："人想王荆产佳②，此想长松下当有清风耳③。"

【注释】

①刘尹：晋刘惔，字真长，曾任丹阳尹，人称刘尹。清远有标格。

②王荆产：晋王微，字幼仁，小字荆产，琅玡人。历任尚书郎、右军

司马等官。其祖王义做过平北将军,父王澄做过荆州刺史。

③长松:比喻王微出身于高门。

【译文】

刘尹说:"人们想象王荆产出色,这就好比想象高大的松树下应当有清风一样。"

宋之问天后朝求为北门学士①,不许,作《明河篇》以见意②。则天见其诗,谓崔融曰③:"吾非不知之问有才,但以其口过④。"之问终身惭愤。

【注释】

①宋之问:一名少连,字延清,唐初著名诗人。诗与沈佺期齐名,并称"沈宋"。天后:指武则天,又称武后,唐高宗皇后,后自立为武周皇帝。北门学士:唐太宗时,常召学士草制,但没有名号。高宗乾封以后,诏令弘文馆直学士刘祎之、著作郎元万顷等参加修撰工作,并于翰林院草制,参与朝政,以分宰相之权。翰林院在银台之北,他们常从皇宫北门出入,故当时称为北门学士。

②《明河篇》:宋之问的一首长诗。

③崔融:字安成,唐代齐州全节(今山东济南市)人。著名文学家。与李峤、苏味道、杜审言合称"文章四友"。历任凤阁舍人等官。

④口过:口臭。据孟棨《本事诗·怨愤》"盖以之问患齿疾,口常臭故也。"

【译文】

皇后武则天当朝时,宋之问请求做北门学士,朝廷没批准,之问作《明河篇》以表达自己的意愿。则天看了他的诗,对崔融说:"我不是不知道之问有才,只是因为他有口过。"之问终身惭愧怨恨。

裴子余为鄠县尉①,同列李隐朝、程谌皆以文法著称,子余独以词学知名。或问雍州长史陈崇业②:"三人优劣孰先?"崇业曰:"譬之春兰秋菊,俱不可废。"

【注释】

①裴子余：唐代人，开元初官至冀州刺史。为政惠裕。鄠县：在今陕西户县北。裴子余举明经不久即任鄠尉。县尉：官名。掌一县的军事。

②雍州：州名。唐时辖有今陕西秦岭以北，乾县以东，铜川市以南，渭南以西地。长史：唐宋州郡太守的属官，职任甚重。

【译文】

裴子余做鄠县县尉，同僚李隐朝、程谌都以文章有法度著称，只有子余以词学知名。有人问雍州长史陈崇业："三个人谁强些？"崇业说："譬如春天的兰花，秋天的菊花，都不可少。"

苏州守姚善访韩弈①，弈避入太湖。善叹曰："予于韩先生分当耳交矣。"

【注释】

①姚善：字克一，明代安陆（今属湖北）人。洪武举人。官苏州知府，为政持大体，不为苛细，吴中大治。守：太守，明清时专用以称知府。韩弈：字公望，号蒙斋，明代吴县（今属江苏）人。博学工诗。隐于医。知府姚善以礼招之，终不往。

【译文】

苏州知府姚善拜访韩弈，韩弈躲进太湖。姚善感叹说："我和韩先生只有耳交的缘分！"（指可闻其名，但见不到其人。）

东坡性不忍事，尝曰："如食中有蝇，吐之乃已。"

【译文】

苏轼生性忍不住事情，曾说："如同食物中有苍蝇，吐掉了才甘心。"

唐子西曰①："笔之寿日，墨之寿月，砚之寿世。"

【注释】

①唐子西：北宋唐庚，字子西。进士及第。官宗子博士、承议郎等。

为文精密,谙达世务。

【译文】

唐子西说:"笔的寿命以日计算,墨的寿命以月计算,砚的寿命以代计算。"

周伯仁以雅度获海内盛名①,后屡以酒失。庾亮曰②:"周侯可凤德之衰也③。"

【注释】

①周伯仁:晋周颛,字伯仁。少时善谈论,有名望。东晋初官至尚书左仆射,因经常酒醉不醒,人称"三日仆射"。

②庾亮:字元规。妹为晋明帝皇后。历仕元帝、明帝、成帝三朝,历任中书令等要职。

③凤德:语出《论语·微子》:"楚狂接舆歌而过孔子曰:'凤兮凤兮,何德之衰!'"旧以"凤德"指士大夫的德行名望。

【译文】

周颛凭借宽宏的度量获得海内盛名,后来,多次因为醉酒而犯下过失。庾亮道:"周侯可说是凤德之衰!"

汪南溟谓王十岳曰①:"文吾与弇州何似②?"答曰:"凿海志在容流,补天志在无漏,用志不同,各归其极。"

【注释】

①汪南溟:明代文学家汪道昆,字伯玉,号南溟,歙县(今属安徽)人。嘉靖进士,官至兵部右侍郎。当世声名与王世贞相当,但实际成就远不及王。

②弇州:明代著名文学家王世贞,字元美,号凤洲,又号弇州山人,太仓(今属江苏)人。嘉靖进士。官至南京刑部尚书。与李攀龙同为"后七子"首领。

【译文】

汪道昆问王十岳:"我的文章和王世贞比如何?"王答道:"开凿大

海,追求容纳众流,修补苍天,追求没有漏洞,虽然追求不同,但都达到了最高的造诣。"

刘伯刍侍郎所居巷有鬻饼者^①,每早过户,必闻讴歌当垆。召与万钱,令多其本,日取胡饼偿之。复过其户,绝不闻歌声,呼至问曰:"何辍歌之速也?"曰:"本领既大,心计转粗,不暇唱渭城矣^②。"

【注释】

①刘伯刍:字素芝。唐代人。风度高严。历任给事中、刑部侍郎、左常侍等官。侍郎:唐以后,中书门下二省及尚书省所属各部均以侍郎为长官之副。

②渭城:即秦朝国都咸阳故城,汉武帝时改名渭城,在今陕西省咸阳市东。王维《送元二使安西》一诗,又名《渭城曲》,首句是"渭城朝雨浥轻尘"。卖饼者用"渭城"代称歌曲。

【译文】

侍郎刘伯刍所居住的那条巷子里,有个卖胡饼的,刘每天早晨经过他门前,总听到他在酒垆前歌唱。把他叫来,给了他万钱,让他增加本钱,每天用胡饼抵债。刘再经过他门前,根本听不到歌声,叫来问道:"怎么这么快就停止唱歌啦?"这人回答:"本钱既多,想法也就大了,没工夫再唱了。"

李弘度常叹不被遇^①,殷扬州知其家贫^②,问:"君能屈志百里不^③?"答曰:"北门之叹^④,久已上闻,穷猿奔林,岂暇择木?"

【注释】

①李弘度:东晋李充,字弘度。东晋著名的文学家、文论家、目录学家。初辟丞相掾记室参军,以贫求剡县县令,迁大著作中书郎。

②殷扬州:晋殷浩,字渊源,东晋陈郡长平(今河南西华东北)人。曾任扬州刺史,称殷扬州。

③百里:百里之地,指一县。

④《诗经》中有一篇《北门》，注家以为是"刺仕不得志"的作品。

【译文】

李弘度常常慨叹得不到赏识，扬州刺史殷浩知道他家境贫寒，问："阁下能委屈自己的志向做个县令吗？"李答道："不得志的慨叹，早就传到了您的耳朵里；处境困窘的猿往森林里奔，哪还顾得上挑选树木？"

潘、石同刑东市①，石谓潘曰："天下杀英雄，卿复何为？"潘曰："俊士填沟壑，余波来及人。"

【注释】

①潘：西晋文学家潘岳，字安仁，荣阳中牟（今属河南）人。性轻躁，趋炎附势，与石崇等诌事贾谧。后被赵王司马伦和孙秀所害。石：西晋石崇，字季伦，小名齐奴，渤海南皮（今属河北）人。官至荆州刺史。曾与贵戚王恺等斗富。八王之乱时，为赵王司马伦所杀。

【译文】

潘岳、石崇一同在东市接受死刑，石问潘："天下杀英雄，你又是为何被杀呢？"潘说："俊士填沟壑，余波波及别人。"（意谓：杰出的人士被杀，我也被牵连上了。）

齐高帝有故吏竺景秀①，尝以过系狱。高帝语荀伯玉②："卿比看景秀不？"答曰："数往候之，备加责消，景秀言：'若许某自新，则吞刀刮肠，饮灰洗胃。'"帝善其言，乃释之。

【注释】

①齐高帝：即南朝齐皇帝萧道成，字绍伯，小字斗将。杀宋顺帝而自立，国号齐，都建康。博涉经史，善属文。

②荀伯玉：字弄璋，南朝齐广陵人。高帝时封南丰县子。

【译文】

齐高帝的老部下竺景秀，曾因过错被抓进监狱。高帝问荀伯玉："你近来看望景秀了吗？"荀答道："几次去问候，从方方面面对他给予了严厉批评，景秀说：'如果让我重新做人，我就吞下刀片，刮去肠中的污

169

垢,喝下灰汁,洗净胃中的脏物。'"高帝认为景秀说得好,就释放了他。

魏恺积年沉废^①,遇杨愔^②,微自陈。愔曰:"发诏授官,咸由中旨^③。"恺应曰:"虽复零雨自天,终待云兴四岳。"

【注释】

①魏恺:北齐人。抗直有才辩。天保年间自散骑常侍拜青州长史,固辞,文宣帝怒曰:"何物汉子,与官不就;死与长史,任卿所择。"恺答:"能杀臣者陛下,不受长史者愚臣。"放还,从此积年沉废。久之,杨愔在皇上面前替他说话。除霍州刺史,在职有治方,边民悦服。迁胶州卒。

②杨愔:字遵彦。北魏时曾任散骑侍郎等官。入齐,尚太原长公主,迁尚书令,拜骠骑大将军,封开封王。乾明初孝昭篡位,被杀。

③中旨:帝王的意旨。

【译文】

魏恺多年沉沦弃置,途中碰到杨愔,稍稍陈述了几句。杨愔说:"发布诏书,授予官职,都是出于皇帝的意旨。"魏恺应声回答道:"虽然雨是从天上落下来的,但毕竟要四岳兴起雨云。"

庾太尉夜登南楼,殷王诸贤在焉^①。后王逸少下,王丞相谓曰^②:"元规尔时风范,不得不小颓。"右军曰:"惟丘壑独存^③。"

【注释】

①殷:指殷浩。见前"李弘度常叹不被遇"条注。逸少。著名书法家。

②王丞相:指王导。字茂弘,琅玡临沂(今属山东)人。晋元帝时任丞相。

③按,此条出《世说新语·容止》,与《韵语》的"庾太尉在武昌"本来联在一起,曹臣分之为二,并不恰当。读者应将二条合起来读。

【译文】

太尉庾亮夜晚登上武昌南楼,殷浩、王羲之等许多有声望的人都在那儿。后来,王羲之到了建康,丞相王导说:"元规那时的风范,恐怕免不了差一点。"羲之答道:"只是对山水景物的迷恋还依然如故。"

鉴湖①,会稽太守马臻所开,东西二十里,南北数里,萦带郊野,白水翠岩,互相映发,有若图画。王逸少云:"从山阴道上行②,如在镜中游。"

【注释】

①鉴湖:亦名长湖、大湖、庆湖、镜湖。在浙江绍兴市南。东汉永和五年(140),会稽太守马臻总纳山阴、会稽两县三十六源之水为湖。

②山阴:今浙江绍兴。山阴道指今绍兴市城西南郊外一带,以风景优美著称。

【译文】

鉴湖是在会稽太守马臻主持下开掘而成的,东西长二十里,南北长好几里,郊野环绕在四周,清澈的湖水,翠绿的山崖,相互映衬,有如图画。王羲之(字逸少)说:"在山阴道上行走,好似漫游于镜中。"

孔融与蔡邕友善①,邕卒,后有虎贲士貌类邕②,融每酒酣,引与坐曰:"虽无老成,尚有典刑③。"

【注释】

①蔡邕:字伯喈,东汉末文学家、书法家。董卓专权,官至左中郎将,世称蔡中郎。后以"怀卓"之罪下狱死。

②虎贲:官名。皇宫中卫戍部队的将领。

③《诗经·大雅·荡》:"虽无老成人,尚有典刑。"典刑,后来一般用为模型或模范的意思。

【译文】

孔融和蔡邕关系亲密,蔡邕去世,后来有个虎贲士外貌很像蔡邕,孔融每当酒兴正浓时,就拉他一起坐,说:"虽无老成人,尚有典刑。"

简文在殿上行①,王右军与孙公在后②。右军指简文语孙

171

曰："此啖名客。"简文顾曰："天下自有利齿儿。"后王光禄作会稽③，谢车骑出曲阿祖之④，王孝伯罢秘书丞⑤，在坐。谢言及此事，因视孝伯曰："王丞齿似不钝?"王曰："不钝颇亦验。"

【注释】

①简文：即晋简文帝司马昱。字道万。晋元帝少子，初封会稽王，后桓温废帝司马奕而改立他。

②孙：指孙绰。字兴公。与许询友善，同为玄言诗代表作家。官至廷尉卿、领著作郎。

③王光禄：指王蕴。字叔仁。曾任光禄大夫，世称王光禄。亦称阿兴。

④谢车骑：指谢玄。字幼度。谢安之侄。东晋名将。在淝水之战中大败苻坚。曾任车骑将军，世称谢车骑。

⑤王孝伯：王蕴的儿子。秘书丞：官名。典司图籍。

【译文】

简文帝在殿上行走，王羲之和孙绰在后。羲之指着简文帝对孙说："这是个沽名钓誉的人。"简文帝回头看着他们道："世上原本有些牙齿尖利的人(指说话尖刻)。"后来王蕴做会稽内史，谢玄到曲阿为他饯行，王孝伯当时被免去了秘书丞的官，也在座。谢玄谈到这件事，因而看着孝伯问："王秘书丞的牙齿好像不钝?"孝伯答道："是不钝，已经证明过了。"

王文度在西州①，与林法师讲②，韩、孙诸人并在坐③。林公理每小屈，孙兴公曰："法师今日如着敝絮在荆棘中，触地挂阂。"

【注释】

①王文度：东晋王坦之，字文度，太原晋阳人。器度淳深，受朝野称誉。历任侍中、中书令领北中郎将、徐兖二州刺史等官。西州：西州城。东晋筑。故址在今江苏南京市朝天宫西望仙桥一带。因在台城之西，且为扬州刺史治所，故名。

②林法师：东晋支遁，字道林，亦称林法师、支法师、林公、支公等。高僧。

③韩：韩伯，字康伯，东晋长社人。幼颖悟。及长，清和有思理。官至吏部尚书、领军将军。指孙绰。

【译文】

王文度在扬州刺史官署与法师支道林讲论，韩康伯、孙兴公等人都在座。林公的理论经常有点站不住脚，孙兴公说："法师今天好像身着破絮走在荆棘丛中，处处挂碍。"

谢车骑道①："谢公游肆②，复无乃高唱，但恭坐捻鼻顾睐，便自有寝处山泽间仪。"

【注释】

①谢车骑：即谢玄。见 P171"俊语"之"简文在殿上行"条注释④。

②谢公：指谢安。谢玄之叔。长期放情丘壑，辞去朝廷征辟。年四十余始出仕，晋孝武帝时位至宰相。

【译文】

车骑将军谢玄说："谢公游览市肆时，不必高唱，只须端端正正地坐着，捻着鼻子左顾右盼，便自然有一种在深山草泽间定居的仪态。"

桓玄问刘太常曰①："我何如谢太傅？"刘答曰："公高太傅深。"又曰："何如贤舅子敬②？"答曰："楂梨橘柚，各有其美。"

【注释】

①桓玄：字敬道，一名灵宝。东晋谯国龙亢（今安徽怀远西）人。桓温之子。曾任荆、江二州刺史等官。公元 403 年，代晋自立，国号楚，刘裕起兵声讨，他兵败被杀。刘太常：即刘瑾，字仲璋，南阳人。其母为王羲之女。有才力，官尚书太常卿。太常：官名。司祭祀礼乐。

②子敬：东晋书法家王献之，字子敬，小字官奴。王羲之之子。官至中书令，世称王大令。

【译文】

桓玄问太常卿刘瑾："我和太傅谢安比怎样?"刘回答道:"您高,谢太傅深。"又问:"比你的舅父王子敬怎样?"又答:"好比楂梨橘柚,各有各的长处。"

或以方谢仁祖不乃重者①,桓大司马曰:"诸君莫轻道仁祖。企脚北窗下弹琵琶,故自有天际真人想。"

【注释】

①谢仁祖:东晋谢尚,字仁祖。脱略细行,不为俗事。善音乐。深受王导器重,历任尚书仆射、豫州刺史等官,在任有治绩。

【译文】

有人认为拿自己和谢尚相比,未免把谢尚看得太重,大司马桓温说:"各位不要轻易地议论仁祖。他翘起脚尖,在朝北的窗户下弹琵琶,就让人产生天边仙人的联想。"

苏峻乱①,孔群在横塘②,为匡术所逼③。王丞相保存术,因众坐戏语,令术劝群酒,以释横塘之恨。群答曰:"德非孔子,厄同匡人④,虽阳和布气,鹰化为鸠,至于识者,犹憎其眼。"

【注释】

①苏峻:字子高,东晋长广挺县(今山东莱阳南)人。晋成帝时,有锐卒万人。咸和二年,起兵攻入建康(今江苏南京),不久为温峤、陶侃等击败而死。

②孔群:字敬休,会稽山阴(今浙江绍兴)人。有智局。官至御史中丞。横塘:古堤塘名。三国吴筑于建业(今南京市)城南淮水(今秦淮河)南岸,一称南塘,为都城南面防守重地。

③匡术:曾任阜陵令。晋成帝时,庾亮执政,想解除苏峻的兵权,调任大司农,匡术劝苏峻反。后以宛城降。

④孔子到宋国去,匡简子率甲兵将他包围,史称"厄于匡"。

【译文】

苏峻发动叛乱时,孔群在横塘曾被叛将匡术所追逼。王丞相保护匡术,有一次,趁大家在宴会上说笑,要匡术向孔群敬酒赔罪,以消解横塘之仇。孔群回答说:"我虽没有孔子的德行,却经历了像孔子被匡人围困似的灾难,尽管时值阳春,气候温暖,鹰变成了鸠,可是认识它的人,依旧厌恶它那双凶恶的眼睛。"

孙兴公道:"曹辅佐之才①,如白地明光锦裁为负版绔②,非无文彩,酷乏剪裁。"

【注释】

①曹辅佐:东晋曹毗,字辅佐,谯(今安徽亳县)人。好文籍,能属词,累迁太学博士、尚书郎光禄勋。

②负版:版,国家的图籍。当时士族不承担赋役,只有寒门庶族才承担。负(背)之者为身份低贱的人。

【译文】

孙绰说:"曹辅佐的才气,就好像把白底发光的锦缎裁剪成身份低贱的人穿的裤子,不是没有文采,只是太缺少斟酌,用得不是地方。"

桓公见谢安石作《简文谥议》,看竟,掷与坐上诸客,曰:"此是安石碎金。"

【译文】

桓温见到谢安作的《简文帝谥议》,看完,抛给在座的客人,说:"这是安石的碎金。"

孙兴公云:"潘文烂若披锦①,无处不善;陆文若排沙简金②,往往见宝。"

【注释】

①潘:西晋潘岳,字安仁,荥阳中牟(今属河南)人。诗赋兼善,与陆

机齐名。曾任河阳令、著作郎、给事黄门侍郎等官。文：主要指有韵的诗赋，与一般所说的"文章"不同。

②陆机：字士衡，西晋吴郡华亭（今上海松江）人。曾任平原内史，世称陆平原。擅长诗、赋，为太康华美文风的代表。潘岳的文笔较为简练，陆机则"患才多"，即铺张过甚。

【译文】

孙绰（字兴公）说："潘岳的诗赋，光华灿烂，如铺开的锦缎，无处不美；陆机的诗赋好此披沙淘金，细心挑选，往往能见到精华。"

讽　语

讽语第十二

　　吴苑曰：讽者讥之微也。以言从风，何义焉？曰：草上之风必偃。以有形之草，从无朕之风，非微而何？故曰：讽者讥之微也。乃次讽语第十二。

【译文】

　　吴苑说：讽是一种隐秘精微的讥语，字从言从风，这是什么含义呢？回答是：风从草上吹过，草一定向后伏倒。让有形迹的草去跟随无形无状的风，这不是精微又是什么？所以说：讽就是精微要妙的讥刺。从这种认识出发，我把"讽语"编次为第十二类。

唐刘晏以神童为秘书正字①，玄帝召于楼中帘下，贵妃置于膝上，为施粉黛，与之巾栉。玄宗谓晏曰："卿为正字，正得几字？"晏曰："天下字皆正，惟朋字未正。"

【注释】

①秘书正字：官名。

【译文】

唐代的刘晏因为是个神童而做了秘书省正字的官，唐玄宗在楼中帘下召见他，杨贵妃把他放在自己膝上，给他涂脂抹粉、梳洗打扮。唐玄宗对刘晏说："你身为正字，校正了几个字呢？"刘晏回答说："天下字都已校正，只有朋字没有校正。"

宋太祖①尝面许张融为司徒长史②，敕竟不出。融乘一马甚瘦，上曰："卿马何瘦，给粟多少？"融曰："日给一石。"上曰："何瘦如此？"融曰："臣许而不与。"明日即除长史。

【注释】

①宋太祖：南朝宋文帝刘义隆之庙号。张融仕宋为中书郎，齐太祖（萧道成）时任司徒右长史。所以，"宋太祖"应作"齐太祖"。

②司徒长史：官名。

【译文】

南齐太祖萧道成曾经当面许诺让张融任司徒长史，然而诏书一直没下来。张融骑着的一匹马很瘦，太祖问他："你的马怎么这么瘦，你给它吃多少粮食？"张融答道："每天给一石。"太祖又问："怎么还瘦到这个地步？"张融说："我光许诺却不真给他。"第二天，张融即被任命为司徒右长史。

后魏孙绍，历职内外①，垂老始拜太府少卿②。谢日，灵太后曰③："公年似太老。"绍重拜曰："臣年虽老，臣卿最少④。"后笑曰："是将正卿⑤。"

【注释】

①历职内外:历任朝廷和地方官职。内,指朝廷。外,指地方。

②太府少卿:官名。

③灵太后:北魏孝明帝之母胡氏,曾临朝听政。

④臣卿最少:卿,古代高级长官或爵位的称谓。

⑤是将正卿:《魏书·孙绍传》:"迁(绍)右将军大中大夫。"是为正卿。

【译文】

后魏时期的孙绍,历任中央和地方的多种官职,年纪将老了,才被授予太府少卿。谢恩那天,灵太后说:"您的年龄似乎太老了点。"孙绍再次下拜,说:"我的年龄虽然较老,但我的'卿'却最少。"灵太后笑着说:"就要升迁你做正卿了。"

唐散乐高崔嵬①,太宗命给使捺头向水下良久②,出而笑之。帝问曰:"水中见何物?"对曰:"见三闾大夫屈原,向臣云:'我逢楚怀王无道,乃沉汨罗水,汝逢圣主,何为来?'"

【注释】

①散乐:指民间艺人。

②给使:即给使令,官名。

【译文】

唐民间艺人高崔嵬,唐太宗让给使令把他的头按在水中,过了很长时间,高崔嵬抬起头,面带笑容。太宗问他:"你在水里看见了什么东西?"他回答说:"我看见三闾大夫屈原,对我说:'我生逢楚怀王这个无道之君,所以自沉汨罗江,你生逢圣主,怎么也到这里来?'"

唐玄宗好击毬①,内厩所饲者,意未甚适。会与黄幡绰语,因曰:"吾欲良马久之,而无人通于马经者。"幡绰奏曰:"臣能知之。"且曰:"今三丞相悉善相马经。"上曰:"吾与三丞相语政事外,悉究其傍学,不闻能通马经。"绰曰:"臣卜于沙堤上②,日日见丞相乘良马。"

【注释】

①击毬：我国古代的马球运动，用以练武。

②臣卜：黄幡绰自称。"卜"通"仆"，仆人，侍从君主赞助礼仪的人。

【译文】

唐玄宗好打马球，马厩里所饲养的马都不大合他的意。有一次，他与黄幡绰谈话时说："我早想弄一匹良马了，却没有人通晓马经。"黄幡绰回奏说："臣知道谁通晓。"又说："当今三丞相都精通相马经。"玄宗说："我在同三丞相共商国家大事之外，对他们别的学问也都进行过了解，没听说精通马经。"黄幡绰回禀道："臣于沙堤上，天天见丞相骑的都是良马。"

始皇议欲大苑囿①，东至函谷，西至陈仓②。优旃曰③："善！多纵禽兽于其中，贼寇从东方来，令麋鹿触之足矣。"

【注释】

①苑囿（yòu）：古代帝王畜养禽兽的园林。

②函谷、陈仓：均为地名。

③优旃：秦时人，侏儒。善为笑言。然合于大道。

【译文】

秦始皇和臣下商议扩大苑囿，使它东至函谷关，西到陈仓关。优旃说："好主意！多放些禽兽在里面，敌人从东方袭来，叫麋鹿抵挡他们就够了。"

优旃侍始皇，立其殿上。秦法重，非有诏不移足。时天寒雨甚，武士被楯立庭中①，优旃欲救之，戏曰："被楯郎汝虽长，雨中立；我虽短，殿上幸无湿。"始皇闻之，乃令徙于庑下②。

【注释】

①被楯："被"通"披"，"楯"通"盾"。

②庑（wǔ）：堂下周围的走廊。

【译文】

优旃侍奉秦始皇,站于殿上。秦的律法很严厉,除非皇上有令,谁也不得移动位置。当时天非常冷,又下着大雨,武士们披着盾站在庭中,优旃想要帮助他们,开玩笑说:"披盾郎,你们虽然身材高大,却站在雨中,我虽然矮小(优旃为侏儒),却站在殿上,不被雨淋。"秦始皇听见了,就下令让武士们移到走廊去了。

汉武帝欲杀乳母,母告急于东方朔。曰:"帝怒而傍人言,益死之速。而汝临去,但屡顾我,当设奇以激之。"乳母如其言。朔在帝侧曰:"汝宜速去,帝今已大,岂念汝乳哺耶?"帝怆然赦之。

【译文】

汉武帝要处死他的乳母,乳母向东方朔求救,东方朔告诉她:"皇上发怒了,要是旁边的人再劝他,越发死得快。你在临去时,只管频频回头看我,我一定设奇言来激发皇上。"乳母按东方朔的话去做。东方朔侍立在皇帝身旁,对乳母说:"你应当快快地走,皇上如今已经长大了,难道还指望你喂乳呢?"皇帝闻言,心中伤悲,就赦免了乳母。

唐玄宗问黄幡绰:"是何儿得怜?"对曰:"自家儿得人怜。"玄宗俯首久之。

【译文】

唐玄宗问伶人黄幡绰:"什么样的孩子让人怜爱?"黄幡绰回答说:"自家的孩子让人怜爱。"玄宗低头沉思了好久。

魏文为五官将[①],时临淄侯才名甚盛[②],几有夺嫡之议[③]。曹公一日谘于贾诩[④],诩默默不对。曹公问:"不对何也?"诩曰:"属有所思[⑤]。"问:"何思?"答曰:"思袁本初、刘景升父子也[⑥]。"于是太子遂定。

【注释】

①魏文:即魏文帝曹丕。为曹操嫡长子。五官将:官名。

②临淄侯:指曹丕之弟曹植。

③夺嫡之议:此处指商议不立曹丕,而立曹植作为继承人。

④曹公:即曹操。

⑤属有所思:谓臣有所思。属,臣属,部下。

⑥袁本初:即袁绍;刘景升即刘表。两人都曾因爱少子而立之,导致长子与少子两派势力之争。事见《三国志·魏书·袁绍传》及《刘表传》。

【译文】

魏文帝曹丕任五官中郎将时,他的弟弟临淄侯曹植才高名盛。几乎有夺嫡之议。一天,曹操向贾诩征求意见,贾诩默不做声。曹操问他:"你为什么不回答?"贾诩说:"我在想些事。"曹操问:"想什么?"贾诩说:"我在想袁绍父子及刘表父子的事啊。"于是太子便被确定下来。

齐高宗从弟季敞①,性颇豪纵,上心非之,尝语之曰:"卿可数诣王思远②。"以王谨肃故也。

【注释】

①齐高宗:指南朝齐明帝萧鸾。

②王思远:南朝齐人。少恬退。官至司徒左长史。为人谨严,有远见。

【译文】

齐高宗的堂弟季敞,性情豪放不羁,高宗心里不太赞成,曾对他说:"你可以多到王思远那里走走。"因为王思远是个谨慎严肃的人。

湘东王绎①,入援台城②,顿军武城③,淹留不进。中记室参军萧贲以绎不早下④,心甚非之。尝与绎双陆⑤,食子未即下,贲敛手言曰⑥:"陛下都无下意。"

【注释】

①绎:指南梁元帝萧绎。初封湘东王。

②入援台城:南梁逢侯景之乱,萧绎入都援救其父梁武帝。武帝后来饿死于台城。

③武城:又名武口城,故址在今湖北黄陂东南。居建康上游。

④中记室参军:官名。

⑤双陆:古代博戏,由握槊演变而来,盛行于南北朝及隋唐时,因局如棋盘,左右各有六路,故名。

⑥敛手:敛,即敛。停住手。

【译文】

湘东王萧绎入都援救台城,却把军队停驻在武城,迟迟不进兵。中记室参军萧贲因为萧绎不及早出兵顺江东下援救台城,认为这样做很不应该。有一次,他与萧绎玩双陆,萧绎没立即下子,萧贲停住手,说道:"陛下完全没有下的意思。"

祢衡被魏武谪为鼓吏①,正月半试鼓②,衡扬桴为渔阳参挝③,渊渊有金石声,四座为之改容。孔融曰:"祢衡罪同胥靡④,不能发明王之梦⑤。"魏武惭而赦之。

【注释】

①魏武:指曹操。

②试鼓:"试"通"拭"。击鼓。

③渔阳参(càn)挝:鼓曲名。

④胥靡:古代一种处以轻刑的罪犯,因被用绳索牵连着强迫劳动,故名。

⑤据皇甫谧《帝王世纪》记载:"武丁梦天赐己贤人,使百工写其像,求诸天下。见筑者胥靡,衣褐于傅岩之野,是谓傅说。"

【译文】

祢衡被魏武帝曹操贬为鼓吏,正月半试鼓,祢衡挥舞着鼓槌奏了一曲《渔阳参挝》,那浩荡的鼓声作金石般的轰鸣,四座之人为之动容。孔融叹道:"祢衡罪同胥靡,却不能像傅说一样出现在明君的梦里。"魏武帝曹操感到惭愧,就赦免了祢衡。

　　王方庆在政府,其子为眉州司士参军。武后尝问:"卿在相位,何子之远?"方庆答曰:"庐陵是陛下爱子①,今尚在远,臣之子庸敢相近②?"武后拂然久之③。

【注释】

　　①庐陵:指武则天的儿子庐陵王,即中宗李显,弘道元年(683)继位,次年即被武后废为庐陵王,迁于房州(今湖北房县),再迁均州(今湖北均县)。

　　②庸敢:哪敢。

　　③拂然:"拂"通"怫",怫然,愤怒的样子。

【译文】

　　王方庆在朝廷当宰相,他的儿子却在眉州任司士参军。武后曾经问他:"你身在相位,怎么让你的孩子去那么远的地方?"王方庆回答说:"庐陵王是陛下的爱子,现如今还在远方,臣的儿子哪敢待在近的地方?"武后听罢,半天都不高兴。

　　高宗出猎①,遇雨,问谏议大夫谷那律曰:"油衣若何不漏②?"对曰:"以瓦为之则不漏③。"上因此不复出猎。

【注释】

　　①高宗:指唐高宗李治。

　　②油衣:油布做的衣,可防雨。

　　③以瓦为之则不漏:意思是如果在房子里就不会被雨淋了。

【译文】

　　唐高宗正在外面打猎,天忽然下起雨来,他问谏议大夫谷那律:"油衣怎样才不漏雨?"谷那律回答说:"用瓦做成,就不会漏雨了。"高宗从此不再出外打猎。

张真人彦颋府第灾①，请赐更造，给谏黄臣曰②："栾巴噀酒，成都火灭③，彦颋想乏酒，故有此灾。陛下赐造后④，随当赐酒。"由是止。

【注释】

①真人：道家称"修真得道"或"成仙"的人。

②给谏：官名。给事中及谏议大夫的合称。黄臣：明弘治进士，字伯邻。

③栾巴噀（xùn）酒，成都火灭：事出葛洪《神仙传》。栾巴，东汉蜀郡人，曾任尚书郎，某年元旦，成都大火，他含酒向西南方向喷去，扑灭了那场大火。

④陛下：指明世宗朱厚熜。

【译文】

真人张彦颋的府第遭到火灾，他请求皇帝赐钱重造一所，给谏黄臣说："栾巴喷口酒，成都的大火就灭了。想来彦颋是没有酒，所以才有此灾。陛下赐钱给他重造府第后，还应当赐给他一些酒。"于是为张真人重造府第的事便被阻止了。

翟永龄不信佛，其母日诵佛不辍声。永龄佯呼之，母应喏，又呼不已，母愠曰："无事何频呼也？"永龄曰："呼母三四便怒，呼佛千万不怒耶？"母稍止。

【译文】

翟永龄不信佛，他母亲却成天念佛不已。一次，永龄故意叫了声母亲，母亲答应了，他又叫个不停，他母亲发怒了，说："没事儿怎么老叫我？"永龄说："我喊了母亲三四声，您就发火了，您天天念佛千万遍，佛怎么会不发怒呢？"母亲听后，梢梢改了一些。

晋武既不悟太子之懦，有传后意，诸名臣皆多献直言。帝尝在凌云台坐①，卫瓘在侧，欲露其怀，因如醉，跪帝前，以手抚床曰②："此坐可惜!"帝虽悟,因笑曰:"公醉耶?"

【注释】

　　①凌云台:台名。魏文帝时修建的木质楼台,在洛阳西游园中,今已不存。

　　②床:古代的一种坐具,相当于今之榻。

【译文】

　　晋武帝司马炎没有觉察太子生性懦弱,打算把帝位传给他,大臣们都多次直言相劝。有一天武帝坐在凌云台上,卫瓘跟在他身边,想借机表示自己的意见,于是装醉,跪倒在武帝面前,用手拍着龙床说:"这个座位可惜了!"武帝虽然明白他的意思,却笑道:"公醉了吧?"

　　颜驷,汉文帝时为郎。至武帝辇过郎署,见驷庞眉皓首,问曰:"叟何时为郎,何其老也?"答曰:"臣文帝时为郎,文帝好文而臣好武,景帝好美而臣貌丑,陛下好少而臣已老,是以三世不遇。"帝擢为会稽都尉。

【译文】

　　颜驷,在汉文帝时是侍从皇上的郎官,一次,汉武帝的龙驾经过郎官的衙署,武帝见他眉毛宽长,头发全白了,就问:"老人家什么时候当的郎官,怎么这么老呀?"颜驷回答说:"臣曾侍从文帝为郎官,文帝好文而臣好武,景帝好美而臣相貌丑,陛下喜欢年轻的,而臣已经老了,所以三世都得不到重用。"于是武帝提升颜驷当了会稽都尉。

　　五代李茂贞①,自称岐王,开府,置官属,居岐②,以宽仁爱物为务。尝以地狭赋薄,下令榷油③,因禁城门无纳取薪者,以其可为炬也。有优者曰④:"臣请并禁月明。"茂贞笑而不怒。

【注释】

　　①李茂贞:后唐人,本姓宋,名文通,赐姓李,唐亡,自称岐王。

　　②岐:古邑名。

③榷（què）油：油类专卖。

④优：俳优、优伶。古代以乐舞戏谑为业的艺人的统称。

【译文】

　　五代时后唐李茂贞自称岐王，成立府署，设置官职，以岐为驻地，以宽厚仁慈爱物为要事。曾经因为岐地狭小，征收的赋税不多，下令油类专卖，并禁止携带柴火入城，因为柴火可以拿来做火把照明。有优人对李茂贞说："臣请连同月光一起禁了。"李茂贞只是笑一笑，并不生气。

　　黄州黄解元麻，荆州张状元茂脩①，相聚蓟门②。黄年少有貌，而张乃权相之子，相正总朝柄③。黄戏张曰："思公子兮未敢言④。"张应声曰："怀佳人兮不能忘⑤。"

【注释】

　　①解元、状元：科举考试以第一名为元，乡试第一称"解元"，殿试第一称"状元"。

　　②蓟门：地名，故地在今北京市德胜门外。

　　③总朝柄：掌握国家大权。

　　④思公子兮未敢言：《楚辞·湘夫人》云："沅有芷兮澧有兰，思君子兮未敢言。"

　　⑤怀佳人兮不能忘：《文选》载汉武帝《秋风赋》："兰有秀兮菊有芳，怀佳人兮不能忘。"

【译文】

　　黄州解元黄麻和荆州状元张茂脩，在蓟门相聚。黄麻年轻貌俊，而张茂脩是当朝权相（张居正）之子，他的父亲正掌握着朝廷大权。黄麻对张茂脩说："思念公子呀，不敢讲。"张茂脩应声道："怀想佳人呀，没法忘。"

　　邹元标论劾张江陵①，张欲置之死。侍郎周思敬早朝②，会张朝门外，朝鞭未鸣③，二象钩鼻相拒。周谓张曰："二畜拒公，胡不风上杀之也？"张曰："彼为朝廷，安可杀？"周曰："前日邹元标劾公不知为谁?"张勉强领意,贷元标死。

【注释】

①邹元标:明人,字尔瞻。累官至刑部右侍郎,明代东林党首领之一。张江陵:指张居正,明代江陵(今属湖北)人氏,故称,明朝中后期政治家、改革家。

②周思敬:号友山,为张居正所赏识,因援救台官而忤张意。

③朝鞭未鸣:鸣鞭为帝王仪仗的一种。振之发声,使人肃静。《宋史·仪卫志二》。"上皇日常朝殿,差御龙直四十三人执仗排立,并设伞、扇、鸣鞭。"鸣鞭:也作"静鞭""净鞭"。

【译文】

邹元标曾弹劾过张居正,张想置他于死地。早朝时,侍郎周思敬在朝门外与张居正相遇,当时肃朝的静鞭还没有振响,两头大象钩着鼻子不让人进入。周思敬对张居正说:"两头畜牲不让您进,怎么不告诉皇上杀了它们?"张居正说:"它们是为了朝廷,怎么能杀?"周思敬道:"前天邹元标弹劾您,不知是为了谁。"张居正勉强接受了周思敬的讽谏,使邹元标避免了一死。

佛印禅师为王观文升座云①:"此一瓣香,奉为扫烟尘博士、护世界大王、杀人不睫眼上将军②,立地成佛大居士③。"

【注释】

①佛印禅师:宋僧,名了元。与苏轼、黄庭坚相善,能诗。升座:登上座位讲说佛法。

②睫眼:眨眼。

③居士:佛门俗家弟子。

【译文】

佛印禅师为王观文讲法,登上莲花宝座,他说:"这一瓣香,为扫烟尘博士、护世界大王、杀人不眨眼上将军、立地成佛大居士而供奉。"

姚崇对便殿①,佯跛足。上曰:"卿有足疾耶?"左曰:"臣有腹心疾，足疾不足畏也。"

【注释】

①姚崇：唐人，字元之。历任武后、睿宗、玄宗三朝宰相。睿宗时因奏请太平公主出居东都、以削其权势而被贬职。本文中所谓心腹之疾，即或指此。

【译文】

姚崇于便殿面见皇上，他假装脚跛了，皇上问他："你的脚有毛病吗？"姚崇并不正面回答，只是说："我有心腹大患，足疾并不要紧。"

楚昭王与吴战，败，走四十步，忽遗其履，取之。左右曰①："楚国虽贫，而无一履哉？"王曰："吾悲其俱出而不得与其俱返也。"于是楚兵无相弃遗者。

【注释】

①左右：在旁侍候的侍从之臣。

【译文】

楚昭王率兵与吴国打仗，被吴国打败了，逃了约四十步，忽然掉了一只鞋子，他赶紧捡回来。身边的人说："我们楚国即使再穷也不会穷到没有一只鞋子的地步吧？"楚昭王说："我可怜它与我一块儿出来，却不能与我一块儿返回呀。"于是楚兵相互照顾着奔逃，没有一人被遗弃在路上。

晋文公出伐卫，公子仰而笑。公问："何笑？"公子曰："臣笑臣邻人也。臣之邻人，有送其妻适私家者①，道逢桑妇而悦与之言，然顾视其妻亦有招之矣。"公悟乃止。

【注释】

①私家：古称大夫以下人家为私家。

【译文】

晋文公要出兵讨伐卫国，公子仰头而笑。晋文公问他："笑什么？"

公子说："我笑我的邻居，他送妻子回家，路上遇到一个采桑的妇人，他很喜欢那妇人，便与她调笑，但等他回头看时，见有人正在勾引他的妻子。"晋文公闻言，猛然醒悟，就放弃伐卫了。

景公饮酒，七日七夜不止。弦章谏曰："君饮酒七日七夜，章愿君废酒也。不然，章赐死。"晏子入见，公曰："章谏吾曰：'愿君之废酒也，不然，章赐死。'如是而听之，则臣为制也，不听又爱其死。"晏子曰："幸矣章遇君也，令章遇桀纣者死久矣。"于是公遂废酒。

【译文】

齐景公酗酒，喝了七天七夜仍不停止。弦章进谏道："您饮酒已七天七夜了，我希望您停止酒宴。不然的话，我情愿让您赐死。"晏子觐见景公，景公对晏子说："弦章劝谏我说：'希望您戒酒，不这样的话，我情愿让您赐死。'如果我听了他的话，那么我就被臣下制服了，如果不听，我又不愿让他死。"晏子说："真值得庆幸啊，弦章遇到了您这样贤明的君王。如果遇到夏桀和商纣那样的君王，他一定早被处死了。"景公（当然不愿成为夏桀和商纣）于是停止了酒宴。

讥　语

讥语第十三

　　吴苑曰：讥刺之语，莫盛于诗人。诗人之刺隐，圣人不删；舌士之刺显，君子不取。君子不取，而苫之纂之，不佞次之^①，何也？盖风之可以偃草木，不可以入顽石钝金，入顽石钝金者，则在洪炉利凿矣。讥之一义，譬如洪炉利凿，亦顽钝之他山也^②。诚世间皆灵石精金，则炉凿已自受模铸，安能复及人耶？此我世之所必无耳。若一往一来，两相角刃，此正所次之正意。乃次讥语第十三。

【注释】

　　①不佞：谦辞，犹言不才，这里用作谦称。

　　②他山：本于《诗经·小雅·鹤鸣》："它山之石，可以攻玉。"意为别的山上的石头可以用来琢磨此山的玉。后比喻能给予自己帮助和借鉴的外力。

【译文】

　　吴苑说：讥刺之语，没有比诗人说得更微妙的了。诗人的讥刺较为隐晦，所以孔子这样的圣人也不会删掉它；舌辩之士的讥刺很露骨，所以君子不予采用，君子不采用的，而苫之，却将它们加以收集、编纂，不才又加以编次，这是为什么呢？因为风可以吹倒草木，却不可以吹进顽石钝金，能够进入顽石钝金中的只有靠洪炉锻炼、利凿开凿。讥刺就好比洪炉利凿，是顽石钝金的他山之石。如果世间都是灵石精金，那么洪炉利凿早已模铸成器了，又怎么能对付别人呢？这种事在我们这个世上却是一定不会有的，像这样一来一往，针锋相对，便正是我编排这些讥语的主要意旨。因此，便把"讥语"编作第十三类。

卢藏用始隐终南山,中宗朝累居要职①。有道士司马承祯者,睿宗遣至京②,将还,藏用指终南山谓之曰:"此中大有佳处,何必在远?"承祯徐答曰:"以仆所观,乃仕宦捷径耳!"

【注释】

①中宗:唐中宗李显。弘道元年(683)继位,由武则天以皇太后名义临朝称制。

②睿宗遣至京:《旧唐书·隐逸传》:"睿宗景云二年,司马承祯自天台山应召入京城。"睿宗:唐睿宗李旦。嗣圣元年(684),武后废中宗,睿宗被立为帝,实无权。

【译文】

唐代卢藏用起初隐居在终南山,中宗时一再担任要职。有道士司马承祯,睿宗曾召他入京。承祯返回天台山时,卢藏用指着终南山对他说:"这座山里有许多好地方,何必一定要到远地去呢?"承祯从容不迫地答道:"以我看来,那只不过是入仕做官的捷径罢了!"

裴玄本为户部郎中①,时左仆射房玄龄疾甚②,省郎将问疾③,玄本戏曰:"仆射病可,须问之;既甚已,何须问也?"有泄其言者。既而随例候玄龄,玄龄笑曰:"裴郎中来,玄龄不死矣。"裴甚踧踖不安④。

【注释】

①户部郎中:官名。

②左仆射:官名。

③省郎:禁中各省之官,如尚书省有尚书郎,秘书省有秘书郎等。问疾:即问候病人。《论语·雍也》:"伯牛有疾,子问之。"

④踧(cù)踖(jì)不安:恭敬而局促不安的样子。

【译文】

唐代裴玄本任户部郎中,当时左仆射房玄龄病得很厉害,省郎们将前去问候,裴玄本开玩笑说:"仆射的病要是能够好的话,必须前去问候;既然已经病得很厉害,何必去探问呢?"有人泄露了他说的话。不久,裴玄本遵循惯例去探视房玄龄,房玄龄笑着说:"裴郎中来了,玄龄我不会死了。"裴玄本听了很是局促不安。

则天初革命^①,恐群心未附,乃令人自举供奉官,正员之外,置里行拾遗补缺御史等^②,至有车载斗量之咏^③。有御史台令史将入台^④,值里行数人聚立门内,令史下驴驱入其间,里行大怒,将加杖罚。令史曰:"今日过,实在驴,乞数^⑤之然后受罚。"里行许之,乃数驴曰:"汝技艺可知,精神极钝,何物驴畜,敢于御史里行。"诸里行羞惭而止。

【注释】

①则天初革命:唐武则天,天授元年(690),降睿宗为皇嗣,自立为帝,改国号为周,成为我国历史上唯一的女皇帝。革命,古代以王者受命于天,故称王者易姓、改朝换代为"革命"。

②里行:散官的一种,无人员限额。

③车载斗量之咏:据《朝野佥载》:"武后时官滥,谣曰:'补缺连车载,拾遗平斗量'。"

④御史台:官署名。令史:三省、六部及御史台低级事务员之称。

⑤数(shǔ):数落,责骂。

【译文】

武则天刚登上帝位时,生怕人心不依从,就令众人自我荐举任职,正员之外,设置拾遗里行、补缺(阙)里行、御史里行等散官,委官极滥,当时有"车载斗量"之咏。有位御史台令史将要入台,碰上几个御史里行站在门里,令史从驴上下来,把驴赶到他们中间,几位里行大怒,便要打那令史。令史说:"今天的事,全怪这头驴子,请让我教训它一顿,你们再处罚我。"里行允许了。令史就训斥驴子说:"你的技艺可想而知,精神又极其鲁钝,你这驴算什么东西,竟然敢在御史里行。"各里行都极羞惭,不再提杖责之事了。

鲁直戏东坡曰:"昔王右军书为换鹅字,近日韩宗儒得公一帖,于殿帅姚麟家换羊肉数斤,可名书为换羊书矣①。"苏在翰苑,一日以生辰制撰纷冗,宗儒作柬以图报书。来人督索甚急,苏笑曰:"传语本官今日断屠。"

【注释】

①换羊书:宋赵令畤《侯鲭录》载:韩宗儒每得东坡帖,于殿帅姚麟处,换羊肉数斤。山谷曰:"右军为换鹅帖,今为换羊书矣。"

【译文】

黄鲁直(黄庭坚)调侃苏东坡说:"昔日王羲之的字被称作'换鹅字'。近日韩宗儒得到你写的一幅字帖,就拿到殿帅姚麟家,换得几斤羊肉,你的字可称为'换羊书'了。"苏东坡在翰林院任职,一天因为生辰,要写的应制文章很多,韩宗儒派人送来一封信,希望借此得到苏东坡的回书,来人要得非常急,苏东坡笑着说:"传话下去,本官今日不杀牲。"

东坡一日会客,坐客举令,欲以两卦名证一故事。一人云:"孟尝门下三千客,大有同人①。"一人云:"光祖兵渡滹沱河,既济未济②。"一人云:"刘宽婢羹污朝衣,家人小过③。"东坡云:"牛僧孺父子犯事,大畜小畜④。"盖指荆公父子也⑤。

【注释】

①孟尝门下三千客,大有同人:战国时齐孟尝君田文养门客三千人。大有、同人:《易》两卦名。

②光祖兵渡滹沱河,既济未济:光祖,指东汉光武帝刘秀。《后汉书·王霸传》载:"光武即南驰……至滹沱河……河水流澌,无船不可济……(王)霸恐惊众……即诡曰:'冰坚可度。'……乃令霸护度,未毕数骑而冰解。"既济、未济:两卦名。

③刘宽婢羹污朝衣,家人小过:刘宽,东汉人,字文饶。《后汉书》卷二十五《刘宽传》载:"夫人欲试宽令恚,伺当朝会,装严已讫,(夫人)使侍婢奉肉羹,翻污朝衣,婢遽收之,宽神色不异,乃徐言曰:'羹烂汝手?'其性度如此。"家人、小过:两卦名。

④牛僧孺父子犯事，大畜小畜：牛僧孺，唐大臣，唐穆宗至宣宗年间（821—859），以牛僧孺、李宗闵为首的牛党与李德裕为首的李党之间斗争不已，世称"牛李之争"。武宗时，牛僧孺被黜，其子受连累。事见《新唐书》卷一七四《牛僧孺传》。大畜、小畜：两卦名。

⑤荆公父子：指王安石父子。

【译文】

苏东坡有一天宴请宾客，宾客们行酒令，要求用两卦证一故事。一人说："孟尝门下三千客，大有同人。"一人说："光祖兵渡滹沱河，既济未济。"一人说："刘宽婢羹污朝衣，家人小过。"苏东坡说："牛僧孺父子犯事，大畜小畜。"这是在影射王安石父子。

王东亭①与张冠军②善，王既作吴郡，人问小令③曰："东亭作郡，风政何似？"答曰："不知治化何如，惟与张祖希情好日隆耳。"

【注释】

①王东亭：晋王珣，字元琳。曾跟从桓温讨伐袁真，封交趾望海县东亭侯，故称王东亭。

②张冠军：晋张玄，字祖希。曾任冠军将军，故名。

③小令：晋王珉，字季琰，王珣之弟。《续晋阳秋》载："王献之为中书令，王珉代之，时人曰'大小王令'。"

【译文】

王东亭与张冠军交情很好，王东亭做了吴郡郡长后，有人问他的弟弟小令："王东亭当郡长后，他的政绩怎么样？"小令回答道："不知道他政绩如何，只知道他与张祖希的交情一天比一天好。"

王珣、郗超并有奇才①，为大司马所眷拔。珣为主簿，超为记室参军②。超为人多须，珣状短小，于时荆州为之语曰："髯参军，短主簿，能令公喜，能令公怒③。"

【注释】

①王珣：晋人，字元琳，又称短主簿。郗超：晋人，字嘉宾，又称髯参军。

②主簿、记室参军：均为官名。

③公：指桓温。桓温又称桓公。

【译文】

王珣、郗超都有出众的才能，被大司马桓温所看重和提拔。王珣当了主簿，郗超当了记事参军。郗超胡子多，王珣个子矮，当时荆州人为他们编了谚语说："髯参军，短主簿，能令公喜，能令公怒。"

嵇、阮、山、刘在竹林酣饮①，王戎后往。步兵曰②："俗物已复来败人意。"（时谓王戎未能超俗也。）王笑曰："卿辈意亦复可败耶？"

【注释】

①嵇、阮、山、刘：即嵇康、阮籍、阮咸、山涛、刘伶。魏晋间人。另有向秀、王戎，七人常集于竹林之下，肆意酣饮畅歌，世称"竹林七贤"。后王戎、山涛依附于司马氏政权，为人所轻。

②步兵：即阮籍。司马氏掌权时，曾为步兵校尉，世称阮步兵。

【译文】

嵇康、阮籍、阮咸、山涛、刘伶在竹林酣饮，王戎后来。阮步兵阮籍说："俗物又来败坏我们的兴致了。"（当时的人认为王戎未能超俗。）王戎笑道："你们的兴致也会被破坏吗？"

陈万年子咸①，数言事，讥刺近臣。万年病，召咸床下。语至半夜，咸睡，头误触屏。万年大怒曰："乃父教戒汝，汝反不听，何也？"咸曰："具晓所言，大约教咸谄也！"万年乃不复言。

【注释】

①陈万年：西汉人，字幼公，超郡吏，累官右扶风，迁太仆，汉宣帝时任御史大夫。性廉平，内行修，然善事人。陈咸：陈万年之子，字子康，

汉元帝时官御史中丞、南阳太守。见《汉书》卷六十六。

【译文】

　　陈万年的儿子陈咸,多次议论朝廷大事,讥刺君主左右亲近之臣。陈万年很担心,就把儿子叫到床前进行训诫。说到半夜,陈咸瞌睡来了,头一下子撞在屏风上。陈万年大怒,说:"做父亲的教育你,你竟不好好听,怎么回事?"陈咸回答说:"您所说的我都知道,大约教我谄媚人罢了!"陈万年便不再说什么。

　　韩愈谓李二十六程曰①:"某与丞相崔大群同年往还②,直是聪明过人。"李曰:"何处是过人者?"韩曰:"共愈往还二十馀年,不曾共说着文章,不是敏慧过人也?"

【注释】

　　①李二十六程:李程,排行二十六。

　　②同年:科举制度同榜的人称同年。

【译文】

　　韩愈对李程说:"我与丞相崔大群同年。来往多年,他真是聪明过人。"李程问:"什么地方聪明过人?"韩愈说:"与我韩愈交往二十多年,从没有和我一块儿讨论过文章,这不是敏慧过人吗?"

　　严嵩诞日①,诸翰林称寿,争作恭求近。时菊花满堂,陆平泉独退处于后②。同列问曰:"何更退为?"陆答曰:"此处怕见陶渊明。"

【注释】

　　①严嵩:明代奸相。

　　②陆平泉:明陆树声,字与吉,号平泉。神宗初累拜礼部尚书。

【译文】

　　严嵩生日那天,诸翰林学士去祝寿,他们争相上前打恭作揖。当时菊花满堂,陆平泉一个人向后退,落在后面,一起去的人问他:"你为什么要往后退呢?"陆平泉答道:"在这里我怕见到陶渊明。"

崔湜为吏部侍郎^①，掌铨，有选人引过分疏云^②："某能翘关负米。^③"湜曰："若壮何不兵部？"答曰："过者皆云崔侍郎门，有力者即得。"

【注释】

①崔湜：唐人，字澄澜，时为"检校吏部侍郎，同中书门下平章事，与郑愔同典选，纳贿遗，铨品无序，为御史李尚隐劾奏……"见《新唐书》九十九卷《崔仁师传》。

②选人：候官的人。引过，自承过失；分疏，自辩白其事之是非，也称条陈。

③翘关负米：翘关，谓扛举国门之关。唐代用为武举考试举重之科目。《唐书·选举志》："武后置武举，其制有马枪、翘关、负重、身材之选。翘关长丈七尺，径三寸半，凡十举后，手持关距，出处无过一尺。"负米，背米。

【译文】

唐崔湜当了吏部侍郎，主管人才的铨选。有位候选的人自我陈述说："我能翘关负米。"崔湜问："你这么健壮，怎么不到兵部去？"那人回答道："过往的人都说崔侍郎门下，有力之人（有势力的人）即可得官。"

孔稚圭宅中草没人^①，南有山池，春日蛙鸣。仆射王晏尝鸣笳鼓造之^②，闻群蛙鸣，晏曰："此殊聒人耳。"答曰："听卿鼓吹，稍觉过此。"

【注释】

①孔稚圭：即孔稚珪。南齐人，字德璋。官至南郡太守、都官尚书，迁太子詹事。好文咏，不乐世务。

②仆射王晏：仆射，官名。王晏，南齐人，字休默，一字士彦。

【译文】

孔稚圭的宅院里长的野草，草深可藏没人，院南面有山池，春天青蛙鸣叫。仆射王晏有一次吹吹打打着去拜访他，听见群蛙乱叫，王晏

说:"这声音可真吵人。"孔稚圭说:"听你的仪仗鼓乐,觉得比这还要吵
闹些呢。"

　　孙一元隐居西湖①,矫情不娶②,仿林逋以梅鹤为妻子③。
后改度,徙至湖州,连娶二妇。有一士道吴兴,谓之曰:"仆从
西湖上来,一人寄语谯君④,君不得无罪。"孙问何人,其人故不
语。孙问不已,其人曰:"梅令眷、鹤令郎耳!"孙无地。

【注释】

　　①孙一元:明代人,字太初。自号太白山人。

　　②矫情:掩饰真情,后谓故意违背常情以立异为矫情。

　　③林逋:宋钱塘人,字君复。恬淡好古,隐居西湖孤山,不娶、无子,
植梅蓄鹤以自伴,时称"梅妻鹤子"。

　　④谯(qiào):责备、责怪。

【译文】

　　明孙一元隐居西湖,故意违背常情不娶妻,仿效林逋以梅为妻,以
鹤为子的做法。后来他改变了想法,搬到湖州,一连娶了两个女人。一
次,有个士人经过吴兴,告诉孙一元:"我从西湖上来,有人捎话责骂你,
你不能说没有罪过。"孙一元问是什么人,那人故意不说。孙一元再三
询问,那人才说道:"是梅夫人、鹤令郎!"孙一元顿时感到无地自容。

　　谢公在东山,朝命屡降而不动,后出为桓宣武司马,将发
新亭①,朝廷咸出瞻送。高灵时为中丞②,亦往相祖③。先时多
少饮酒,因倚如醉,戏曰:"卿屡违朝旨,高卧东山,诸人每相与
言:'安石不出,将如苍生何?'今日苍生将如卿何?"谢笑而
不答。

【注释】

　　①新亭:亭名,故址在今江苏省南京市南,地临长江。东晋时为朝
士游宴之所。

②高灵：晋高崧，字茂琰，小字"阿鄮"。

③祖：祭名。出行以前，祭祀路神，引申为饯行送别。

【译文】

东晋谢安隐居在会稽东山，朝廷屡次征召他，他都不出仕，后出山为桓温军府的司马，即将从新亭出发西上，朝中官员都去送行。高灵当时是中丞，也去送行。去前喝了一些酒，借着醉意，调侃谢安道："你多次违抗朝廷旨意，在东山高卧不起，大家经常说：'安石不肯出山，让苍生百姓怎么办呢？'如今，苍生百姓又将把您怎么办呢？"谢安笑而不答。

慈溪某县令，初至任，欲行威福，谓群下曰："汝闻破家县令、灭门刺史乎？"有父老应曰①："间者士子多读书，惟闻岂弟君子②，民之父母。"令乃默然。

【注释】

①父老：古时称乡里的管事人，多为耆老有德者。

②岂弟：平易近人，也作"恺悌"。

【译文】

慈溪某县令，刚到任，想发发威风，他对群下说："你们听说过破家县令、灭门刺史吗？"有位父老答道："这里的士子多读书，只听说过恺悌君子、民之父母。"县令默然不能作答。

马援为隗嚣绥德将军①，又尝游使于公孙述②，嚣复命援奉书洛阳，世祖迎谓援曰③："卿遨游二帝间，今见卿，使人大惭。"援顿首谢曰："当今之世，非独君能择臣，臣亦能择君。"

【注释】

①隗嚣：东汉人，字季孟。王莽末，据陇西，称西州上将军。

②公孙述：东汉人，字子阳。称帝于蜀，时隗嚣使马援往观之。事见《后汉书》卷二十四《马援列传》。

③世祖：指东汉光武帝刘秀。

【译文】

马援在隗嚣手下任绥德将军，又曾出使过公孙述的蜀国。后来，隗嚣又命他奉书洛阳，世祖刘秀迎接他时对他说："你遨游于两个帝王之间，今日见到你，真让人感到十分惭愧。"马援叩头答谢说："如今这个世道，不只是君主能够挑选臣下，做臣下的也可以择主而事。"

谢公始有东山之志①，后严命屡臻，势不获已，始就桓公司马②。于时人有饷桓公药草，中有远志，公取以问谢："此药又名小草，何一物而有二名？"谢未即答。时郝隆在坐，应声答曰："此甚易解，处则为远志，出则为小草。"谢有愧色。

【译文】

谢安当初抱有隐居山林的志愿，后来朝廷征召的命令一再传来，实不得已，才出山就任桓温手下的司马之职。当时有人献给桓温一些药草，其中有远志，桓温拿起来问谢安："这种药又名小草，为什么一种东西有两种名称呢？"谢安没有马上作答。这时，郝隆坐在一旁，应声答道："这很好解释，在山中隐处时叫作远志，出山后就叫小草了。"谢安听罢，面有愧色。

范玄平在简文坐①，谈欲屈，引王长史曰②："卿助我。"王曰："此非拔山力所能助③。"

【注释】

①范玄平：晋范汪，字玄平。历任吏部尚书，徐、兖二州刺史。简文：晋简文帝司马昱。

②王长史：晋王濛，字仲祖。官至司徒左长史。

③拔山力：《史记》："项羽为汉兵所围，夜起歌曰：'力拔山兮气盖世，时不利兮骓不逝。'"

【译文】

晋范玄平从简文帝而坐，交谈中渐渐词穷，他叫王濛："你快帮我一把。"王濛说："这并非拔山之力可以相助的。"

子瞻居黄州，有陈处士者①，携纸笔求书于子瞻。会客方鼓琴，遂书曰："或对一贵人弹者，天阴声不发，贵人怪之，曰：'岂弦慢耶②？'对曰：'弦也不慢。'"

【注释】

①处士：未仕或不仕的士人。

②慢：不坚实、松弛。

【译文】

苏轼在黄州时，有位陈处士，带着纸笔来请他题字。当时正好有客人在弹琴，苏子瞻便写道："有人对一贵人弹琴，天阴琴声不发，贵人很奇怪，问：'难道琴弦松了吗？'那人答道：'弦没松。'"

王世贞谒相嵩①，其子世蕃肃客曰②："家君伤风，不得出也。"王曰："爷居相位，怎说伤风③？"

【注释】

①王世贞：明人，字元美，号凤州。官至南京刑部尚书。嵩：严嵩，官至内阁首辅，揽权擅政凡二十余年，重用亲信，排斥异己，贪污腐化，贿赂公行。

②肃客：肃，进也；肃客，谓把客人引进屋。

③古人以三公典调阴阳。《尚书·周官》："兹惟三公，论道经邦，燮理阴阳。"

【译文】

王世贞去拜见权相严嵩，严嵩的儿子严世蕃把王世贞让进门，说："家翁伤风了，不能够出来会客。"王世贞说："相爷身居相位，怎么也说伤风？"

卫江州在浔阳①，有故人投之，都不料理，惟饷"王不留行"一斤②，此人得饷便命驾。李弘范闻之曰③："家舅刻薄，乃复驱使草木。"

【注释】

①卫江州:晋人卫展,字道舒,曾任江州刺史。

②王不留行:植物名,中医以其种子入药。《本草纲目》讲:"此物性走而不住,虽有王命,不能留其行,故名。"各音者常借以示拒客之意。

③李弘范:李轨,字弘范。《世说新语·俭啬》刘孝标注云:"李轨,刘氏之甥。此应作弘度(即李充),非弘范也。"

【译文】

晋卫展在浔阳时,有故人来投奔他,他全然不款待,只送给一斤"王不留行"药材,来人得赠,立即下令驾车离去。李弘度听说此事后说:"家舅刻薄,竟然驱使草木拒客。"

梁何昌寓为吏部尚书①,有姓闵求官者,昌寓问:"君是谁后?"答曰:"子骞后。②"昌寓掩口笑曰:"遥遥华胄。③"

【注释】

①何昌寓:南齐人,字俨望。齐明帝建武二年,为侍中,领长水校尉,转吏部尚书。建武四年,卒。故何昌寓不是"梁"时人。见《南齐书》四十三。

②子骞:《史记·仲尼弟子列传》:"闵损,字子骞,少孔子十五岁。"为孔子弟子。

③华胄:世家贵族的后代子孙。

【译文】

南齐何昌寓任吏部尚书,有个姓闵的人来求官职,何昌寓问他:"你是谁的后代?"那人答道:"闵子骞的后代。"何昌寓用团扇掩口笑道:"多么遥远的世家之后呀。"

宋颜延之①、何偃值路中②,遥呼曰"颜公"。延之以其轻脱③,答曰:"身非三公之公④,又非田舍之公,又非君家阿公,何以见呼为公?"偃惭而去。

【注释】

①颜延之：南朝宋人，字延年，官至金紫光禄大夫，文章冠绝当时，与谢灵运齐名。

②何偃：南朝宋人，字仲弘。历侍中，时其父为司空尚书令，偃居门下，父子并处权要。

③轻脱：言行随便，不持重。

④三公：古以太师、太傅、太保为三公，东汉以太尉、司徒、司空为三公。

【译文】

刘宋时期，颜延之与何偃在路上相遇，何偃远远地就叫"颜公"，颜延之认为他太轻佻，就答道："我既非三公之公，又非田舍之公（即老农），也非你家阿公，为什么呼我为公？"何偃羞惭地走开了。

唐太宗以李纬为民部尚书①，会有人自京师来者②，帝曰："玄龄闻纬为尚书谓何③？"曰："惟称纬好须，无他语。"

【注释】

①民部尚书：官名，唐时避李世民之讳，名为户部尚书。

②京师：指国都。

③玄龄：唐房玄龄，名乔，以字显，唐太宗时任宰相十五年。

【译文】

唐太宗李世民任李纬做户部尚书，碰到有人从京师回来，唐太宗问："房玄龄听说李纬当尚书后说什么没有？"那人答道："他只是称赞李纬有一把好胡须，没再说别的。"

王荆公为参知政事时，因阅晏元献公小词①，笑曰："为宰相而作艳词可乎？"公弟平父曰："亦偶然耳。"吕惠卿为馆职②，在坐，遽曰："为政必放郑声③，况自为之乎？"平父曰："放郑声，不若远佞人。"吕大以为讥己，遂不协。

【注释】

①晏元献公：宋晏殊，字同叔，谥元献，宋仁宗庆历三年以刑部尚书居相位。

②吕惠卿：宋晋江人，字吉甫，初与王安石论经义，意多合。至安石去位，陷害王氏不遗余力。馆职：宋代沿袭唐制，以昭文馆、史馆、集贤院为三馆，所属官员为馆职。

③郑声：淫声也。《论语·卫灵公》："放郑声，远佞人，郑声淫，佞人殆。"放，放逐；远，远离。

【译文】

王安石任参政知事时，有一次翻阅晏殊的小词，笑问："当宰相的人写艳词，可以吗？"他的弟弟平父说："也不过偶尔为之罢了。"吕惠卿当时任馆职，也在坐，马上说："当政者必须放逐郑声，更何况是自己作呢？"平父道："放郑声，不如远佞人。"吕惠卿以为是讥讽自己，从此两人不和。

　　文庙继统①，陈迪责不屈②，与子丹山、凤山同磔于市③。上命割其肉塞迪口，因问："卿肉气味何如？"对曰："忠臣孝子，肉岂腥膻，臣尝其美，人闻其香，陛下岂不闻乎？"

【注释】

①文庙继统：文庙，指明成祖"文皇帝"朱棣。继统，继承统治地位。建文元年（1399），燕王朱棣以"清君侧"为名举兵，号靖难军。建文四年（1402）攻占南京，即皇帝位，改元永乐。

②陈迪责不屈：陈迪，明人，字景道。《明史·陈迪传》一四一卷："燕王（朱棣）即帝位，召迪责问，抗声不屈。命与子凤山、丹山等六人磔于市。"

③磔：古代的一种酷刑，把肢体分裂。

【译文】

明成祖朱棣继承皇统，陈迪因为不屈从，和儿子丹山、凤山一同被施以磔刑。成祖命人割下陈迪身上的一块肉，塞到他口里，问他："你的肉气味如何？"陈迪回答道："忠臣孝子的肉哪里会腥膻？我尝到了他的美味，别人闻到了他的香味，陛下难道没有闻到吗？"

李白开元中谒宰相，封一板①，上题曰："海上钓鳌客李白。"宰相问曰："先生临沧海，钓巨鳌，以何物为钩线？"白曰："风波逸其情，乾坤纵其志。以虹蜺为线，明月为钩。"又曰："何物为饵？"白曰："以天下无义气丈夫为饵。"宰相竦然。

【注释】

①板：原指笏板，后来，大臣上书为保密，以囊封缄，成为"封事"（《文心雕龙·奏启》：皂囊封板，故曰封事）。此处"封一板"，即指上一封事。

【译文】

开元年间，李白去拜见当时的宰相，向他上一封书，上面写道："海上钓鳌客李白。"宰相问："先生临沧海，钓巨鳌，用什么东西当钩和线呢？"李白答道："我纵情风浪，立志乾坤，以虹霓为丝，以明月为钩。"宰相又问："那你用什么东西当诱饵呢？"李白答道："用天下无义之人为诱饵。"宰相听后心惊胆战。

刘叉持韩愈金数斤去，曰①："此谀墓中人得耳②，不若与刘君为寿。"愈不能止。

【注释】

①刘叉：韩愈弟子。韩愈：唐著名诗文家，好为人写墓志铭。

②墓中人：死人。

【译文】

刘叉从韩愈那里拿了几斤金子走，他说："这是你阿谀奉承死人得来的，不如给我，让我多活几天。"韩愈没法拦住他。

马季长女嫁袁次阳为妻①，初婚夜，次阳问曰："弟先兄举，世以为笑，今处姊未适②，先行可乎？"答曰："妾姊高行殊邈，未遭良匹,不似鄙薄苟然而已。"次阳默然不能屈。

【注释】

①马季长:马融,字季长。东汉经学家、文学家。袁次阳:东汉人袁隗,东汉太傅,汉末枭雄袁绍、袁术之叔。

②适:女子出嫁。

【译文】

马季长的女儿嫁给袁次阳为妻,新婚之夜,袁次阳问她:"弟弟比哥哥先应举,就会被世人耻笑,现在你的姐姐还未出嫁,而你先出嫁,这样妥不妥当呢?"她答道:"我姐姐品行高洁。没有碰上合适的郎君,不像我目光短浅,随便找个人就出嫁罢了。"袁次阳听后默然无语。

孙权问蜀益州太守张裔曰:"蜀卓寡女①,亡奔相如,贵土风俗,何以乃尔?"对曰:"愚以为卓氏寡女,犹贤于买臣之妻②。"

【注释】

①蜀卓寡女:卓文君,寡居,后与司马相如私奔。

②买臣之妻:买臣,即朱买臣,汉人,字翁子。未显达前家贫,卖薪自给,其妻嫌其贫寒不听买臣苦劝,抛夫而去。后买臣发迹,其妻大悔。

【译文】

吴孙权问蜀国的益州太守张裔:"蜀国的寡妇卓文君,和司马相如私奔了,贵土的风俗怎么是这样的?"张裔答道:"我认为寡妇卓文君比朱买臣的妻子还是要贤淑得多。"

梁太祖受禅①,姚洎为学士,上问及裴廷裕行止②,洎曰:"顷岁左迁,今闻旅寄。"上曰:"颇闻其人才思敏捷。"对曰:"向在翰林号为'下水船'。③"上曰:"卿便是'上水船'。④"

【注释】

①梁太祖:五代时后梁太祖朱温。

②裴廷裕：见 P160"俊语"之"裴廷裕字膺余"条注释①。

③下水船：下水之船，顺流而捷，故古人以下水船为文思敏捷之喻。

④上水船：喻文思迟钝。

【译文】

后梁太祖朱温即位，当时姚洎是学士，太祖问他裴廷裕的情况。姚洎说："近年他被降职，如今听说他客居异乡。"太祖说："我老听人说他才思敏捷。"姚洎答道："从前他在翰林院时被称作'下水船'。"太祖说："那你便是'上水船'了。"

晏子与楚王坐，忽缚一人来，王问："何为者？"左右曰："齐人，坐盗。"王视婴曰："齐人善盗乎？"对曰："婴闻橘生于江南，至江北为枳，枝叶相似，其味不同，水土异也。"

【译文】

晏子与楚王坐在一起谈话，忽然楚王的手下绑了一个人进来，楚王问："他是干什么的？"手下人答道："是齐国人，犯偷盗罪。"楚王看着晏子说："齐国人都擅长偷盗吗？"晏子说："我听说橘树生长在长江以南的地区，如果到了长江以北就变成了枳树，两树枝叶相似，而果实的味道不同，这是因为水土不一样而造成的呀。"

郑康成在袁冀州坐①，时汝南应劭亦归于袁②，因起自赞曰："故太山太守应仲远，北面称弟子何如③？"郑笑曰："仲尼之门，考以四科④，回、赐之徒⑤，不称官阀。⑥"

【注释】

①郑康成：郑玄，字康成。东汉大经学家。曾聚徒讲学，门下数千人。袁冀州：即当时的冀州牧袁绍。

②应劭：东汉人，字仲远。

③北面：这里指拜人为师。

④四科：德行、言语、政事、文学为孔门四科。见《论语·先进》。

⑤回：颜回；赐：端木赐，即子贡。

⑥官阀:官阶门第。

【译文】

郑康成为冀州牧袁绍的座上客,当时汝南人应劭也来投奔袁绍。宴席上,应劭起身自赞道:"昔日的太山太守应仲远,现在给您当弟子怎么样?"郑康成笑道:"仲尼(孔子)收门徒,用德行、言语、政事、文学四科来考查。颜回、端木赐等门徒,从来不自称官阶门第。"

王介甫为相,大讲天下水利。刘贡父常造之,值一客献策曰:"梁山泊决而涸之,可得良田万顷,但未择得利便之地贮许水耳。"介甫倾首沉思,贡父抗声曰:"此甚不难。"介甫欣然以为有策,遽问之,曰:"别穿一梁山泊,则足以贮此水耳。"介甫笑而止。

【译文】

王安石当了宰相,大力提倡兴修水利。刘贡父有一次去造访他,正碰上一人向王安石献计:"把梁山泊挖开,把水排干,便可得到良田万顷,只是找不到一个合适的地方来贮存湖水。"王安石歪着脑袋沉思,这时刘贡父高声说道:"这一点儿也不难。"王安石很高兴,以为他有良策,赶紧问他,只听刘贡父说:"另外再挖一个梁山泊,就能够装下这些水了。"王安石一笑置之。

狄仁杰为相①,有卢氏堂姨居午桥别墅,仁杰伏腊修礼甚谨②。尝雪后休暇,候卢氏,适见表弟挟弧矢,携雉兔归。羞味进于堂上③,顾揖仁杰,意甚轻傲。仁杰因启曰:"某幸为相,表弟有所欲,愿悉力从其请。"姨曰:"吾止有一子,不欲令事女主④。"仁杰惭而止。

【注释】

①狄仁杰:唐大臣,事奉女皇武则天。

②伏腊修礼:夏天的伏日、冬天的腊日都是祭日,合称伏腊。修礼:

治礼,整饬礼仪。

③羞味:即馐味,珍馐美味。

④女主:指武后则天。

【译文】

　　唐狄仁杰当了宰相,他的堂姨卢氏住在午桥别墅,狄仁杰各种礼仪恭谨周到。在一次雪后闲暇的时候,狄仁杰前去问候卢氏,碰上表弟挟着弓和箭,带着打的野味回来。珍馐美味端进客堂后,表弟只对狄仁杰揖了揖手,请他入座,态度很倨傲。狄仁杰说:"我侥幸当了宰相,表弟如果有什么要求,我愿意尽力满足。"卢氏回答说:"我只有这么一个儿子,不想叫他去侍奉女主。"狄仁杰一阵羞愧,再也不提这事儿了。

　　张文潜常问张安道①:"司马君实直言王介甫不晓事②,是如何?"安道云:"贤只消去看《字说》。③"文潜云:《字说》也只是二三分不合人意。"安道云:"若然,则足下亦有七八分不晓事矣。"

【注释】

　　①张文潜:宋张耒,字文潜。北宋文学家,擅长诗词,为苏门四学士之一。张安道:宋张方平,字安道,北宋中期大臣。

　　②司马君实:司马光,字君实。

　　③《字说》:字书,宋王安石撰。此书多怪论,时有穿凿附会。今不存。

【译文】

　　张耒有一次问张方平:"司马君实直言王介甫(王安石)不明白事理,是什么原因?"张耒说:"你只消去看王介甫的《字说》,就清楚了。"张方平说:"《字说》也只是二三分不合人意。"张耒道:"这么说来,你也有七八分不晓事了。"

　　王元美预相嵩席,出桑落酒饮之①。相曰:"张渭诗云:'不醉郎中桑落酒',此酒肇唐耳。"王曰:"《水经注》载此酒②,想采此诗。"

【注释】

①桑落酒:酒名,《水经注》四"问水"载:"民有姓刘名堕者,宿擅工酿,采挹河水,酝成芳酎。悬食同于枯枝之年,排于桑落之辰,故酒得其名矣。"

②《水经注》:北魏郦道元所作。

【译文】

明王世贞(元美)参加宰相严嵩设的酒宴,严嵩上桑落酒给大家喝。严嵩说:"唐代张渭有首诗说:'不醉郎中桑落酒',看来此酒始于唐朝。"王世贞讥刺道:"《水经注》上记有此酒,想必就是采录自这首诗。"

孙绰赋《遂初》①,筑室畎川,自言见止足之外②,斋前种一株松,恒自壅治之③。高世远时亦邻居④,语孙曰:"松树子非不楚楚可怜,但永无栋梁用耳。"孙曰:"枫柳虽合抱,亦何所施?"

【注释】

①孙绰:东晋人。字兴公。少有高尚之志。居于会稽,纵情山水,作《遂初赋》以致意。

②止足之外:《世说新语·言语》作"止足之分",止足,知止知足,不求名利。

③壅:用土壤或肥料培在植物根部。

④高世远:高柔,字世远。

【译文】

孙绰作《遂初赋》以表达自己隐居山水的志向,还在畎川筑一室,自谓知止知足,不求名利。他于斋前种了一株松树,经常亲手培土整治。高世远那时是他的邻居,对他说:"小松树不是不楚楚动人,但它永远不能用来做栋梁。"孙绰反诘道:"枫树、柳树即使有合抱之粗,又能做什么用呢?"

张天锡为凉州刺史①,称制西隅②。既为苻坚所禽③,用为侍中。后于寿阳俱败，至都，为孝武所器④，每入言论，无不竟日。颇有嫉己者，于坐问张："北方何物可贵？"张曰："桑椹甘香，鸱鸮革响⑤，淳酪养性，人无嫉心。"

【注释】

①张天锡：字纯嘏。其曾祖张轨在西晋永嘉年间为凉州刺史，值京师大乱，遂据凉土。天锡篡位，自立为凉州牧。后降于苻坚，坚败，复归晋。

②称制：行使皇帝权力。

③禽：通"擒"。

④孝武：东晋孝武帝司马曜。

⑤鸱鸮(chī xiāo)：鸟名，通"鸱枭"。革响：指鸱鸮的叫声。

【译文】

张天锡自立为凉州牧，统治西北边区。前秦苻坚攻打凉州时，他被抓获，做了苻坚的侍中。后来苻坚兵败寿阳，张天锡归顺东晋，到晋都建康(今南京)后，为孝武帝所重用，每次进宫长谈，无不是一谈一整天。有人很嫉妒他，于座中问他："北方有什么好东西？"张天锡答道："那里桑葚甘甜，鸱鸮革响，淳酪养人性情，人无嫉妒之心。"

愤　语

愤语第十四

　　吴苑曰：凡物之愤，必郁结而后起，如风怒则厉，泉怒则决，虎怒不择爪，人怒不择言，是皆愤之至也。盖愤不易谈，惟豪杰能之。若世间琐琐衣食之儿，即命填沟壑，不过如鱼鳖之就砧而已耳，安见其愤哉！大抵天地如弹丸，而名物有尽，生才不已，以有尽生不已，求不愤，得乎？乃次愤语第十四。

【译文】

　　吴苑说：大凡事物的愤怒，一定是郁结于心而后发于外，比如风怒号时很猛烈，泉怒涌时决口而出，虎发怒时不选择进攻对象，人愤怒时口不择词，这都是愤怒到了极点的结果。愤语是不容易说的，只有英雄豪杰才能发出。像世间那些庸庸碌碌之辈，就是叫他们引颈受死，也不过如同鱼鳖被放在砧上进行宰杀，哪里看见他们发过怒呢？大抵天地如同弹丸那样狭小，而且各类事物都有限，所以才需要生生不息，让有限的事物无限生发，不发愤，行吗？根据这个意思，我把"愤语"编为第十四类。

武帝拜主父偃为郎中,岁中四迁至中大夫,公卿皆畏其口,赠遗累千金。或说之为太横,偃曰:"结发游学①,四十年不得遂,亲不以为子,昆弟不收②,宾客弃我,厄日久矣。大丈夫生不五鼎食③,死则五鼎烹④。吾日暮,故倒行而逆施之耳!"

【注释】

①结发:束发,指初成年。

②昆弟:兄弟。

③五鼎食:谓荣仕。古大夫祭礼用五鼎。

④五鼎烹:获罪而遭鼎镬烹。

【译文】

汉武帝拜主父偃为郎中,主父偃一年之中四次调迁,官至中大夫,公卿大臣们都害怕他,纷纷向他送礼,累累上千金。有人说他太骄横了,主父偃却说:"我刚成年就开始出外求学,四十年来不得意,父母亲不把我当儿子,众兄弟不肯收留我,宾客弃我而去,我的苦日子过得太久了。大丈夫生前不得五鼎食,死也要为五鼎烹。我的日子不多了,所以倒行逆施啊!"

沈攸之晚好读书①,尝叹曰:"早知穷达有命②。恨不十年读书。"

【注释】

①沈攸之:南朝宋名将,字仲达。攸之出身行伍,晚好读书,手不释卷。

②穷达:穷困与显达。

【译文】

刘宋沈攸之晚年爱好读书,他曾叹道:"早知道穷达自有天命,恨不能读它十年书。"

刘孝孙博学通敏①,而仕不遂。常叹曰:"古或开一说而致卿相②,立谈顷而降白璧③,书籍妄耳!"

【注释】

①刘孝孙:唐人,贞观中历谘议参军,迁太子洗马,未拜,卒。

②说:言论、主张、学说,"开一说而致卿相",指苏秦游说诸侯合纵抗秦,并被举为"纵约长",挂六国相印一事。

③立谈顷而降白璧:指战国时虞氏(名失传)进说赵孝成王,一见赐黄金百镒,白璧一双,再见为赵上卿,故号为虞卿之事。

【译文】

唐刘孝孙博学多才,但仕途老不顺利。他常叹道:"古代有人提出一种主张就做了卿相;站在那儿谈一会儿,就被君王赐予白璧。这都是书上的不实之词。"

屠长卿下第归,酒酣,忼慨呼曰:"吾手可扪日月,而一第厄人①,东海洋洋,似欲代吾矣。"

【注释】

①厄:使……遭遇困境。

【译文】

明屠长卿落第而归,喝酒喝到兴头上,慷慨高呼:"我伸手可摸日月,却被这一第给困死了。东海洋洋,好像要代替我似的。"

豫章狂生李如龙,常落第归,遇耕牛,大骂曰:"尔腹无文章,尚有角,吾不若也。"以头触之,牛几倒。

【译文】

豫章有个狂放的读书人叫李如龙,有一次他落第而归,碰到一头耕牛,他大骂道:"你肚里没有文章,头上却还有角,我还不如你呀!"他用头去撞耕牛,差一点儿把牛撞倒。

鲍无雄落魄无遇①,常以得第自期。一日于西湖醉后,忽俯水照见影，大恸曰："丈夫三十岁尚如此头颅耶？"

【注释】

①遇：遇合，得到君王的赏识。

【译文】

鲍无雄落魄失意，得不到赏识，常常期望能及第。一天他在西湖喝醉了酒，忽然俯身看见水中自己的影子，他大声恸哭道："大丈夫三十岁还是这么个脑袋吗？"（谓无官帽。）

吴王赐子胥死①。将死，言曰："树吾墓上以梓，令可为器②，抉吾眼置之吴东门，以观越之灭吴也。"

【注释】

①子胥：伍子胥，名员，春秋时人，父奢、兄尚，为楚平王所杀，伍子胥奔吴，佐吴伐楚，后吴败越，越王勾践请和，吴王夫差许之，子胥谏不听，太宰嚭谗之，子胥被夫差赐死。

②器：即梓器，棺材。

【译文】

吴王夫差赐伍子胥死，伍子胥死前，对门客说："在我坟墓上种上梓树，使它能够制作成棺材，把我的眼珠挖出来悬挂在吴都东门的城楼上，我要看着越人进入吴都，灭亡吴国。"

苏峻①迁历阳太守，诏书征峻，峻曰："台下②云我反，反岂得活耶？我宁山头望廷尉③，不能廷尉望山头。"

【注释】

①苏峻：晋人，字子高。永嘉之乱时，他招合流民三千余家，结垒本县，远近推他为主，因讨王敦有功，封公，迁历阳太守。后反叛。

②台下：古代称对方的敬词。

③廷尉：官名，秦始置，九卿之一，掌刑狱。即后世的大理寺卿。这里指代监狱。

【译文】

晋苏峻当了历阳太守,朝廷下诏书征召他,苏峻对使者说:"你说我反叛,反叛哪里能够活命?我宁可占山为王,远望监狱,也不能在监狱里再想着占山为王。"

和州士人杜默①,累举不成名,因过乌江,入谒项王庙。时正被酒沾醉,才炷香拜讫,径升偶坐,据神颈,拊其首而恸,大声语曰:"大王有相亏者。英雄如大王,而不能得天下,文章如杜默,而进取不得官,好亏我!"语毕而泪如进泉。庙祝②拉杜下,视神目,泪亦涌出。

【注释】

①杜默:宋人,字师雄,北宋著名歌豪,爱写诗文,与石曼卿、欧阳修并称"三豪"。

②庙祝:庙中管香火的人。

【译文】

和州士人杜默,多次参加科举考试都落选了,一次他经过乌江,顺便去拜谒项羽庙。当时他刚喝过酒,有点醉了,他把香烧上,叩拜完毕,便径直登上神像座,搂着神像的脖子,用手拍着神像的脑袋,失声痛哭,说:"大王真亏啊。像大王这样的英雄,却不能得天下,像我杜默这样有文才的人,却不得官职,好亏待我!"说完泪如泉涌,庙祝过来把他拉下去,看见神像的眼里,眼泪也喷涌而出。

殷仲文素有名望,自谓必当阿衡朝政①,忽作东阳太守,意甚不平。及之郡,至富阳,慨然叹曰:"看此山川形势,当复出一孙伯符。②"后果以反诛。

【注释】

①阿衡:商代官名。引申为辅导帝王主持国政。

②孙伯符:孙策,字伯符,三国吴郡富春人,吴主孙权之兄。率父旧

部平定江东,打下东吴立国之基。

【译文】

殷仲文一向很有名望,他认为自己一定会主掌朝政,不想被封为东阳太守,他感到很不平。上任途中经过富阳时,他慨然叹道:"看这山川形势,一定会再出一个孙伯符。"后来他果然因为造反而被诛杀。

阮籍登广武而叹曰①:"时无英雄,使竖子成其名!②"

【注释】

①广武:地名,在今河南荥阳市东北,秦末楚汉两军隔广武而阵。东广武城为楚王城,西广武城为汉王城。

②竖子:对人的鄙称,犹谓"小子"。此指汉王刘邦。

【译文】

阮籍登上广武城,感叹道:"当时没有英雄,遂使这小子得以成名!"

梅侍读晚年躁于禄位①,而病足,常抚其足而詈曰:"是中有鬼,令我不至两府者②,汝也!"

【注释】

①梅侍读:北宋人梅询,官至翰林侍读学士,颇有文名。是诗人梅尧臣的叔父。

②两府:宋代称中书省、枢密院为两府。

【译文】

宋梅询晚年热衷于功名仕宦,但他的脚有毛病,他常常摸着自己的脚说:"这里边有鬼,就是你让我不能到两府。"

桓公卧语曰:"作此寂寂,将为文景所笑①。"既而屈起坐曰②:"既不能流芳百世,亦不足复遗臭万载耶?"

【注释】

①文景:汉文帝刘恒、汉景帝刘启。

②屈起:屈,通"崛"。崛起,谓突然起身,离开原来的位置。

【译文】

晋桓温躺在床上说:"这样寂寞无为,要被汉文帝、汉景帝所耻笑。"一会儿,又突然起身,说:"既然不能够流芳百世,难道也不当遗臭万年吗?"

王孝伯问王大:"阮籍何如司马相如?"王大曰:"阮籍胸中垒块①,故须酒浇之。"

【注释】

①垒块:胸中郁结不平。

【译文】

晋王孝伯问王大:"阮籍与司马相如相比怎么样?"王大答道:"阮籍胸中有郁结不平之气,所以需要用酒去浇愁。"

辩　语

辩语第十五

　　吴苑曰：辩者无锋不摧，无坚不入。 彼以直来，我以横往；彼以顺加，我以逆受，此涕唾之战场也。 故战国称为辩士。 辩之有似于争，君子无所争而取之，可乎？ 曰：不！ 审问之、明辩之之语，圣人已垂令教，盖不辩无以明格，斯辩亦近道矣。 强词曰：其辩也君子，奚害焉？ 乃次辩语第十五。

【译文】

　　吴苑说：善于辩论的人，他们无锋不催，无坚不入。他直着来，我便横着去；他顺着给我，我便倒着接受；总之，这是口舌相争的战场，所以战国时称这种人为辩士。辩有些类似于战争，君子本来无所争，却采取了辩的方式，这行吗？应该说：不！但是，详尽地考察问题，辩明其原委，却是圣人留传下来的宝贵教导。因为不辩就无法明辨是非，从这种意义上说，辩也近于圣人之道哩！勉强一点说：善于辩论的人，他们仍不失为君子，善辩有什么妨害呢？于是将"辩语"编次为第十五类。

刘贡父一日问子瞻:"'老身倦马河堤永^①,踏尽黄榆绿槐影。'非阁下之诗乎?"子瞻曰:"然。"贡父曰:"是日影耶? 月影耶?"子瞻曰:"竹影金锁碎^②,又何常说日月也?"刘不能答。

【注释】

①河堤永:河堤长长的。

②竹影金锁碎:韩愈《城南联句》之首句。"金锁碎"指透过竹子筛落到地面的太阳。

【译文】

一天,刘贡父问苏轼:"'老身倦马河堤永,踏尽黄榆绿槐影。'这不是阁下的诗吗?"苏轼回答说:"是的。"贡父又说:"那榆影、槐影是太阳的影子呢? 还是月亮的影子呢?"苏子瞻回答说:"韩愈的'竹影金锁碎',又何尝说是日影还是月影?"贡父没法回答。

高定年七岁,读《尚书》至《汤誓》,问父曰^①:"奈何以臣伐君^②?"答曰:"应天顺人^③。"又问曰:"用命赏于祖,不用命戮于社^④,岂是顺人?"父不能对。

【注释】

①父:高定之父即唐人高郢。

②以臣伐君:指商汤讨伐夏桀。《书·汤誓》"有夏多罪,天命殛之。"孔传曰:"以诸侯伐天子,非我小子敢行此事,桀有昏德,天命诛之。"

③应天顺人:《易·革》:"汤、武革命,顺乎天而应乎人。"孔颖达《正义》:"殷汤、周武……上顺天命,下应人心。"

④用命赏于祖,不用命戮于社:语出《书·甘誓》,孔颖达疏曰:"汝等若用我命,我则赏之于祖主之前;若不用我命,则戮之于社主之前。"用命:服从,效命;祖,指祖先的神位;社,指社神,即土地之神。

【译文】

高定七岁时,读《尚书》,读至《汤誓》篇,问父亲说:"怎么臣下能讨伐君上呢?"父亲回答说:"汤伐夏桀,顺应了天命、人心。"高定又问:"谁能听从我的命令,我将在祖先的神位之前赏赐谁,谁若不听我的命令,我将在社神的牌位之前杀死谁。难道这也是顺应人心吗?"父亲没法解答。

杨修九岁,甚聪慧。孔君平诣①,其父不在。修为君平修果,有杨梅,君平曰:"此实君家果。"修应声答曰:"未闻孔雀是夫子家禽也。"

【注释】

①孔君平:名坦,字君平。善《春秋》,有文辩,官至廷尉卿。

【译文】

杨修九岁时,非常聪明颖慧。一天,孔君平来家拜访,正值父亲外出。杨修设水果招待孔君平,其中有杨梅。孔君平指着杨梅说:"这真是你们杨家的果子啊!"杨修应声回答说:"我还没听说过孔雀是先生家的家禽哩。"

东晋光禄祖纳①,少孤苦,性至孝,常自为母炊爨作食。王平闻其常亲供养②,乃以二婢饷之,因以为吏③。人有戏之者:"奴价倍于婢。"祖答曰:"百里奚亦何必轻于五羖之皮耶④?"

【注释】

①光禄祖纳:光禄大夫(官名)祖纳。

②王平:应作王平北。即晋代平北将军王乂,字叔元(据《世说新语·德行》)。

③以为吏:《晋书·祖纳传》有"……辟为从事中郎"。即用为幕僚。

④百里奚:春秋时秦国大夫。原为虞大夫,虞亡,为晋所俘,作为陪嫁之臣送入秦国。百里奚感到羞耻,逃往楚国,楚人执之。秦穆公闻其贤,以五张黑羊皮赎回,任为大夫,人称五羖大夫。

【译文】

东晋光禄大夫祖纳,幼年丧父,家境十分清苦。但他生性至孝,时常亲自为母亲烧火做饭。当时的平北将军王乂,听说祖纳如此勤劳孝顺,便送给他两名婢女,并任命他为从事中郎,从此,他成了王将军府中的幕僚。有人因此嘲笑他说:"一个奴才是两个婢女的价钱。"祖纳回答说:"百里奚又何尝比五张羊皮轻贱呢!"

齐刘绘为南康郡,郡人郅类所居名秽里。绘戏之曰:"君有何秽而居秽里?"答曰:"未审仲尼有何阙而居阙里。"

【译文】

南齐人刘绘曾为南康郡守,南康人郅类所居之地名叫秽里。刘绘嘲弄郅类说:"您有什么污秽之行因而住在秽里呢?"郅类回答说:"不知孔子有何阙(缺)欠之处因而居于阙里呢!"

王浑①平吴之日,登建业宫,酾酒既酣,谓吴人曰:"诸君亡国之馀,得无戚乎?"时周子隐答曰:"汉末崩分,三国鼎立,魏灭于前,吴灭于后,亡国之戚,岂惟一人?"王有惭色。

【注释】

①王浑:晋人,魏司空王昶之子,与王濬一同领兵灭亡了吴国。

【译文】

王浑带领晋兵灭亡了吴国,在吴国的皇宫中饮酒作乐。酣畅尽兴之时,问吴国人说:"各位都是亡国之余,面对此情此景,能不忧伤么?"当时在场的吴人周子隐回答说:"汉朝末年群雄纷争,形成三国鼎立。三国之中,魏国灭亡在先,吴国亡国在后。亡国之痛,岂只我们吴国人?"王浑听了,感到十分羞愧。

岳柱年八岁,时观画师何澄画《陶母剪发图》①,指陶母手中金钏诘之曰:"有此可易酒,何用剪发?"何大惊,即易之。

【注释】

①《陶母剪发图》:根据陶侃之母湛氏剪发、卖发以买米待客的故事所画的图画。

【译文】

一天,八岁的岳柱站在一旁看画师何澄画《陶母剪发图》,他指着画中陶母所戴的金钏说:"有这个就可以换酒,何必剪发呢?"何澄听了大吃一惊,马上将它改了。

曾有白头鸟集吴殿前,孙权问群臣:"此何鸟也?"诸葛元逊对云①:"此名白头翁。"张辅吴自以坐中最老②,疑元逊戏之,因曰:"恪欺陛下,未尝闻鸟名白头翁者,试使恪复求白头母。"元逊曰:"鸟名婴母,未必有父,试使吴复求白头父③。"张不能答。

【注释】

①诸葛元逊:三国吴人,诸葛亮之侄,名恪,字元逊。

②张辅吴:张昭,字子布,仕吴为辅吴将军。

③白头父:《江表传》云:"恪曰:'鸟名鹦母,未必有对,试使辅吴复求鹦父。'昭不答,坐中皆笑。"据此,"白头父"系"鹦母"之误,宜改。

【译文】

曾经有一群白头鸟聚集在吴国的宫殿之前,孙权问群臣说:"这是什么鸟呢?"诸葛恪回答说:"这种鸟名叫白头翁。"当时,张辅吴因为在座的只有自己年纪最老,怀疑诸葛恪在捉弄自己。便说:"恪哄骗陛下,从来没听说过鸟叫白头翁呢!请让恪再找出白头母来。"诸葛恪说:"有种鸟名叫婴母,未必有婴父,试请张辅吴找出婴父来!"张辅吴无言可对。

某令贪①,监司欲斥之②,陈渠为中丞③,欲解之,谓曰:"此地穷苦,不比贵乡,墨不满橐也④。"监司曰:"盗劫贫家,岂得无罪?"

【注释】

①令:这里指县令。

②监司:官名,监察州县的地方官长的简称。

③中丞:官名。

④墨:这里指贪污。

【译文】

　　某县令贪污,监司准备驱逐他,但中丞陈渠想为他开脱,就说:"这地方很穷,不像贵乡富有。贪污所得还不满一袋啊。"监司说:"盗贼抢劫了贫困人家,难道可以不追究?"

　　王右军与谢太傅共登冶城①,谢悠然远想,有高世之志。王谓谢曰:"夏禹勤王,手足胼胝;文王旰食②,日不暇给。今四郊多垒③,宜人人自效;而虚谈废务④,浮文防要,恐非当今所宜。"谢曰:"秦任商鞅,二世而亡,岂清言致患耶?"

【注释】

　　①冶城,指吴国的铸造之所。

　　②文王旰(gàn)食:语出《尚书》。周文王因心忧事繁,总是延误到晚上才吃饭。

　　③四郊多垒:语出《礼记·曲礼》。意谓敌人的营垒充斥于近郊。

　　④虚谈废务:指清谈。一种盛行于魏、晋时期的崇尚虚无、空谈玄理的风气。

【译文】

　　晋右军将军王羲之和太傅谢安一同登上冶城的城墙。谢安悠然遐想,有超凡脱俗的心志。王羲之对谢安说:"夏禹勤劳王事,为治洪水,手足都起了老茧;周文王忙于政务,甚至挤不出吃饭的时间,只好延迟到晚上才进食。于今,四郊多有敌人的营垒,我们人人都应该效法夏禹和文王。而空谈荒废政务,虚浮不实的文字,妨碍要旨的表达,实在不适合当今的需要。"谢安回答说:"秦国任用商鞅,只传到秦二世就亡国了,难道也是清谈招致的祸患吗?"

　　东坡尝举"坡"字问荆公何义,公曰:"坡者土之皮。"曰:

"然则滑者水之骨乎?"荆公默然。

【译文】

苏东坡曾经问王荆公"坡"字的含义。王荆公(安石)回答说:"坡,是土的皮。"东坡反问:"那么,滑是水的骨吗?"荆公默不作声。

武帝召第五伦访政事①,因戏谓曰:"闻卿为吏挝妇翁②,宁有之耶?"对曰:"臣三娶妻皆无父。"帝大笑。

【注释】

①第五伦:复姓第五,名伦,字伯鱼。东汉人。

②挝(zhuā):击、打。

【译文】

东汉光武帝刘秀召见第五伦,向他了解政事。谈话中,光武帝笑问第五伦说:"听说你为吏的时候曾殴打你岳父,难道有这等事么?"第五伦回答说:"臣三次娶妻,她们都没有父亲。"皇上听了大笑。

倪文毅岳①,五岁侍父文僖②,父曰:"天上更有天。"对曰:"地下更有天。"父笑曰:"小子妄言,地下安得有天?"对曰:"卵白岂止一面?"

【注释】

①倪文毅岳:明大臣。名岳,字舜咨,累官礼部尚书,谥文毅。

②文僖:明代人。姓倪名谦,字克让,谥文僖。

【译文】

倪岳五岁时,侍立于父亲倪谦身边。父亲说:"天上更有天。"倪岳对答说:"地下更有天。"父亲笑着说:"小孩子胡说,地下哪能有天?"他回答说:"蛋白难道只一面有吗?"

余肃敏公为户部郎①,尝有两势家争田,未决,部檄公理之。甲以其地名与己姓同,合是故产。公曰:"未闻有姓张者讼张家湾。"

辩
语

①余肃敏公：明大臣，名子俊，字士英，官终兵部尚书，谥肃敏。户部郎：官名。

【译文】

余肃敏公官户部郎时，曾经有俩权势之家争田产，有待裁决。户部通知余公处理此事。有一家人认为那儿的地名与自己的姓氏相同，理应是自家的老产业。余公说："还没听说有姓张的打官司争张家湾。"

张敞为妇画眉，长安中传张京兆眉妩①，有司以奏。上②问之，对曰："闺房之内，夫妇之私，有过于画眉者。"上爱其能，弗责也。

【注释】

①张京兆眉妩：张京兆，张敞时为京兆尹，故称。眉妩，眉样美好。

②上：皇上，这里指汉宣帝。

【译文】

西汉京兆尹张敞常为妻子画眉，当时，长安城中盛传"张京兆眉妩"，有关部门将此事报告了皇上，皇上查问张敞，张敞回答说："闺房之内，夫妇之间的私情，有远甚于画眉的哩。"皇上爱惜他的才能，并不为此事责怪他。

王圣美为县令①，未知名，谒一达官，值其方与客谈《孟子》，不顾圣美。久之，忽顾圣美曰："尝读《孟子》不？"对曰："生平爱之，但都不晓其义。"主人问何不晓？曰："'孟子见梁惠王②'，已不晓此语。"达官深讶之，曰："此有何奥义？"圣美曰："既云'不见诸侯'，因何'见梁惠王'？③"

【注释】

①王圣美：宋王子韶，字圣美。

②孟子见梁惠王：语出《孟子·梁惠王》，为《孟子》之首句。

③不见诸侯，因何而见梁惠王？宋代叶大庆《考古质疑》卷六认为："孟子虽不见诸侯，但'迎之致之以有礼，则就之'，梁惠王卑礼厚币以招贤者，'迎之致之以有礼'，所以孟子去见梁惠王。"王圣美引以讥主人无礼。

【译文】

王圣美任县令时，还不是知名人物。一天，他去进谒一位显贵的官员，他到达时，那位达官正在和客人讨论《孟子》，置王圣美于不顾。待了很久，那达官忽然对着王圣美说："曾经读过《孟子》么？"圣美回答说："那是我生平很爱读的书，只是我全然不懂其中的意思。"达官问："你哪儿读不懂呢？"圣美说："'孟子见梁惠王'，只这第一句已是不懂。"达官非常惊讶："这有什么难懂的呢？"圣美说："孟子既然说'不见诸侯'，为什么又去见梁惠王呢？"

李勉为司徒平章事①，一日德宗谓勉曰②："众人皆言卢杞奸，朕何不知？"勉对曰："陛下不知，所以为奸也。"

【注释】

①司徒平章事：官名。

②德宗：唐德宗李适。

【译文】

一天，唐德宗李适对司徒平章事李勉说："众人都说卢杞奸佞，我怎么一点也没觉察呢？"李勉回答说："能使陛下不知，这正是他的奸佞之处啊！"

周彬不治财产，服膺儒学，其妻让之曰："汝家兄弟能力稼穑，囊箱丰溢，汝之不调①，无思悔，毕向何如？"及先主镇金陵②，彬囊文往谒，锡赍颇厚，归以所锡金帛陈于庭前，谓妇曰："吾今与伯叔何如优胜？"妇曰："男子之事，非女子所能知。"

【注释】

①不调：犹言不才。

②先主：指南唐开国之主李昇。出镇金陵时，曾祭祀天帝，募人为文。

【译文】

从前,周彬不治理产业,只是钻研儒家的经典学说。他的妻子责备他说:"你的兄弟都努力耕作,箱箧中储满钱财。你这样不长进,不思悔改,终将如何了局?"先主李昇出镇金陵时,周彬带着自己的文章前往进谒,李昇很赏识他的文采,给予他丰厚的赏赐。回到家里,他将所得的金银财宝陈列于庭前,问妻子说:"今天我和兄弟们比较,谁更富贵呢?"妻子回答说:"你们男人的事,不是我们女人所能预料的。"

御史大夫李承嘉尝让诸御史曰①:"近御史言事,不咨大夫,礼乎?"萧至忠曰②:"故事台中无长官。御史,人君耳目,比肩事主,得自弹事。若先白大夫,则弹大夫先白谁耳?"

【注释】

①御史大夫:官名,唐代设为御史台长官。

②萧至忠:唐大臣。官至晋州刺史。

【译文】

唐御史大夫李承嘉,曾经责备御史们说:"近来御史向皇上奏事,不和本长官商量,这合乎规矩么?"当时的监察御史萧至忠说:"按制度,御史台中无所谓长官。御史是皇上的耳目,大家平等地服侍皇上,都能自主地弹劾事情。如果遇事先向御史大夫汇报,那么,弹劾御史大夫时,先向谁汇报呢?"

嵇中散语赵景真①:"卿童子白黑分明,有白起之风②,限量小狭③。"赵云:"尺表能审玑衡之度④,寸管能测往复之气⑤,何必在天⑥?"

【注释】

①嵇中散:三国魏人嵇康,曾官中散大夫。

②白起:秦大将。

③限量小狭:指身体瘦弱。限,遗憾,《世说新语·言语》作"恨"。嵇绍《赵至叙》:"至字景真……长七尺三寸……体若不胜衣。"

④尺表：尺，言其短小。表，测量日影的木柱。《淮南子·本经训》："天地之大，可以矩表识也。"

⑤寸管：短小的律管。这里指古代候气的仪器。《文选·演连珠》李善注："黄钟九寸之律，以灰飞，所以辨天地之数。"所云即寸管及其用途、用法。

⑥天：《世说新语·言语》作"大"。

【译文】

嵇康对赵至说："你的眼睛黑白分明，具有秦将白起的风仪，可惜身量瘦小些。"赵至说："尺许长的小小木柱能测量天体之大，寸许长的小小律管能占验节气的变化，何必在乎大呢？"

王荆公初参政，视庙堂如无人。一日行新法，怒目诸公曰："此辈坐不读书耳！"赵清简公同参知政事，独折之曰："君言失矣，如皋夔契稷之时①，有何书可读？"公默然。

【注释】

①皋夔契稷：皋，皋陶（yáo），舜任为掌管刑法的官。夔，尧舜时乐官。契（xiè），舜任为司徒，掌管教化。稷，后稷，尧舜时农官，教民耕种。

【译文】

王荆公刚任参知政事时，很是傲气，视朝中如无人。一日实行新法，他怒视着朝廷的公卿说："这种人（反对新法）只因为不读书罢了！"当时同任参知政事的赵清简公反驳他说："您的话错了，譬如皋、夔、契、稷之时，有何书可读？"荆公听了默不做声。

颖　语

颖语第十六

　　吴苑曰：舌之有颖，如弩之有机，天下之利物也。　颖之于语，无类不有，惟谐谑讥辩之类居多。　然四语已有部领，即四语中有具颖者而颖部无与焉。　以其有四部也，惟其不能入谐谑讥辩之语，斯成颖语矣。　乃次颖语第十六。

【译文】

　　舌有锋芒，就像弩有机关一样，它的确是天下锐利的器具。巧妙而又锋利，这种语言哪一类都有，只是以谐语、谑语、讥语、辩语中最为多见。而这四类语言都已立类统领，也就是说，属于这四类的巧妙锋利之语，不再归入颖语类，因为它们已归属于这四部了，只有当它无法归入谐、谑、讥、辩之时，才作为颖语立类，根据这一想法，我将"颖语"编次为第十六类。

　　诸葛靓在吴，于朝堂大会，孙皓问："卿字仲思，何为所思？"对曰："在家思孝，事君思忠，朋友思信，如斯而已。"

【译文】

　　诸葛靓在吴国任职，一次朝廷大会时，国君孙皓问靓说："你的字叫仲思，所思的是什么呢？"靓回答说："在家时，我所想的是如何孝顺父母；事奉君上时，我所想的是如何向皇上尽忠效命；和朋友交往时，我所想的是如何诚信待人。我所想的就这些罢了。"

　　宋梁州范百年，因事谒明帝。帝言次及广州贪泉，因问之曰："卿州复有此水不？"百年答曰："梁州惟有文川、武乡，廉泉、让水。"又问："卿宅在何处？"曰："臣居在廉让之间。"

【译文】

　　南朝刘宋时，梁州的范百年，因事去进谒宋明帝刘彧，明帝谈话中，说到广州的贪泉，因而问范百年说："你那个州里是否还有贪泉呢？"百年回答说："梁州只有文川、武乡，廉泉、让水。"明帝又问："那么，你的家住在什么地方呢？"百年回答说："臣住在廉与让之间。"

　　齐武帝尝谓群臣曰："我后当何谥？"莫有对者。王俭因目庾杲之对，杲之曰："陛下寿比南山，与日月齐明，千载之后，岂是臣之轻所度量？"

【译文】

　　南齐武帝萧赜曾经对群臣说："我死后当得什么谥号呢？"群臣谁也不敢回答。吏部尚书王俭只好使眼色叫尚书左丞庾杲之回答，杲之说："陛下寿比南山，同日月一起光临四海，千年之后的事，岂是我们臣下所能轻易度量的？"

　　王俭为吏部尚书，有客姓谭求官，曰："齐桓灭谭^①，那得有汝？"答曰："谭子奔莒^②，所以有仆。"

【注释】

①②"齐桓灭谭""谭子奔莒":均出《左传·庄公十年》。

【译文】

王俭担任吏部尚书时,有位姓谭的客人前来求官,王俭对他说:"齐桓公灭亡了谭国,怎么还会有你呢?"那位客人回答说:"谭子逃亡到了莒国,所以有我!"

梁武帝尝以枣掷兰陵萧琛①,琛仍取栗掷帝②,正中面。帝动色,言:"汝那得如此,岂有说耶?"琛应声曰:"陛下投臣以赤心,臣敢战栗于陛下③。"

【注释】

①兰陵:地名。萧琛,字彦瑜,梁武帝在西邸时,与琛有旧。

②仍:《南史·萧琛传》作"乃"。

③臣敢战栗于陛下:《南史·萧琛传》作"臣敢不报以战栗"。

【译文】

南梁武帝萧衍曾经用一枚枣投掷兰陵人萧琛,萧琛便取一栗还掷武帝,正打中武帝的面颊。武帝气得脸色都变了,说:"你怎么敢这样?难道这也有什么说法?!"萧琛应声说:"陛下投掷给臣一颗赤心,臣敢不为陛下战战栗栗?"

萧琛常于御坐饮酒①,属酒北使员外常侍李道固②。不受,曰:"公庭无私礼,不容受卿劝。"众皆失色,恐无以酬。琛徐曰:"《诗》所谓'雨我公田,遂及我私③'。"道固乃屈意受酒。

【注释】

①御坐:指南齐武帝酒宴之座,时萧琛任齐通直散骑侍郎。

②属酒:劝酒。北使:北魏使者。员外常侍:官名。李道固:名彪,字道固。

③"雨我公田,遂及我私":出自《诗·小雅·大田》。郑笺云:"其民之心,先公后私,令天主雨于公田,因及私田尔。此言民怙君德,蒙其

余惠。"

【译文】

萧琛曾在御宴中给北使员外常侍李道固敬酒,李道固不肯接受,说:"公庭之中不能行私礼,礼不容我接受你劝的酒。"大家一时都很紧张,担心萧琛无法对付。萧琛从容地说:"《诗》云:'雨我公田,遂及我私(愿上天降雨于公田吧,这样,我的私田也将得到雨露)。'"李道固只好违心地将酒喝下。

张后裔在并州①,太宗尝就受《春秋》。后因诏入赐宴,言及平昔,从容谓曰:"今日弟子何如?"后裔对曰:"昔孔子领徒三千,徒者无子男之位②,臣翼赞一人,即为万乘主。计臣此功,愈于先圣。"太宗大悦。

【注释】

①张后裔:名后胤,字嗣宗,避讳为后裔。《旧唐书·张后胤传》称:后胤从父在并州,以学行见称。时高祖镇太原,引居宾馆,太宗就授《春秋左氏传》。

②徒者:《旧唐书》作"达者"。子、男皆为爵位。

【译文】

张后胤在并州时,唐太宗曾请他教授《春秋》,后来太宗做了皇上,诏他入宫,赐他酒宴。君臣谈到往事,太宗从容问后胤说:"学生今日如何?"后胤回答说:"从前孔子领有弟子三千人,即使在他的贤达弟子中,也无一人有子、男之类的爵位。臣只辅助了一人,他便成为万乘之君。若论臣的这一功劳,已超过了先圣孔子。"太宗听了非常高兴。

唐张林言毁佛寺,分遣御史检天下所废寺及收录金银佛像①。有苏监察者②,巡检两街诸寺,见银佛一尺以下者,多袖之而归,人谓之"苏捏佛"。或问温庭筠将何对,温应声对曰:"无以过'密陀僧③'。"

【注释】

①御史:官名。

②监察:官名,即监察御史。

③密陀僧:即氧化铅。

【译文】

唐代张林曾谈到毁佛寺时的情况,当时分派御史们查检天下所废弃的佛寺,并查收登记金银佛像。有位姓苏的监察御史,逐一检查两边街上的各个佛寺,遇见一尺以内的银佛,往往都藏在衣袖里带回家去,人们因此称他为"苏捏佛"。有人问温庭筠可用什么词来对"苏捏佛",温庭筠应声回答说:"没有比'密陀僧'更恰当的了。"

钟毓、钟会少有令誉①,年十三,魏文帝闻之,语其父繇曰②:"令卿二子来。"于是敕见。毓面有汗,帝问曰:"卿面何以汗?毓对曰:"战战惶惶,汗出如浆。"复问会,卿何以不出汗?对曰:"战战栗栗,汗不得出。"

【注释】

①钟毓、钟会:三国魏人,钟毓字稚叔,年十四为魏散骑侍郎;钟会字士季,官至司徒。

②钟繇:字元常,魏时官太傅。

【译文】

钟毓、钟会兄弟,少年时便有美名,哥哥十三岁时,魏文帝曹丕了解到他们的才智,对他们的父亲钟繇说:"让你的两个儿子来见我吧!"于是,文帝召见了他们。当时钟毓满脸流汗,文帝问他:"你为什么满脸流汗?"钟毓回答说:"战战惶惶,汗出如浆。"文帝又问钟会:"你为什么不出汗呢?"钟会回答说:"战战栗栗,汗不得出。"

晋武帝始登祚,探策得一①。王者世数系此多少②,帝既不悦,群臣失色,莫能有言者。侍中裴楷进曰③:"臣闻'天得一以清,地得一以宁,侯王得一以为天下贞④'。"帝悦,群臣叹服。

【注释】

①探策：数策占兆。策，指筹或蓍。

②王者世数系此多少：《晋书·裴楷传》作："探策以卜世数。"

③侍中：官名。

④"天得一以清，地得一以宁，侯王得一以为天下贞"：语出《老子》下篇。《本义》云："为天下贞，犹言为民極也。"

【译文】

晋武帝初登皇位，数策占兆，以卜帝位相传能有几世？得数为一。武帝非常不高兴，群臣也都大惊失色，谁也不说一句话。这时，侍中裴楷进言道："臣听说：'天得一而安定，地得一而宁静，侯王得一而为民之至尊'。"武帝听了非常高兴，群臣也都叹服他的才能。

蜀先主以伊籍为左将军从事中郎①，使吴，孙权闻其才辩，欲逆折其辞。籍适入拜，权曰："劳事无道之君②。"籍应声对曰："一拜一起，未足为劳。"吴主大惭。

【注释】

①蜀先主：指三国蜀汉皇帝刘备。左将军从事中郎：官名。

②无道之君：孙权所指为伊籍之主刘备，伊籍所指为自己正在拜见的孙权。

【译文】

三国时，蜀汉的君主刘备任命伊籍为左将军从事中郎，派他出使吴国。吴国的君主孙权听说伊籍口才极好，想在他刚到时挫一挫他的锋芒。当伊籍进来拜见时，孙权便说："有劳你事奉无道之君。"伊籍马上回答说："我只是拜下去，再立起身来，算不上辛劳。"孙权听了，感到十分羞愧。

陆机诣王武子①，武子有百斛羊酪，指以示之曰："卿东吴何以敌此？"陆曰："有千里莼羹②，未下盐豉耳③！"

【注释】

①王武子:晋人,名济,字武子,官至骁骑将军、侍中。其文辞俊茂、技艺过人,有名当也。

②千里莼羹:千里,湖名;莼羹,莼菜做的稠汤。莼菜:产于江南的水生植物,春夏采以做菜,味美。

③盐豉:类似豆豉的一种调料。

【译文】

陆机去拜访王武子,武子有成百斛的羊酪,他指着羊酪问陆机说:"你们东吴有什么能比得上这个?"陆机说:"我们有千里湖的莼羹可与比美,只是还没加盐豉哩!"

孔融与祢衡友厚,跌荡狂放。衡谓融曰:"仲尼不死。"融答曰:"颜回复生^①。"

【注释】

①"仲尼不死","颜回复生":原出《后汉书·孔融传》。是当时的军谋祭酒路粹诬陷孔融之语。原文为:"路粹枉状奏融曰:少府孔融……与白衣祢衡跌荡放言……既而与衡更相赞扬,衡谓融曰:'仲尼不死。'融曰:'颜回复生。'大逆不道,宜极重诛。书奏,下狱,弃市。"颜回,孔子弟子。

【译文】

孔融与祢衡友谊深厚,两人都放荡不羁。一次,祢衡称赞孔融说:"你好比仲尼没死。"孔融回答说:"你如同颜回再生。"

唐辛郁,管城人也^①,旧名太公。弱冠遭太宗于行所^②,问:"何人?"曰:"辛太公。"太宗曰:"何如旧太公^③?"郁曰:"旧太公八十始遇文王,臣今适十八,已遇陛下,过之远矣。"

【注释】

①管城:地名,今属河南郑州。

②弱冠:指男子二十岁左右的年龄。太宗:唐太宗李世民。行所:

指行在所，皇帝行幸所在之处。

③旧太公：指姜太公吕尚。相对辛（新）太公而言，即为旧太公。

【译文】

唐代管城人辛郁，曾经名叫太公。他二十岁左右时，在行所遇见唐太宗。太宗问他："你是谁？"辛郁回答说："我叫辛太公。"太宗问："你比旧太公如何？"辛郁回答说："旧太公直到八十岁，才遇见周文王，而我今年刚十八岁，便遇见了陛下，相比起来，我比他强多了。"

李令伯尝聘吴①，吴主与群臣泛论道义，因言宁为人弟。令伯曰："愿为人兄。"吴主问："何愿为兄？"令伯答曰："为兄供养之日长。"

【注释】

①李令伯：名密，一名虔，字令伯。聘吴，受命去吴国访问。当时，李密为蜀国尚书郎。

【译文】

三国时，蜀国曾派李令伯去吴国访问。当时吴国君臣正在泛泛地讨论道义问题，有人说宁愿做弟弟。李令伯说："我情愿做哥哥。"吴国君主孙权问他："你为什么宁愿做哥哥？"令伯回答说："因为做哥哥能较长时间地供养父母。"

宋世祖尝赐谢中书庄宝剑①，谢以与鲁爽送别。后鲁作逆，世祖尝因宴集，问剑所在，谢曰："昔日鲁爽别，窃为陛下杜邮之赐②。"

【注释】

①宋世祖：指南朝宋孝武帝刘骏。谢中书庄：中书，指中书令，官名；谢庄，字希逸。

②杜邮之赐：指赐死。《史记·白起传》："秦王免白起为士伍，遣之出咸阳。至杜邮，复使使者赐之剑，使自裁。"

【译文】

南朝宋世祖曾赐给中书令谢庄一把宝剑。谢庄将剑作为话别的礼物送给了鲁爽。后来鲁爽叛逆,兵败而亡。世祖曾在一次宴会中,向谢庄询问宝剑的下落,谢庄回答说:"当日和鲁爽分别时,我已私自将剑作为陛下对他的杜邮之赐了。"

张说女嫁卢氏①,女尝为其舅求官,说不语,但指楮床龟示之②。归告其夫曰:"舅得詹事矣③!"

【注释】

①张说:唐人,字道济,又字说之,唐代政治家、文学家,封燕国公。

②楮床龟:置于床足下,用以支床之龟。《史记·龟策列传》:"南方老人用龟支床足,行二十余岁……龟尚不死。"

③詹事:官名。

【译文】

唐代燕国公张说的女儿嫁给了卢家。她曾经请张说为公公谋个官职,张说不吭声,只是指着床足下的支床龟给她看。她回到夫家对丈夫说:"公公得到詹事这个职位了。"(因为楮)床龟是用来占卜吉凶的——占事的,所以她对丈夫说公公得了詹事。)

耿九畴迁盐运使①,有廉声。尝临水坐,有童子戏其旁,九畴曰:"此水何清也!"童子应曰:"尚不及使君之清也②。"

【注释】

①耿九畴:明人,字禹范。永乐年间考中进士,为官廉正,与儿子耿裕并以德行名著于世。盐运使:官名。

②使君:此处为对盐运使的尊称。

【译文】

耿九畴调任盐运使,有清廉的好名声。一次,他面对水坐着,身边有小孩在玩耍,他情不自禁地说:"这水是多么清啊!"那孩子应声说:"使君您比这水更清哩。"

解学士缙童时①,妇翁过其家,解父抱缙置椅上。妇翁曰:"父立子坐,礼乎?"解应声曰:"嫂溺叔援,权也。"

【注释】

①解学士缙:明人,字大绅。曾为翰林学士,与徐渭、杨慎一起被称为明朝三大才子。

【译文】

明翰林学士解缙小时候,岳父来他家拜访,他的父亲抱着他,将他放在椅上。岳父说:"父亲站着,儿子坐着,这合规矩吗?"他应声说:"比如嫂嫂掉水里了,小叔子去拉她一把,这不过是权宜之计而已。"

王武子、孙子荆各言其土地人物之美①。王云:"其地坦而平,其水淡而清,其人廉且贞。"孙云:"其山崔巍以嵯峨,其水㳉㳭而扬波②,其人磊砢而英多。"

【注释】

①王武子:晋人,名济,字武子;孙子荆,名楚,字子荆,西晋官员,文学家。

②㳉㳭:指波浪叠起。

【译文】

王武子和孙子荆谈自己家乡的风土人物之美。王武子说:"在我的家乡,那儿的地,坦而平;那儿的水,淡而清;那儿的人,廉洁而坚贞。"孙子荆说:"在我的家乡,那儿的山,高俊而崔巍;那儿的水,波浪叠起而高扬;那儿的人,才能卓越而英俊。"

杨大年亿,方与客棋,石曼卿自外至①,坐于一隅。大年因诵贾谊赋向石曰:"止于坐隅,貌甚闲暇②。"石遽答曰:"口不能言,请对以臆③。"

【注释】

①石曼卿：名延年，字曼卿，一字安仁。

②止于坐隅，貌甚闲暇：（鹏鸟）停在座位边上，样子很安详。原出贾谊《鹏鸟赋》。

③口不能言，请对以臆：原出《鹏鸟赋》。贾谊对鹏鸟有所问，"鹏迺叹息，举首奋翼，口不能言，请对以臆。"臆，意也。

【译文】

杨大年正在同客人下棋，石曼卿从外边来了，安静地坐在一角。杨大年看到他这种情景，想起了贾谊的《鹏鸟赋》，便吟诵道："止于坐隅，貌甚闲暇。"石曼卿急忙回答说："口不能言，请对以臆。"

宋太祖初幸相国寺①，至佛像前烧香，问当拜与不拜。僧录赞宁奏曰②："不拜。"问其何故，对曰："见在佛，不拜过去佛。"

【注释】

①宋太祖：北宋太祖赵匡胤。

②僧录赞宁：僧录，僧官名。赞宁，宋僧人，本姓高，曾任右街僧录。

【译文】

宋太祖第一次去相国寺，他来到佛像前烧香时，问人说："我该不该向佛行礼呢？"僧录赞宁回答说："陛下不必行礼。"太祖问他理由，他回答说："皇上是现在佛，没有必要向过去佛行礼。"

杨大年年十一，太宗皇帝闻其名①，召对便殿，授秘书省正字②，且谓曰："卿久离乡里，得无念父母乎？"对曰："臣见陛下，一如臣父母。"上叹赏久之。

【注释】

①太宗：宋太宗赵光义。

②秘书省正字：官名。

【译文】

杨大年十一岁时,宋太宗了解到他小有名气,便在便殿召见了他,任命他为秘书省正字,还问他说:"你离家这么久,不想念父母吗?"小杨大年回答说:"我见到陛下,就像见到自己的父母一样。"太宗听了,赞叹不已。

谢仁祖年八岁,谢豫章将送客①,尔时语已神悟,自参上流,诸人咸共叹之曰:"年少一坐之颜回。"仁祖曰:"坐无仲尼,焉别颜回②。"

【注释】

①谢豫章:名鲲,字幼舆,曾官豫章太守,两晋时期名士,官员。

②坐无仲尼,焉别颜回:仲尼,《晋书·谢尚传》及《世说新语·言语》均作"尼父"。尼父:对孔子的尊称。颜回,字子渊,孔子弟子,最贤。

【译文】

谢仁祖八岁时,他的父亲豫章太守谢鲲带着他送客。那时,他自参上流,言谈之中已表现出惊人的理解力。大家都称赞他说:"这个少年真是座中的颜回。"小仁祖回答说:"座中没有尼父,哪能辨别谁是颜回呢?"

袁彦伯宏以吏部郎出为东阳郡①,太傅谢安赏宏机速,乃祖之于野亭②,时贤皆集。安欲卒迫试之,执手将别,顾左右取一扇赠之,宏即曰:"辄当奉扬仁风,慰彼黎庶。"

【注释】

①袁彦伯宏:袁宏,字彦伯,东晋玄学家、文学家、史学家;吏部郎,官名;东阳郡守,官名。

②野亭:《世说新语·言语》注引《续晋阳秋》作"冶亭"。

【译文】

袁宏以吏部郎出任东阳郡守,晋太傅谢安欣赏他的机敏速辩,在冶亭为他设宴饯行。当时群贤毕集,谢安想趁袁宏猝不及防时,突然考核他的应变才能。当他们握手告别时,谢安忽然环顾左右,从随行人员手中取过一把扇子,送给袁宏作为临别纪念。袁宏立即说道:"我将发扬您的仁爱之风,以抚慰那里的老百姓。"

　　戴安道既厉操东山①,而其兄安丘欲建式遏之功②,谢太傅曰③:"卿兄弟志业何其太殊?"戴曰:"下官'不堪其忧',家弟'不改其乐'④。"

【注释】

　　①戴安道:晋隐士,名逵,字安道。隐居于会稽剡山。厉操,磨砺节操。东山,指"东山之志",即隐居的志向。

　　②安丘:姓戴名逯字安丘。式遏,制止、防御、抵御。

　　③"不堪其忧","不改其乐":出《论语·雍也》。不堪其忧,不能忍受贫困之苦。不改其乐,不因贫困而改变安贫乐道的志向。

【译文】

　　戴安道决心隐居东山,磨砺节操,而他的哥哥戴安仁却想制止邪恶,抵御外侮,以建立功业。谢太傅(谢安)问戴安仁说:"你们兄弟俩的志向怎么相差这么远?"戴安仁回答说:"我'不堪其忧',我的兄弟'不改其乐'。"

浇　语

浇语第十七

吴苑曰：文章之士有才，其犹天地之有云露，草木之有花卉乎？才乃上天之所秘惜，不轻易以与人。士有才者，是得天之物，得天之物，安得不狂乎？狂之不已，不轻薄乎？故轻薄乃狂之甚也。盖文人不必有德，何也？天之所以与我者，才耳，而我混混沌沌，是弃天也，弃天之罪，不尤浮于轻薄乎？嗟乎！是亦可畏也。拔舌之狱①，皆轻薄之报，毗沙天子②，不肯暂一假借饶人。虽然，此亦自天之纵我耳，可无问也。乃次浇语③第十七。

【注释】

①拔舌之狱：佛教语。即拔舌地狱。谓恶语伤人、诽谤毁辱别人的人死后不得好报，将堕入拔舌地狱。

②毗沙天子：疑指佛教中的护法天神毗沙门天王。

③浇语：狂妄轻薄之言。

【译文】

吴苑说：文人有才，不就像天地间有云露，草木中有花卉一样吗？才是上天秘密珍藏着的，不是任何人轻易可以得到的。士人拥有才，是上天的赏赐，能够拥有上天的赏赐，安得不狂妄？狂妄犹不能尽意，能不轻薄吗？所以轻薄是狂妄过分的表现。一般来说，文人不一定要有德行，为什么这样说呢？因为，如果上天赏赐给我超人的才华，而我却像普通人一样浑浑噩噩，就是蔑视上天。蔑视上天的罪名，难道不比轻薄更严重吗？呜呼！这也是可怕的啊！拔舌地狱，固然是轻薄之人的报应。毗沙天子，也不愿苟且宽容饶恕轻薄之人。即使这样，这也是上天放纵我罢了，用不着追究。于是编次了浇语一卷，这就是"浇语"第十七。

　　宋会稽太守孟顗事佛精恳^①，谢灵运轻之，谓顗曰："得道应须慧业^②，文人生天当在灵运前^③，成佛必在灵运后。"

【注释】

　　①孟顗：南朝宋人，字彦重。性好佛。

　　②得道：佛教谓信教成佛为得道。慧业：佛教指生来赋有智慧的业缘。文人：据《宋书·谢灵运传》，当为"丈人"。

　　③生天：佛家谓死后更生于天界。亦以婉言死亡。

【译文】

　　南朝宋会稽太守孟顗竭精竭诚地事奉佛祖。谢灵运很瞧不起他，便对他说："成佛得道也须有慧业之缘。先生您升入天界可能在灵运之前，得道成佛却一定在灵运之后。"

　　许敬宗性轻傲^①，见人多忘之。或谓其不聪，曰："卿自难记，若遇何、刘、沈、谢^②，暗中摸索着亦可识。"

【注释】

　　①许敬宗：唐人，字延族。隋大业中秀才。

　　②何、刘、沈、谢：当指何逊、刘孝绰、沈约、谢灵运。都是南朝人。《南史·何逊传》："初，逊文章与刘孝绰并见重，时谓之何、刘。"

【译文】

　　许敬宗性情轻率狂傲，虽与别人见过面，也多半记不住别人。有人说他不聪慧灵敏，许敬宗回答说："那是你自己没有特点，不易让人记住。如果遇到何逊、刘孝绰、沈约、谢灵运他们，我闭着眼睛摸索，也能辨识出来。"

　　梁到洽，本灌园人后得位^①，谓刘孝绰曰^②："某宅东家有好地^③，拟买，被本主不肯，何计得之？"孝绰曰："卿何不多辇其粪，置其牖下以苦之？"洽恨孝绰，竟害之。

【注释】

①灌园人：指到洽的祖父刘宋时人到彦之，《南史·到溉传》："溉祖彦之，初以担粪自给，故世以为讥云。"

②刘孝绰：南朝梁人，本名冉，字孝绰，小字阿士。官至秘书监。

③东家：即东邻。

【译文】

南朝梁到洽虽然做了官，却是农夫的后代。有一次他对刘孝绰说："我家东头那人家有一块好地，我想买过来，本主却不愿卖，你有什么好办法吗？"刘孝绰不动声色地说："你为什么不用车拉很多大粪，置放在他的窗下来折磨他？"到洽因此怀恨孝绰，最后竟害死了他。

杜审言初举进士①，恃才蹇傲，甚为时辈所妒。苏味道为天官侍郎②，审言参选，试判后谓人曰③："苏味道必死。"人问其故，曰："见吾判即当羞死矣。"

【注释】

①杜审言：唐诗人，字必简，杜甫的祖父。《新·旧唐书》皆有传。

②苏味道：唐诗人。少有文名，与李峤合称"苏李"，又与杜审言、崔融、李峤合称"文章四友"。天官侍郎：官名，即吏部长官的副职。

③判：审查裁定的文字称判。试：考试。试判：唐代科举制度。唐制以身、言、书、判选士，凡文理优秀被录用者，称试判登科，又叫入等。宋洪迈《容斋随笔》十"唐书判"："唐铨选择人之法有四：……四曰判。文理优长，凡试判登科，谓之入等。"参见《新唐书·选举制》下。

【译文】

杜审言刚中进士时，恃才傲世，敢说敢为，很为同辈人嫉妒。苏味道担任天官侍郎时，杜审言也是选人之一。试判结束后，杜审言曾对人说："苏味道必死。"有人问苏味道何以会死？他回答说："苏味道看了我作的判，一定会羞死。"

陈通方①年二十五，举进士，与王播②同年。播年五十六，通方薄其成事后时,因期集戏拊其背曰:"王老王老,奉赠一第。"言其日暮途远及第同赠官③也。王曰:"拟应三篇。"通方又曰:"一之已甚,其可再乎?"王心贮之。

【注释】

①陈通方:唐贞元进士。

②王播:唐贞元进士。字明扬,官至宰相。

③赠官:封建王朝推恩大官重臣,把官爵授给本人父母,父母健在的称封;已亡者称赠。

【译文】

陈通方二十五岁那年,与王播一同中了进士,王播这年已有五十六岁了。通方轻视他老年及第成名,在一次聚会上轻薄地拍着王播的背说:"王老啊王老,奉赠你及第。"讽刺他日暮之年科举及第,如同赠官。王播说:"拟作文三篇。"通方又讽刺他:"一篇已经足够了,还可以再多吗?"王播把这些话藏在心里。

倪云林善山水①,为一代巨匠,独不写人物。太祖高皇帝问曰②:"每见卿山水俱无人,何也?"倪曰:"世自无人物可画耳!"

【注释】

①倪云林:元著名画家,名瓒,字云林。

②太祖高皇帝:指元世祖忽必烈。

【译文】

倪云林擅长于山水画,是一代大家。但他的画有一个特点,就是画面中从来没有人物形象。有一次元太祖高皇帝问他:"每看你作画,总是只见山水而不见人物,这是为什么呢?"倪云林说:"自然是世界上没有人物能入画罢了。"

杜审言将死,语宋之问①、武平一曰②:"吾在久压公等,今且死,固大慰,但恨不见替人③。"

【注释】

①宋之问:唐诗人,字延清,一名少莲,以诗与沈佺期齐名。

②武平一:唐太原人,名甄,工于文辞。

③替人:接替的人。

【译文】

杜审言快死的时候,曾对宋之问、武平一说:"我已经把你们压了很久了(指文名),现在要死了,虽然感到宽慰,只遗憾至今还没发现有可接替我的人。"

祢正平自荆州北游许都①,书一刺怀之②,漫灭而无所遇。或问之曰:"何不从陈长文③、司马伯达乎?④"祢曰:"卿欲使我从屠沽儿辈耶?"又问当今复谁可者。祢曰:"大儿孔文举,小儿杨德祖⑤。"

【注释】

①祢正平:名衡,字正平,东汉辞赋家。恃才傲物,与孔融、杨修友善。被黄祖杀害。《后汉书·文苑传》有传。

②刺:名片。古代在竹简上刺上名字,所以叫刺。

③陈长文:名群,字长文,三国魏人。

④司马伯达:后汉人。名朗,字伯达。

⑤杨德祖:见 P002"慧语""杨德祖"条注释①。

【译文】

祢正平自荆州向北前往许都时,写了一个名片揣在身上。但是名片上的字迹都磨灭了,还没有遇到称意的人。有人问他:"你为什么不追随陈长文、司马伯达呢?"祢正平答道:"你想让我追随杀猪卖酒的市井之人吗?"又问他现今世上对谁称得上满意,祢正平说:"大郎孔文举(孔融),小郎杨德祖。"

刘荆州尝自作书①,欲与孙伯符以示祢正平②,正平嗤之,言："如是为,欲使孙策帐下儿读之耶,将使张子布见乎?③"

【注释】

①刘荆州:即刘表,时为荆州牧。

②孙伯符:名策,字伯符。东吴的奠基人,孙坚长子,孙权兄。《三国志·吴志》有传。

③帐下儿:犹言兵士。张子布:名昭,字子布。三国吴彭城人。曾任孙策长史、抚军中郎将。孙权建吴后,封娄侯。《三国志·吴志》有传。

【译文】

刘表曾经亲自修书一封,想送给孙伯符。先让祢正平过目。祢正平嗤之以鼻,说:"这样的信是给孙策的兵士读的呢,还是让张子布看的?"

人问祢正平:荀令君①、赵荡寇②皆足盖当世乎? 祢答曰:"文若可借面吊丧,稚长可使监厨请客。③"

【注释】

①荀令君:指荀彧,后汉人,字文若。曹操很重视他,封他为万岁亭侯。

②赵荡寇:即赵稚长。后汉人,《后汉书·祢衡传》李贤注:"赵为荡寇将军,见魏志。"

③此引自《何氏语林》。《语林》后有:"其意以荀但有貌,赵健啖肉也。"

【译文】

有人问祢正平:"荀令君和赵荡寇都是当今盖世豪杰吗?"祢正平回答说:"文若(即荀令君)那副面孔可专门用来吊丧,稚长(赵荡寇)可在请客时用来监厨。"

褚公①与孙兴公同游曲阿后湖②,中流,风势猛迅,舫欲倾覆。褚公已醉,乃曰:"此舫人皆无可以招天谴者,惟孙公多尘

滓,正当以厌④天欲耳。"便欲捉掷水中。孙遽无计,惟大啼曰:
"季野卿念我。"

【注释】

①褚公:指褚裒,字季野,三国晋人。

②曲阿后湖:湖名,即练湖,在今丹阳市。晋陈敏据有江东,遏马林溪以溉云阳,号曲阿后湖。

③厌:满足。

【译文】

褚公与孙兴公(孙绰)乘同一条船游览曲阿后湖,船到湖心时刮起了大风,船都要倾覆了。褚公这时已有几分醉意,说:"这条船上没有别的人会招致上天的惩罚,只有孙公身上多世俗尘滓,正能够满足上天的要求啊。"于是便要抓住孙兴公丢入水中。孙兴公急遽间无计可施,只有大声哭叫:"季野,你可怜可怜我。"

　　庾信①至北,惟爱温子昇《寒山寺碑》②。后还南,人问北方何如?信曰:"惟寒陵山一片石堪共语。薛道衡、卢思道③稍解把笔,自馀驴鸣犬吠,聒耳而已。"

【注释】

①庾信:字子山,南北朝时著名文学家。《北史·周书》有传。

②温子昇:字鹏举,后魏文学家,文章清婉,代表作是《寒陵山寺碑》。《北史》和《魏书》的《文苑传》皆有传。寒山寺碑:一作"寒陵山寺碑",或"韩陵山寺碑"。

③卢思道:隋诗人,字子行。其诗情真意深,庾信"深叹美之"。

【译文】

庾信到北方时,对别人的诗文都不屑一顾,唯独喜爱温子昇的《寒山寺碑》碑文。后来回到南方,有人问他北方文学界情况如何。庾信说:"只有寒陵山的一块石碑可堪共语,值得称道。薛道衡、卢思道稍懂怎样下笔,其他的都是驴鸣狗叫之类的乱耳噪音罢了。"

刘昼作《六合赋》^①,自谓绝伦,以呈魏收,收曰:"赋名'六合',已是大愚;文又愚于六合,君四体又甚于文。"昼大忿,以示邢子才^②,子才曰:"君此赋正似疥骆驼伏而无妩媚^③。"

【注释】

①刘昼:北齐文学家。字孔昭。代表作有《六合赋》、《高才不遇传》等。

②邢子才:北齐文学家、思想家。名邵,字子才,小字吉。《北齐书》、《北史》皆有传。

③疥骆驼:生疥的骆驼,比喻不美。

【译文】

刘昼写完了《六合赋》,自觉文辞无与伦比,便拿去送给魏收看。魏收看后说:"你的赋题名为'六合',已是一件很愚蠢的事;你的文章比六合更愚笨,而你这个人比你的文章更差。"刘昼心中极为不满,又把《六合赋》送给当时的大文学家邢邵看,刑邵说:"先生的这篇赋正像趴在地上的满身长着疥疮的骆驼一样难看,毫无美感可言。"

严武以世旧待杜甫甚善^①,甫性偏躁傲诞,尝醉登武床瞪视曰:"严挺之乃有此儿!"

【注释】

①严武:字季鹰,唐严挺的儿子。史说他八岁时,因父亲专宠小妾薄待其母,于是椎杀父亲小妾。并说:"安有大臣薄妻而厚其妾者?儿故杀之,非戏也。"其父惊叹道:"真挺之子也。"新旧《唐书》皆有传。

【译文】

因为世交关系,严武待杜甫很友善,但杜甫性狂躁孤傲,放诞不羁。有一次杜甫喝酒喝醉了,登上严武的坐具,瞪着醉眼对严武说:"严挺之竟有这样的儿子!"

谢玄晖颇轻江祐^①,祐尝诣玄晖,玄晖因言有一诗,呼左右取,既而复停。祐问其故,谢曰:"定,复不急。"

【注释】

　①江祏：南齐考城人，字弘业。

【译文】

　谢脁（玄晖）很瞧不起江祏。江祏曾经去拜访玄晖，玄晖与他交谈时，因说到自己新作有一首诗，就叫手下去拿。手下人刚准备去取，谢又叫住他们说不要去拿了。江祏不解，问他为什么，谢玄晖说："静下来一想，又觉得不急。"

　　陈眉公曰：品茶一人得神，二人得趣，三人得味，七八人是名施茶。

【译文】

　陈眉公曾说："关于品茶，一人独品可得神韵，二人对品可得情趣，三人一起品可得茶味，七八人一起喝只能称为施舍茶水。"

　　崔赵公尝谓径山曰①："弟子②出家得不？"径山曰："出家是大丈夫事，岂将相所能为？"

【注释】

　①径山：即师范，宋僧人。梓潼（今属四川绵阳）人，俗姓雍。曾召入大内说法称旨。

　②弟子：崔赵公自称。

【译文】

　崔赵公曾经问径山："弟子能不能出家？"径山说："出家修行是男子汉大丈夫的事情，你们这些王侯将相怎能干得了？"

　　郑光宗①有一巨皮箱，凡投贽②有可嗤笑者，即投其中，曰："此苦海耳！"

【注释】

　①郑光宗：当作郑光业。唐懿宗至僖宗初年人，举进士状元及弟。

《唐摭言》："郑光业有一巨皮箱,凡投赟有可嗤者,即投其中,号曰:'苦海'。"

②投赟:投献诗文。陆游《老学庵笔记》:"王性之读书,真能五行俱下……后生有投赟者,且观且卷,俄顷即置之。"

【译文】

郑光业家有一口巨大的皮箱,别人投献的诗文,如果他觉得可笑,就把它丢到里面,说:"这是苦海啊!"

东平王锡老贫甚[①],每节口腹之奉以市碑刻。一日夸客曰:"近得一碑甚奇。"客请出示,竟无一字可辨。客因笑曰:"此名'没'字碑,宜公好尚之笃。"

【注释】

①东平:地名,当在福建旧建宁府境,南朝宋在此置东平郡。王锡:南朝宋人,字寡光。

【译文】

东平王锡晚年非常贫穷,经常从口粮里节约出一点钱来购买他喜爱的碑刻。一天,有客人来拜访他,他向客人夸耀说:"最近买到一方非常奇特的好碑。"客人请他拿出来欣赏,可是碑上的字已经磨灭了,一个字也辨认不出。客人不由笑道:"此碑叫'没'字碑,难怪王公深爱。"(讥其穷。)

丁度[①]、晁宗悫同在职官[②],晁因迁职,以启谢丁。丁乃戏答曰:"启事更不奉答[③],当以粪壤一车为报[④]。"晁答曰:"得壤胜于得启。"

【注释】

①丁度:宋人,字公雅,官至端明殿学士。

②晁宗悫:宋人,字世良。天圣中累迁尚书祠部员外郎,官终资政殿学士。

③启:书函。启事:陈述事情的书函。

④墼：未烧的砖坯。

【译文】

丁度、晁宗悫在一起做官，而且官职相同。后来晁宗悫升官，因此写了一封信向丁度告别。丁度开玩笑地答谢："回函就不奉上了，我将送你一车粪土作为回报。"晁宗悫说："得粪土比得回信更好。"

宋林逋高逸倨傲①，多所学，惟不能棋。尝谓人曰："逋世间事皆能之，惟不能担粪与着棋。"

【注释】

①林逋：宋钱塘人，字君复。参阅《宋史》四五七卷《林逋传》。

【译文】

宋代林逋性格恬淡高古，孤傲放诞，一生博学多才，唯独不懂棋术。他曾经对别人说："世界上没有我林逋不会干的事，只是不会挑粪和下棋。"

桓温与谢奕①善，辟奕为安西司马②，惟布衣好。尝逼温饮，温走入避之，奕携酒就厅事③，引温一兵师共饮，曰："失一老兵，得一老兵。"温闻而不计。

【注释】

①谢奕：晋人，字无奕。《晋书》传曰："奕，字无奕，少有名誉，初为剡令……与桓温善，温辟为安西司马，犹推布衣好。在温坐，岸帻笑咏，无异常日。……常逼温饮。温走入南康主门避之……奕遂携酒就厅事引温一兵帅共饮，曰：'失一老兵，得一老兵，亦何所在？'温不之责。"

②辟：征召。司马：官名，魏晋至宋，司马为军府之官，在将军之下，总理一府之事，参于军事计划。

③厅事：也叫"听事"，官府办公的地方。

【译文】

桓温与谢奕相友善，谢奕被辟为安西司马，还是像未入仕时那样友好。谢奕曾经强邀桓温喝酒，桓温走到内室躲避。谢奕就带着酒，径直走到桓温的办公厅堂里,拉了桓温的一个兵帅一起喝酒,并且说:"失一老兵,得一老兵。"桓温听到这话,也不与他计较。

尧让天下于许由①,许由逃而去。其友巢父闻由为尧所让②,以为污己,乃临池洗耳。池主乃牵牛上流饮,曰:"毋污吾牛口。"

【注释】

①尧:传说中之古帝陶唐氏之号。许由:上古高氏,隐于箕山。

②巢父:传说为唐尧时隐士,在树上筑巢而居,时人号曰巢父。

【译文】

尧年纪大了,想把天下禅让给许由,许由不愿接受而逃走了。许由的朋友巢父听说尧要让位给许由,认为玷污了自己,于是到池边去洗耳朵。池主见状,赶紧把牛牵到上游去喝水,并说:"不要弄脏了牛的口。"

谢鲲为豫章太守,王敦将肆逆①,以鲲有时望,逼与俱行。既克京邑②,将旋武昌,鲲曰:"不就朝觐③,鲲惧天下私议也。"敦曰:"君能保无变乎?"对曰:"鲲近入觐,主上侧席迟公④,宫省穆然⑤,必无不虞之虑。公若入朝,鲲请侍从。"敦曰:"正复杀君等数百,何损于时?"遂不朝而去。

【注释】

①王敦:晋人,字处仲。参见《晋书本传》。

②京邑:京都所在。

③朝觐:古代诸侯秋朝天子称觐。后泛指臣子会见君主。

④侧席:不正坐。谓不正坐,所以待贤良也。《后汉书·韦帝纪》:"朕思迟直士,侧席异闻。"迟:等待。

⑤宫省:设于皇宫内的官署,如尚书、中书。

【译文】

　　谢鲲任豫章太守时，王敦以诛帝亲信刘隗为名，将起兵谋反，因为谢鲲当时声望很高，就胁迫他一起同行。不久攻克了京都，将返归武昌。谢鲲说："不去朝见皇上，我担心天下人会议论。"王敦说："您能担保不会发生变故吗？"谢鲲答道："我最近几天朝见君主，看到君主思贤若渴，盼着你去。宫内和官署秩序井然，一定不会有意外之事。王公若去朝觐，请让我做你的随从。"王敦说："杀掉几百个你们这样的人，对于时局又有什么影响？"终于不肯进京朝见而离去。

　　大学士丘浚，慕桑悦名，召令观所为文。绐曰："某人撰。"悦心知之，曰："明公谓悦不祛秽乎①？"

【注释】

　　①祛：除去，驱逐。秽：污秽，丑陋。

【译文】

　　大学士丘浚很仰慕桑悦的名望。有一天他把桑悦召来观阅自己所写的文章，并哄骗他说："这是某某撰写的。"桑悦心里明白是怎么回事，就对他说："明公难道是说我不能剔除污秽吗？"

　　钱塘妓郭步摇，与所昵者泛西湖。坐中有少年，美丰姿，郭每顾之，略不与所昵者接。其人怒曰："汝爱伊耶？"郭佯不闻。少年者举杯向岸花酹曰："春风入林，岂为松柏？"

【译文】

　　钱塘有一个名叫郭步摇的妓女，一次她和情人一起泛舟西湖。座中还有一少年，丰姿俊美。郭步摇频频看那少年，不大与她的情人接谈。她的情人生气极了，说："你爱他么？"郭步摇假装没听到。那少年举起酒杯，向岸边的花献酒说："春风吹进树林，难道是为了松柏？"

　　王勃、杨炯、卢照邻、骆宾王，皆以文章齐名，天下称王杨卢骆,号四杰。炯常曰:"吾愧厕卢前,耻居王后。"

【译文】

王勃、杨炯、卢照邻、骆宾王,他们都因为文章而齐名天下,人称王杨卢骆为"四杰"。杨炯时常说:"我愧列于卢照邻之前,而耻居于王勃之后。"

支道林入东①,见王子猷兄弟③。还,人问见诸王何如?答曰:"见一群白颈乌,但闻唤哑哑声③。"

【注释】

①支道林:晋僧人,名遁,字道林。东,指东中,即会稽一带。

②王子猷兄弟:王子猷,名徽之,字子猷,有兄弟七人,知名者如凝之、献之等。

③但闻唤哑哑声:王子猷父为琅玡临沂人,居于会稽,"哑哑声"指王子猷兄弟所说的不纯正的会稽方言。

【译文】

支道林到会稽去,见到了那里的王子猷兄弟。回来之后,有人问他所见到的王氏兄弟人品如何?他回答说:"见到了一群白颈子的乌鸦,只听到他们哑哑哑的叫唤声。"

符宏叛来归国①,谢太傅每加接引,宏自以有才,多好上人,坐上无折之者。适王子猷来,太傅使共语,子猷直熟视良久,回语太傅云:"亦复竟不异人。"

【注释】

①符宏叛来归国:符宏,当为苻宏,前秦苻坚之子,苻坚死后,他带着母亲和妻子归降了晋国。

【译文】

符宏背叛前秦,归降了晋国,谢太傅时常接待他。符宏自认为有才智,总爱以高人一等自居,座客没人能折服他。一天,正巧王子猷来了,谢太傅让王子猷同符宏交谈。王子猷只是长久地盯着他看,回头对谢太傅说："也没什么与人不同之处。"

王中郎与林公绝不相得①，王谓林公诡辩，林公道王云："着腻颜帢帽、布单衣②，挟《左传》，逐郑康成③车后，问是何物尘垢囊。"

【注释】

①王中郎：名坦之，字文度，中郎为官名。林公，指支道林，名遁。

②颜帢：西晋时人们常带的一种便帽，至东晋，已经过时。

③郑康成：名玄，字康成，汉代著名经学家。

【译文】

王中郎和林公，两人绝对合不来：王坦之认为林公好诡辩，林公说王中郎："戴着不合时宜的脏帽子，穿着不堪入目的粗布衣服，挟着《左传》，追随在郑康成的车马之后，你不妨打听一下那是个什么样的垃圾包。"

王右军少时甚涩讷，在桓大将军许，王、庾二公后来①，右军便起欲去，大将军留之，曰："尔家司空、元规②，复何所难。"

【注释】

①王、庾二公：指王导、庾亮。

②尔家司空、元规：司空，指王导，王导为王羲之从伯父；元规，庾亮之字。

【译文】

王右军(羲之)年少时很害羞，以至说话结巴。一次在桓大将军(桓温)那里，见王公、庾公从门外来，王右军便起身打算走开。桓大将军挽留他说："来人是你家司空和元规，这有什么畏难的呢？"

王子猷诣谢万①，林公先在坐②，瞻瞩甚高。王曰："若林公须发并全，神情当复胜此不？"谢曰："唇齿相须，不可以偏亡，

须发何关于神明?"林公意甚恶,曰:"七尺之躯,今日委君
二贤。"

【注释】

①谢万:字万石,谢安之弟。

②林公:指支道林,名遁。

【译文】

王子猷到谢万那儿去,林公早在那儿了,神态傲慢。王子猷说:"如果林公的胡须和头发全都完好,是否会比现在更加风采?"谢万说:"唇和齿互相依靠,不可以偏废,而胡须、头发和精神有什么关系?"林公听了,心里很不高兴,说:"我这七尺之躯,今天就交给你们二位贤士去议论吧!"

陆士衡初入洛,咨张公①所宜诣,刘道真是其一。陆既往,刘尚在哀制中。性嗜酒,礼毕,初无他言,惟问:"东吴有长柄壶卢,卿得种来不?"陆兄弟殊失望,乃悔往。

【注释】

①张公:指张华,字茂先。西晋时期政治家、文学家、藏书家。

【译文】

陆士衡(陆机)初到洛阳,他问张公该在洛阳拜访哪些人?张公所举的人中有刘道真。陆士衡到了刘道真那儿,刘当时还在守孝。刘好酒贪杯,与客人见过礼之后,什么话也没说,只问陆士衡说:"你们东吴有长把葫芦,你带种子来了吗?"陆氏兄弟听了很失望,后悔去看刘道真。

王凝之谢夫人①,既往王氏,大薄凝之,既还谢家,意大不悦。太傅慰释之曰:"王郎逸少之子,人身亦不恶,汝何以恨乃尔?"答曰:"一门叔父,则有阿大、中郎②;群从兄弟,则有封、胡、遏、末③。不意天壤之中,乃有王郎。"

【注释】

　①谢夫人：即谢道韫。

　②阿大、中朗：阿大，指谢尚，中郎，指谢据。

　③封、胡、遏、末：封，指谢韶；胡，指谢朗；遏，指谢玄；末，指谢渊。

【译文】

　　王凝之的妻子谢夫人，嫁到王家之后，很看不起凝之。回到谢家时，心里很不高兴。她的叔父太傅谢安劝解她说："王公子是逸少（王羲之）的儿子，人品也不差，你何必那么不高兴呢？"谢夫人回答说："我们谢家叔伯中有阿大、中郎这样的贤士，从兄、从弟中，又有封、胡、遏、末这样的人才。想不到天地之间，竟然有王公子那样的人！"

　　刘尹①谓谢仁祖②曰："自吾有四友③，门人加亲。"谓许玄度④曰："自吾有由⑤，恶言不入于耳。"二人受而不恨。

【注释】

　①刘尹：指晋刘惔，字真长，曾任丹阳尹，故称，东晋著名清谈家。

　②谢仁祖：名尚，字仁祖。

　③自吾有四友：徐震堮《世说新语校笺·品藻》引王先谦校曰："四友'疑'回也'二字渳文……盖刘尹以回视仁祖，以由视许玄度，故二人皆受而不憾。若泛指四友，则谢无所受。"所以"自吾有四友"，即"自吾有回也"。

　④许玄度：名珣，字玄度。

　⑤自吾有由：语出《尚书·大传》。"子曰：'文王有四友，自吾得回也，门人加亲……自吾得由也，恶言不入于耳。'"回指颜回，这里以比谢仁祖；由，指子路，这里以比许玄度。回、由均为孔子贤弟子。

【译文】

　　刘真长对谢仁祖说："自从我有了'颜回'，我的门人便更加与我亲近了。"他又对许玄度说："自从我有了'子路'，秽恶之言便不再传进我的耳朵。"谢仁祖和许玄度听了并不反感。

郗司空方回①家有伧奴,知及文章,事事有意,王右军向刘尹②称之。刘问何如方回? 王曰:"此正小人有意向耳,何得便比方回?"刘曰:"若不如方回,故是常奴耳。"

【注释】

①郗司空方回:晋司空郗愔,字方回。史称郗愔"渊靖纯素,无执无竞,简私昵,罕交游。"

②刘尹:指刘淡,字真长,曾为丹阳尹。

【译文】

东晋时,司空郗方回家有个北方来的奴仆,懂得做文章,遇事总有主见,王右军曾经向刘真长称赞他。刘真长问:"这伧奴和方回比较,有什么优劣之处?"王右军回答说:"这不过是供人役使的小人中,算是有志向的罢了,怎么能拿他和方回比?"刘真长说:"如果不如方回,那也只是普通奴才罢了!"

王夷甫常属族人事①,经时未行,遇于一处饮燕,因语之曰:"近属尊事,那得不行?"族人大怒,便举樏掷其面②,夷甫都无言。盥洗毕,牵王丞相臂与共载去,在车中照镜,语丞相曰:"汝看我眼光乃出牛背上③。"

【注释】

①王夷甫:名衍,字夷甫,西晋著名清谈家,西晋末年重臣。

②樏(léi):盛食品的扁盒。

③我眼光乃出牛背上:其义不详。据文义分析,王夷甫照镜当为看伤势,见眼肿如牛背,目光自肿着的眼皮后射出来,便自我解嘲,表示对刚才的事毫不在乎。乃,如此。

【译文】

王夷甫曾经嘱咐族人办事,过了很久还没办好。一次饮宴时,他们碰到一起了。夷甫顺便问族人说:"近来嘱咐您办的事,怎么还不办呢?"族人十分生气,便举起盛食品的扁盒掷到王夷甫的脸上,夷甫什么话也没说,盥洗干净,拉着王导丞相的手臂,一起登车而去。在车上,王夷甫一边照着镜子,指着打肿的眼睛对王丞相说:"你看我的目光如同出自牛背上。"

孙兴公作《庾公亮诔》[①],文多寄托之辞。既成,示庾道恩[②]。庾见,送还之,曰:"先君与君自不至于此。"

【注释】

①《庾公亮诔》:悼念庾亮的文章。收入《全晋文》卷六十二,名《庾公诔》,孙绰曾为庾亮征西参军,文中对庾亮多有称颂之辞。

②庾道恩:名羲,字叔和,小字道恩,为庾亮第三子。

【译文】

孙兴公作了一篇《庾公亮诔》,文中多有寄托哀思的感恩之辞,写成之后,便拿给庾亮的儿子庾道恩看,庾道恩看完后,送还给孙兴公说:"先君对你还好不到这种程度。"

江仆射年少[①],王丞相呼与共棋,王手常不如两道许,而欲敌道戏[②],试以观之。江不即下,王曰:"君何以不下?"江曰:"恐不得尔[③]!"

【注释】

①江仆射:指江彪(bīn),字思玄,累迁晋尚书左仆射,故名。

②手:手段,技艺。徐震堮《世说新语校笺》注云:"犹今语手段,言弈棋之技能。"两道、敌道,似为围棋术语。徐震堮注"敌道"云:"谓不求饶让,敌道犹对等也。"道:围棋局上下子的交叉点。《三国志·魏志.王粲传》:"观人围棋,局坏,粲为覆之。棋者不信,以帊盖局,使更以他局为之。用相比较,不误一道。"

③尔:如此。大概江彪认为必须让王导几着。

【译文】

江彪少年时,王导丞相邀他一起下棋。王导的棋艺总差江彪"两道"左右,却想采用"敌道"的走法,以试探江彪。江彪并不马上下子。王导问他说:"你为什么不下子呢?"江彪回答说:"恐怕不能这样。"

　　王丞相初在江左，欲结援吴人，请婚陆太尉①。对曰："培塿无松柏②，薰莸不同器③，玩虽不才，不为乱伦之始。"

【注释】

　　①陆太尉：指陆玩。陆姓为江东世族之一。

　　②培塿（pǒu lǒu）：小土丘。

　　③薰莸：薰，香草；莸，臭草。

【译文】

　　王导丞相刚到江东时，想结交那里的吴人，以取得支援，他便向太尉陆玩请求互为婚姻。陆玩回答说："小土丘上长不出高大的松柏，香草和臭草不会放在一起，我陆玩虽然不成器，也不至于做败坏伦常的带头人。"

　　杜预①拜镇南将军，朝士悉至，皆在连榻坐。时羊稚舒②后至，曰："杜元凯乃复连榻坐客?"不坐便去③。

【注释】

　　①杜预：字元凯，晋大臣，卒赠征南大将军。

　　②羊稚舒：名琇，字稚舒，累迁左将军特进。

　　③不坐便去：按晋时风尚，歧视武职，杜预为镇南将军，不能与客共坐一榻，所以羊琇不坐便走。

【译文】

　　杜预拜镇南将军，朝官名士都去祝贺，大家连榻坐在一起。当时羊稚舒后来，见此景象说："杜元凯也和客人连榻而坐么!"坐都不坐就走了。

　　夏侯泰初与广陵陈本善①，本与玄在本母前宴饮，本弟骞②行还，径入至堂户，泰初因起曰："可得同，不可得而杂③。"

【注释】

　　①夏侯泰初：名玄，甚有德望，为司马懿所杀。

②骞：陈骞，字休渊，官至大司马。

③不可得而杂：不能再在一起。杂，都；当时当地风俗，人不论德望、职位高低，凡年少者见年长者必须行礼。夏侯玄在陈本母亲前共饮，骞来多有不便，故出走。（据《世说新语·方正》注引《名士传》）

【译文】

夏侯泰初和广陵人陈本很要好，一次，他们俩同在陈本母亲那里饮宴，陈本的弟弟陈骞忽然从外面回来，径直走进堂屋，夏侯泰初见了，便站起身往外走，一边说："起初可以在一起，现在不该在一起。"

凄　语

凄语第十八

　　吴苑曰：凄者，西也，于时为秋。 秋之为时也，习习
焉，摵摵焉，稍具情者，触闻之间，无不堕泪，其义可知
矣。 又西方为万物告终之处，故次凄语第十八。

【译文】

　　吴苑说：凄的意思是西，对于四时来说，凄相当于秋，秋天的时候，草木动摇，落叶飘飘，稍具感情的人，看到、听到这悲凉的秋声、秋景，没有不落泪的，它的意义也就可以理解了。西方还是万物的终点，所以将"凄语"编排为第十八类。

　　李斯论斩咸阳市,当出狱,与其中子俱执①,顾谓其中子曰:"吾欲与若复牵黄犬,俱出上蔡东门逐狡兔②,岂可得乎?"

【注释】

　　①与其中子俱执:《史记·李斯传》:"二世乃使赵高案丞相狱,治罪,责斯与子由谋反。"由为李斯长子。

　　②上蔡:地名。

【译文】

　　李斯被判在咸阳市处斩,押出牢房时,和他的中子一起被押送,他看着中子说:"我想再和你牵着黄狗一同出上蔡东门追逐狡兔,难道还能够吗?"

　　景公游于牛山①,北临其国城而流涕曰:"若何滂滂去此而死乎!"

【注释】

　　①景公:指齐景公杵白。本条出《晏子春秋》。

【译文】

　　齐景公登上牛山,面对着北方的都城而流泪说:"为什么要丢开这美好江山而去死呢?"

　　陈宫与吕布俱为曹公所执,公谓宫曰:"奈卿老母何①?"宫曰:"老母在公,不在宫也。夫以孝理天下者,不害人之亲。"公又曰:"奈卿妻子何?"宫曰:"宫闻霸王之主,不绝人之祀。"固请就刑,遂出不顾。

【注释】

　　①《三国志》注引《鱼氏典略》作:"卿如是,奈卿老母何?"

【译文】

　　陈宫和吕布都被曹操俘虏了。曹操对陈宫说:"(你这样子)可把你的老母怎么办呢?"陈宫说:"如何安置老母取决于你,不取决于我。凡以孝治理天下的人,是不会伤害别人的父母的。"曹操又问:"叫你的老婆、孩子怎么办呢?"陈宫说:"我听说能成就王霸之业的主,是不会灭绝别人的香火(后代)的。"坚决要求受刑,头也不回地出门就死。

卫夫人见王羲之小时书^①,便有老成之气,流涕曰:"此子必蔽吾名。"

【注释】

①卫夫人:夫人姓卫名铄,字茂猗,工隶书,汝阴太守李矩之妻,王羲之小时的老师。

【译文】

王羲之小时所写的字便有老成之气,他的老师卫夫人看到了非常感慨,流泪说:"这孩子将来的名声一定盖过我。"

汉高征黥布还^①,过沛^②,留,置酒沛宫,悉召故人父老子弟佐酒。酒酣,乃歌大风之歌^③,帝自起舞,慷慨伤怀,泣数行下。谓父兄曰:"游子悲故乡,吾虽都关中^④,万岁之后,吾魂魄犹思家沛。"

【注释】

①汉高:指汉高祖刘邦;黥布:本名英布,因为受过黥刑,人称黥布。因谋反败死。

②沛:指秦所置之沛县,在今江苏。汉高祖起于此。

③大风之歌:即《大风歌》,刘邦作。

④关中:今陕西渭河流域一带。

【译文】

汉高祖消灭了黥布,班师回朝,略过沛,驻宿在沛宫,在那里设酒,将从前的朋友、父老子弟,全都召进沛宫陪他饮酒。喝酒正酣畅时,便唱起了大风歌,还亲自起舞,心情激荡,悲从中来,潸然泪下。对父老兄弟说:"我刘邦远离家乡,时常想念故土,我虽然现在建都关中,待我死之后,我的魂魄仍然会思念故乡,回到沛来。"

吾少卡六

狄仁杰登太行①，见白云孤飞，乃叹曰："吾亲舍其下！"

【注释】

①狄仁杰登太行：《旧唐书·狄仁杰传》："荐授并州都督府法曹，其亲在河阳别业，仁杰赴并州，登太行，南望，见白云孤飞……"

【译文】

狄仁杰去并州赴任，途经太行山，他站在太行山上，看见一朵白云在南方悠然孤飞，便叹息着说："我的父母就住在那白云之下啊！"

孔北海被收，时男方九岁，女七岁，以幼弱得全，寄在他舍。或有言于曹操收之，女谓兄曰："若死而有知，得见父母，岂非至愿！"遂延颈就刑。

【译文】

北海太守孔融被捕，当时，他的儿子才九岁，女儿七岁，因为年小，暂时没有被捕，寄居在别人家里。有人建议曹操将他们抓了起来。那女孩对哥哥说："如果死后有知，能见到父母，岂不是实现了最大的心愿！"她便伸着脖子，等待着受刑。

桓宣武平蜀①，以李势妹为妾②，甚有宠，常着斋后。主始不知③，既闻，与数十婢拔白刃袭之。正值李梳头，发委籍地，肤色玉曜，不为动容，徐徐结发敛手向主言曰："国破家亡，无心至此，今日若能见杀，乃是本怀。"

【注释】

①蜀，指成汉李氏政权。

②李势：成汉第六世皇帝，名势，字子仁，国亡降于桓温。

③主：指晋明帝女南康长公主，为桓温妻子。

【译文】

桓温灭亡了成汉，娶了成汉皇帝李势的妹妹做妾。桓温很宠爱那女子,时常将她藏在书斋之后。他的妻子南康长公主起初并不知道这事,待她了解到这一情况,便领着数十名奴婢,握着白森森的利刃,前来袭击那女子。当时,李氏正在梳头,长长的头发拖到地上,美玉般的皮肤光艳照人,看到公主带人前来,并不惊慌,慢慢地结好头发,对公主说:"我因为国破家亡,无意间来到这里,今日如果能被杀死,正是我的心愿。"

孙子荆除妇服①,作诗以示王武子②。王曰:"未知文生于情,情生于文,览之恓然,增伉俪之重。"

【译文】

孙子荆为妻子服丧期满,作诗抒怀,拿给王武子看。王武子说:"真不知是因为情深才会文采流溢,还是因为文采流溢才激发起深情,看了你的诗,让人感到悲凉,更让人珍惜夫妻之情。"

曹公既杀杨德祖,后与太尉遇于朝堂①,曹问太尉:"公何瘦之甚?"太尉答曰:"愧无日磾先见之明②,犹怀老牛舐犊之爱。"曹公为之改容。

【注释】

①太尉:指杨修之父杨彪,时任太尉。

②日磾先见之明:事出《汉书·金日磾传》。日磾长子为汉武帝弄儿,及"壮大,不谨,自殿下与宫人戏。日磾适见之,恶其淫乱,遂杀弄儿。"这里借以说明不能及早发现儿子的错误,以防患未然。

【译文】

曹操杀死了杨修,有一天,他在朝堂遇到了杨修的父亲杨太尉。曹操问杨太尉:"您怎么瘦得这么厉害?"杨太尉回答说:"我为不能像金日磾那样及早发现儿子的错误而感到羞愧,心里还怀有老牛舐犊那样的爱子之情。"曹操听了,也为他感到悲伤。